喝得很慢的土豆汤

——肖复兴谈人生

肖复兴 ◎ 著

天津出版传媒集团

百花文艺出版社

图书在版编目（CIP）数据

喝得很慢的土豆汤：肖复兴谈人生 / 肖复兴著. --
天津：百花文艺出版社, 2021.2（2024.3 重印）
　ISBN 978-7-5306-7947-0

　Ⅰ. ①喝… Ⅱ. ①肖… Ⅲ. ①散文集–中国–当代
Ⅳ. ①I267

中国版本图书馆 CIP 数据核字(2021)第 010572 号

喝得很慢的土豆汤——肖复兴谈人生
HEDEHENMAN DE TUDOUTANG XIAOFUXING TAN RENSHENG
肖复兴　著

策划统筹：王　燕
责任编辑：王　燕　**装帧设计：**郭亚红
出版发行：百花文艺出版社
地址：天津市和平区西康路 35 号　邮编：300051
电话传真：+86-22-23332651（发行部）
　　　　　　+86-22-23332656（总编室）
　　　　　　+86-22-23332478（邮购部）
网址：http://www.baihuawenyi.com
印刷：山东临沂新华印刷物流集团有限责任公司
开本：880 毫米×1230 毫米　1/32
字数：200 千字
印张：10.875
版次：2021 年 2 月第 1 版
印次：2024 年 3 月第 2 次印刷
定价：62.00元

如有印装质量问题，请与山东临沂新华印刷物流集团有限责
任公司联系调换
地址：山东省临沂市高新技术产业开发区新华路 1 号
电话：(0539)2925886
邮编：276017

目 录

辑一 喝得很慢的土豆汤

辑二 人生除以七

辑四　发小儿就是那把老红木椅子

辑五 那片遥远的土豆花

辑一

喝得很慢的
土豆汤

街头九章

一

夏天,在杨梅竹斜街,看见房檐下晾晒着一排颜色各异的衣服。晾衣绳搭在两扇窗户之间,是这户人家的后窗,正好临街,一览无余。这些衣服,有大人的,有小孩的,有男人的,有女人的,还有内裤和胸罩。都是夏装,颜色很鲜艳。从衣服的颜色和样式上,可以猜得出,是一家三口的年轻人。

街头晾衣服,在国外很难见到,是中国城市才会有的特色,而且,是北方胡同、南方里弄才有的特色。见过上海的里弄里,衣服搭在两楼之间窄小的空间,顶着灿烂的天空,迎风飘动,艰辛生活中的活泼而自得,别有一番家长里短的风情。

没有风,杨梅竹斜街的这些衣服,没有那样的飘摇,一动不动,像是一幅画里面画的衣服一样,定格在那里。黑乎乎的后窗,像一只眼睛,死死地盯着它们。阳光很强,一面灰墙,闪着反光,让每一件衣服都能感到挺热,甚至烫人。

一个年轻的女人,手牵着一个五六岁的小姑娘,走出院门,两人都穿着漂亮的花裙子,鲜亮的颜色,有意和晾晒的那一排衣服争奇斗艳。

二

有一年冬天，我陪着芝加哥大学的宝拉教授去看八大胡同。在陕西巷，一户人家的窗台上放着一溜儿冻柿子，个头儿一般大小，像排队一样，敦敦实实、整整齐齐地蹲在那里。橙黄的柿子，画龙点睛一般，让一条灰色暗淡的陕西巷，都有了亮色。

宝拉感到很新鲜。

我告诉她，北京有这样的讲究，冬天入九那一天吃一个冻柿子，然后，每一个九的第一天吃一个冻柿子，一直吃到九九冬天的结束，可以防治咳嗽。

原来是这样！她惊讶地睁大了眼睛。

其实，这很平常，冬天，寒风呼啸的日子里，没吃过喝了蜜的冻柿子，谁还能称得上是北京人呢！

三

在青云胡同，没有见到一个人。这条胡同的一半要拆迁，胡同两旁的院子里，几乎没有了人家。断了烟火气的胡同，清静得很，能听见自己脚步的回声。一切，显得不那么真实似的，好像走在旷野幽谷里。

胡同拐角处，忽然看见电线杆上绑着一个篮球筐，球网的穗子，红白相间，还很新，飘荡在风中。猜想，一定是哪个爱好篮球的孩子，把球筐绑在了这里，电线杆子成了免费的球架，因地制宜，放学之后，可以在家门口玩会儿球。

看球筐绑在电线杆子上的高度，得是大孩子，起码上了中学。能绑这样一个球筐的孩子，得穿耐克篮球鞋。别看没辙儿只能将就住在窄小破旧的胡同里，一身行头，不能将就，得有点儿NBA的范儿。

寂寞的球筐下，听得见唰唰球进筐的声音，砰砰球落地的声音。如同电影里的空镜头，幕后回荡着清亮的回声。

以前，我小时候，在这样的胡同里，是和同学一起踢足球。两个书包，各码一头，就是球门。

那时候，胡同拐角处，有一块石碑，上面刻着"泰山石敢当"。

四

早晨，去老马家早点铺吃早点，路上，总能看见一个卖菜的外乡人。每天早上，他都会雷打不动在那里卖菜。

在公交车站旁的便道上，靠着一棵粗大的杨树，摆开一排菜箱，箱子里的菜，红的红，绿的绿，白的白，很鲜亮，让我想起汪曾祺写过的诗句："来了一船瓜。一船颜色和欲望。"燃起这一箱箱欲望的，大多是附近起早的老头儿老太太。

他人站在另一头，是统帅这些红红绿绿蔬菜的将领，感觉良好。

四十来岁，个头儿不高，说话和气，任人随便扒拉他的菜，他从不言语。装菜的一辆三轮电动车，就停在前面，如果有调皮的孩子上去玩，他也不言语。

有时吃过早点，我路过他的菜摊，买点儿菜，顺便和他聊两句。

我曾问过他，你跑到街头卖菜，城管不管你吗？

他说：我来得早，城管上班晚，他们来的时候，我早卖完菜回家了。

有时候，买完菜，一掏兜，零钱不够了。他会说，下次再给吧！让我把菜拿走。

有一阵子,没见到他。大杨树下,没有了他的菜箱,没有了他的三轮电动车,空落落的,像一块斑秃。

后来,他回来了,我问他哪儿去了。他告诉我,回老家一趟。孩子结婚。

他的孩子居然都结婚了。他有这么大年龄吗?都说城里人比乡下人显得年轻,也不尽是呢。

五

街头有个修车铺,长年累月在那里,变成了一棵长在那里的街树。

修车铺的后面,原来是一片平房,他就在那儿修车。平房拆了,变成了一片高楼,他还在这儿修车。他和他的修车铺,就在背景的变换之中,一起苍老。

有一天,我坐在马路对面的台阶上,画他的小铺——一辆排子车改造的,上面驮着柜子,摆满零零碎碎的各种工具和配件。

也画他,他坐在一旁的一把折叠椅上,一副愿者上钩的样子,闲云野鹤一般,满不在乎,半闭着眼睛,望着前方,似睡非睡,半醉微醺。

私家小汽车普及后,自行车少了,修车的人跟着也少了;开始流行共享单车,那车可劲儿造,坏了就扔,不坏也扔,自有专门人去收拾,他修车的生意更加锐减。不过,他还坚持在这里,不图挣钱,有个抓挠儿,自己给自己找点儿乐吧。

他的修车铺小,却五脏俱全,得画一阵子。每次抬起头往他那里看的时候，都觉得他也在抬头看着我，便有些做贼心虚，怕被他发现我在画他，被抓个现行，当场露怯。

画完之后，拍拍屁股走人之前，又朝他那边瞅了一眼，他还是一样的姿势，眼睛瞅着前方。心想，也许他习惯了，就是这样，根本没工夫搭理我。是我自作多情，以为人家在看你画画儿呢。

六

如今，街头最流行的景象是手机，不少人行色匆匆走在路上，总忘不了拿着手机津津有味在看。

曾经看过一幅题为《都市风景线》的水彩画，画面中那些行走在都市街头的人群中，没有一个人的手里是拿手机的，倒是有一个穿黄裙子的年轻女子，手中拿着一本书，边走边看。

这是幅 2000 年的作品。那时候，手机还没有在街头流行。手机的流行，尤其是智能手机的风靡，也就是近几年的事情。让手机不仅有了听，而且有了看的功能。手机不仅改变了人们的生活，也改变了街头的风景线。

有一天，我路过一个十字路口，等红绿灯的时候，看到街道两旁的人，不管站着的，还是蹲着的，都在看手机。绿灯亮了，一对年轻的情侣，女的撒娇，非要男的背着她过马路，男的背着她过马路，如同撑船过渡。迎面走来的时候，我看见，女的手里还舍不得放下手机，正对着手机讲话，讲的什么，听不大清，燕语莺声倒是挺甜的。她一边讲着话，一边咯咯的乐，男的脸上也现出幸福的笑容。

听说过这样一件事，有一女子边看手机，边过马路，走到马路的一边，不小心被马路牙子绊倒，一头扎进路边的铁栏杆里，脑袋正好卡在铁栏杆的缝隙之间，当场卡死。

要是有人背着过马路，再怎么看手机，也不会出现这样的悲剧。

七

路遇，街头常见的情景剧。偶遇，是常见的；巧遇，是不常见的；艳遇，是想遇而不可遇的。最让人感到意外又兴奋的，是遇见多年不见的老朋友。

有一天，下公交车，一个和我年龄差不多的男人，也跟着下了车。我们俩人一前一后走上了便道，他从身后紧赶两步，走到我前面，转过身问我：你是不是姓肖？我点点头说是。他又问：你是不是叫肖复兴？我又点点头说是。他一把抓住我的手问我：你还认识我吗？我摇摇头。他说：我是你小学的同班同学呀！三中心小学的。你记起来了吗？

我问清他的名字，记起来了。小学五年级，他和我们班上的一个女同学，一起到芦草园的少年宫演出《小放牛》。老师组织我们全班同学都去看。站在台下，看他和那个女同学边唱边跳，我的心里挺不得劲儿。原来定好的，是我和那个女同学一起演《小放牛》的，那个女同学长得挺好看的呢，不知为什么，老师最后决定让他来演。

自从小学毕业之后，六十多年，同班同学里，只遇到他一位。自然，聊了很多，天南地北，别来沧海事，语罢暮天钟。

聊得最多的还是小学时候的事，同学、老师，一个个差不多都聊到。唯独没有说起和他一起演《小放牛》的那个女同学。

八

大约二十年前的冬天,雪后初晴的早晨,我坐车上班,路过华威桥下的十字路口,忽然看见一个女子赤身裸体,站在马路的边上,一动不动,似乎没有感到数九寒冬的冷风,像鞭子一样,从她的身上抽过。浑身冻得通红,僵硬,更多是麻木。

正是上班的早高峰,车水马龙,行人如鲫,来来往往,穿梭不停。一样麻木的像卓别林时代的无声电影。

没有一个人过去,关心地问问她,或者给她披上一件衣裳,哪怕是单薄的衣裳,即使不能避寒,起码可以让她遮羞。

所有的人,都像我一样,忍不住望着她,心生怜悯,多看了她几眼。然后,上班去了。我们的车也调头朝北扬尘而去。

二十多年过去了。想起这一幕。常为自己匆匆调头而去感到有些羞愧。

即使,我帮不了什么。

九

有一件事,也发生在街头,过去了四十年,记得还那么清楚。

我的一个中学同学,刚从北大荒回到北京不久。我比他早回来几年,在一所中学当老师。他待业在家,一时没有找到工作。为了生计,他每天黄昏时候卖晚报,一份报纸能赚一两分钱。虽然钱少,也算有个营生,有个进项。

我们两家挨得很近,每天放学之后,没事的话,我会去和他一起卖报。我的嗓门儿比他大,使劲儿吆喝着。他的力气比我大,一摞报纸死沉死沉的，大多抱在他的怀里。

有一天，突然刮起了大风。抱在怀里的报纸，被风吹跑几张，他想去上前追风中飘飞的报纸，怀里的报纸一张张又被风刮走，张开了翅膀的小鸟，纷纷扬扬地落在街头的角角落落。我们俩人赶紧跑过去，弯腰一张张的捡报纸，却是顾此失彼，捡到这一张，眼瞅着又刮走另一张，按下葫芦浮起了瓢，狼狈不堪。

正是下班的时候，很多路人帮助我们把散落在街头的报纸，一张张，一张不少的捡起来，递到我们的手中。

之后，我听说过，也是风的缘故，街头遗落苹果、牛仔裤，甚至人民币的事情。好多次，都被路人捡走，并没有物归原主。我们怎么那么幸运，感受到街头曾经给予我们的温暖。

如今，那个街头早已不再，扩宽的马路旁，盖起了一片漂亮的高楼。

桂花六笺

一

小时候，我住的大院里，曾经有一株桂花树。那时候，北京的院落里，一般种些海棠、丁香、石榴、枣树之类，很少有见种桂树的。秋天时，它开花，花很小，藏在树叶间，不仔细看几乎看不见。院里的街坊曾经用它加糖煮沸做过糖桂花。但是，在我的记忆里，似乎从来没有闻到过它的花香。这很奇怪，因为在书中看过介绍，说桂花的香味是很浓郁的。

那株桂花树没种几年，就死了。大概水土不服，或者在北京的大院里很难养。不过，这只是我的猜测，我们大院里曾经有三棵枣树，据说是前清时候的老树了。还有两棵丁香，一棵开白花，一棵开紫花。这几棵树，先后也都死了。

如今我们的大院都没有了。前几年，拆了。

二

到北大荒插队的第三年，我第一次回北京探亲。和当时在青海石油局当修井工的弟弟约好，一起去十三陵游玩。正是秋天，一进十三陵景区大门，便闻到一股浓郁的香味。我从来没有闻到过这样的香味,那香味真的好闻,直冲进肺腑,翻着跟头似的,泛着冲天香气,当时,想到的一个词,就是沁人心脾。

再往里走,看到甬道两旁,摆着两排花盆,里面种的是桂花,树都不高,但那香味,真的是格外浓,浓得像一杯酒。没有风却像是被风吹着,紧跟着你,缭绕在身旁久久不散。

别的树开花的时候,很多花是很漂亮的,比如梨花如雪,桃花似霞,樱花如梦,榴花似火,合欢花恰如绯红的云彩……但是,一般越是开得漂亮的花,都没有什么香味。

也曾经闻到过有些树的花香,印象中最为芬芳的是丁香。但是,和桂花的香味相比,还是淡了些。如果丁香像是一幅水彩,桂花则像是一幅油画,最起码也是一幅水粉。丁香的花香雅致,桂花的香气撩人。

很久很久以后,就是如今过去了四十多年了,只要一想起那年十三陵的桂花,那股香味,似乎还缭绕在身旁。

那一年,我正在恋爱。

结婚的时候,没有酒席,只是家人和几个朋友吃了一顿晚饭。我在街上买了一瓶桂花陈酿。

三

1986年,我写了一本长篇小说《早恋》。写的是中学生的感情生活。不少中学老师不以为然,视若阴霾。但是,江苏常熟的一位中学的班主任,却特意将这本书推荐给他的一位女学生。这位女学生走出了青春期所谓"puppy love"(小狗之恋)的漩涡之后,给我写了一封信。

那时候，她正读高中。从此，一直通信到现在。在所有和我通信的人中，包括亲人和发小或一起插队的朋友，都没有她和我通信的时间长。在我人生中也算是一个奇迹。

更奇迹的是，在她和我通信第二年的秋天，她的家乡桂树开花的时候，她在信封里夹一些晾干的桂花寄给我。从她读高中开始，一直到她工作几年以后，一直坚持了好多年。没有任何一个人，这样给我寄过桂花；我也从未想起过，给任何一个人这样寄过桂花或其他的花。或许，这只是带有孩子气的举动吧，人长大以后，会羞于此，或不屑于此吧。

但我很感动。每一年的秋天，江南三秋桂子盛开的时候，接到她寄来夹着桂花的信，没有拆开，就已经闻到了桂花的香味。

其实，晒干的桂花是没有什么香味的。我却每次都能够闻得到。

前两年的秋天，她到北京出差。坐高铁从常熟出发到北京站，换乘地铁到我家，我去地铁站口接她，看她沿着扶梯上来，手里提着一个竹篓，里面装满的是螃蟹。是秋季阳澄湖螯大肉肥的螃蟹。

我谢过她，心里忽然想起的是，以往每一年这时候她寄给我的桂花。算一算，快三十年过去了。我老了，她也人近中年。

桂花！

四

在戏剧学院读书，教授中国现代文学史的曹老师，讲郁达夫，问学生谁读过郁达夫的小说《迟桂花》。我举手说我读过。曹老师让我讲讲小说的内容，我答不上来，只记得是一男一女在秋天桂花开的时候上山的故事。曹老师宽容地让我坐下，自己讲了起来。

还是高中时候读过的书，中间隔去了一个"文革"，晚了整整一个轮回十二年，才上的大学，是真正的"迟桂花"。

重读《迟桂花》，才发现小说中提到杭州的满觉垅桂花最出名，小说的男主人公和女主人公一起上的是杭州的翁家山。郁达夫写了这样几句："在以桂花闻名的满觉垅里，倒闻不到桂花的香气……可到了这里，却同做梦似的，所闻到的尽是这种浓艳的气味。"他说这种气味："我闻到了，似乎要引起性欲冲动的样子。"

这后一句的比喻，是典型的郁达夫的语言。我再未见过用这样的比喻形容桂花的香气。

今年中秋前后，一连十天住在杭州。前一段时间，桂花打苞的时候，连下阴雨，打落好多花瓣，没落的花瓣，委屈的蜷缩着，影响了开放。所以，不要说满觉垅的桂花，就是西湖沿岸的桂花，都没有闻到郁达夫所形容的这样的香气了。

郁达夫的小说写得好，旧体诗写得也好。读他的旧体诗，有这样一联：五更食薄寒难耐，九月秋迟桂始花。说的还是迟桂花。看来，他对迟桂花情有独钟。在小说和诗中，他借花遣怀，说迟桂花开得迟，却香气持久。这是他小说的意象，是我们很多人心底的向往。

五

我见过园林中种植桂花树最多的，在四川新都的桂湖。之所以叫作桂湖，就因为桂花树多。绕湖沿堤一圈，乃至满园，到处都是。相传这些桂花树，都是当年杨升庵手植。这样的传说，我是不信的。

杨升庵是新都的骄傲。杨在京为官时刚正不阿，因对明武宗、世宗两代皇帝直言犯谏，遭受贬黜，发配充军，最后客死他乡，如此颠沛流离的命运，令人唏嘘也敬重。让他植桂花树于满园之中的传说，便让人坚信不疑。桂花树，其实是人们感情的外化。

如果赶上桂花盛放的时节，桂湖就像在举办一场新嫁娘隆重的婚礼，花香馥郁，如同婚轿和贺喜的人们，从入门处开始，一直拥挤着，摩肩接踵，水流一样，弥散到园子里四面八方的角角落落，处处都是桂花之香。银桂、金桂和四季桂，仿佛是小姑娘、少妇和老夫人，齐齐展展地都跑进园中看新娘，个个裙袂叮当，衣襟带香，沾惹得空气中都是散不去的香味。同别的花香相比，桂花要香就搅得满天香彻，绝不做遮遮掩掩，不屑于扭扭捏捏的小家子气和故作姿态的含蓄状，是花中的烈性子，迸发如潮，按捺不住，如烈酒。这一点，暗合了杨升庵的心性与品性。

我到过桂湖多次，见过桂湖这些密密麻麻的桂花树。可惜，从未见过这样的桂花盛景，闻到这样浓烈的香气。

六

今年重阳节之夜，住在广东肇庆的鼎湖山庆云寺脚下。住房是座围合式的二层小楼，住在二楼，还没上楼，就闻到了扑鼻的花香，不用问，只有桂花才会有这样醉人的香气。果然，住房的窗前，有一棵粗大的桂树，从一楼冲天直长到二楼的天井，看样子，是足有百年树龄的老树。是一棵金桂，金色的花朵缀满枝叶间，很是醒目。密集的金桂花散发出的香气，足以衬得上郁达夫的形容了，这才真正称得上是浓艳。

夜间下起大雨，噼噼啪啪的雨点，敲打得房顶和玻璃窗，像擂打着小鼓，惊醒了睡梦中的我，心里暗想，这样大的雨，窗前的金桂，花落知多少,该是一地零落。

早晨起来,推门一看,金桂花果然落了一地。但是,香气居然依旧扑鼻。抬头看看树上,一夜大雨,那样多的落花,枝叶间还留有那么多的桂花,金灿灿的,沾着晶莹的雨珠,和地上的落花相互呼应着,一同散发着一股股的香气。那香气,配得上郁达夫说的"浓艳"二字。

想起放翁的一句诗:名花零落雨中看。鼎湖山这棵金桂老树的落花,也是名花,是我见过的香气最浓艳的名花。

沙湾古镇即景

从广州去沙湾古镇那天的路上，下了一场雨，虽是阵雨，但那一阵下得挺大。到达古镇的时候，雨停了，挺善解人意的。

沙湾古镇在番禺，如今，番禺成了广州的一个区，从市内坐地铁倒一趟公交车就到，不远，很方便。不是节假日，古镇很清静，走到留耕堂前，人多了起来。留耕堂，是何家宗祠，在古镇有不少宗祠。岭南一带，宗祠文化传统悠久，它维持着宗族的团结、信仰以及文化的传承。何家是古镇大户，一家三人中举，其中一位还做了朝廷的驸马爷，声望在古镇绵延长久。留耕堂最早建于元代，现在堂皇阔大的建筑，是清康熙时重建。留耕堂前，是一片轩豁的广场，成为古镇的中心，留耕堂便当之无愧地成了古镇的地标。

广场四周，几乎坐满了画画的学生，一打听，是从广州专门来这里写生的。小马扎上坐着一个个年轻的学生，稚气的面孔和画板上稚嫩的画作，相互辉映，成为那一天古镇一道别致的风景，为古镇吹来年轻的风。

我最爱看人写生。面对活生生的景物，取舍的角度，感受的光线，挥洒的色彩，个人想象的填充，每个人都不尽相同，非常有趣。这些学生千篇一律地都在画水粉画，大概是老师的要求。晚秋雨后的阳光，湿润而温暖，照耀在这些学生的身上、画布上和水粉盒子上，跳跃着五彩斑斓的光斑，让古镇那一刻如诗如画，显得那么的幽静和美好。

这时候，忽然广场上嘈杂起来，有学生从马扎上腾地站起来，有的跑向广场那一侧，有的惊慌失措地望着那一侧。我也朝那边望去，那边靠道口是一排房子，有小店，有住家，住家大门旁边是一扇落地的卷扇拉窗。窗上有一道凉棚，凉棚下摆着一溜儿画架、马扎，还有水粉盒，调色的水杯和书包。只见一个中年男人，气哼哼地从家门出来，不由分说将这些东西一件件抄起，噼里啪啦地朝前面的广场扔去，立刻，一片狼藉，慌乱的色彩涂抹了一地。

有几个学生纷纷跑了过去，想阻止这个男人近乎疯狂的举动，但杯水车薪哪里阻止得了腾腾火苗的燃烧。那个男人依旧发疯似的扔东西，一个画架子正好砸在一个女学生的脑袋上，我看见，她委屈地哭了起来，蹲下来，拾起自己的画架和水粉盒，紧紧地抱在怀里。

一位镇子上的女人骑着摩托车过来，指责这个男人，骂他衰仔！

一个男子骑着自行车过来，放下车，走到这个男人的面前，给了他一巴掌：怎么可以这样？

这个男人不动了，也不说话，站在那里，呆若木鸡。

那个女人和那个男子，向学生解释，他的脑子有毛病，独立生活都成问题，然后指着他的房子又说，这房子都是政府出钱帮他新盖的。

本来拿出手机要报警的学生放下了手机。能和精神病人掰扯清什么呢？那个女学生还在无声的哭泣。有女同学搂着她的肩膀，安慰着她。

在学生们的议论中，我听明白了，刚才下雨的时候，学生们到凉棚下躲雨，又去和同学交流的时候，一时没有来得及将画具移走，就发生了刚才的一幕闹剧。

女人和男人把学生和那个男人劝开，几个学生把扔出去的画具和马扎拾起，远离凉棚，到别处写生去了。广场上，又恢复了刚才的平静。阳光依旧湿润而温暖的照耀着，洒在广场上一片金光。只有那一片被泼洒出的水粉和水搅和在一起的色彩，显得那样杂乱无章，像一幅荒诞派的画。

和江南古镇相比，这里没有水系的环绕，由于经过南宋到元明清几代，建筑风格更为丰富，破坏和改变的不多。老街纵横交错，地理肌理清晰犹存，石板路沧桑还在。除个别人家变为店铺，大多院落依旧保持着原来的烟火气，商业气息还没有那么浓重不堪。细细走走，有一种依稀梦回前朝的感觉。

我在古镇转了一圈，又回到留耕堂前的广场。留耕堂门前一侧，齐刷刷坐满一排学生，对着前面的广场、小店、老街以及更前面一些的池塘，露出镬耳式山墙一角，在写生。

在这一群学生里，我看到了刚才哭泣的那位女学生，我看见她画架的画纸被撕开了一道大口子，她依然坚持在上面画。我站在她的身后，仔细看了看她的写生画，她画的对面那个脑子有毛病人家的房子，左边是那扇家门，右边是有卷帘的凉棚，凉棚旁边，她多画了隔壁店铺前摆放的一盆花，红艳艳的三角梅开得正旺。

养老院母子

有的事，有的人，真的很难忘记，虽然只是匆匆的一面。

在北京寸土寸金的二环内，有一个养老院，是一座四合院改建的，空间有限，只能接纳二十几位老人。看中这家养老院的，都是看中了它地理位置和专业养老条件不错；如果住进去，晚辈来探望，没几步路，抬脚就到，也方便。自然，价钱不便宜，每人的基本养老费用每月是一万元。

今年夏天的时候，我曾经去过那里一次。那天，天很热，但天气不错，我陪朋友看望他的师傅，我跟着他去了那里。我不认识他的师傅，跟他去了那里，有私心，是顺便也想为自己看看那个养老院的情况如何，因为我也已经迈进老年的门槛，孩子又在国外，养老的问题再不仅仅是别人的事情，和自己切肤相关。

这是北京一个典型的老四合院，进门有影壁，左右有东西厢房，正房两侧各有一块空地，分别植有花草和藤萝，对面倒有座房，院子很宽敞，四周有抄手回廊，都涂上了鲜亮的红颜色，很是喜庆。

刚进大门，便在院子里见到一个满头银发的老太太坐在轮椅上，正在大槐树的荫凉下面摇着一把大芭蕉扇乘凉。老太太很时髦，上穿一件黑色横罗小褂，下穿一条府绸的花裤子，足蹬一双千层底的绣花鞋。

朋友见到老太太，大老远地就高声叫奶奶！然后，转过头笑眯眯地问我：你猜奶奶多大年纪了？看那样子怎么也得有八十以上了。我这样猜，听完我的话，朋友接着笑，那奶奶也跟着笑，竟然耳朵一点儿都不背。朋友竖着两个巴掌的手指对我说：一百零四岁啦！

我说，这我可真没有想到。一点儿都不像！

朋友接着说，你没有想到的，在后面呢！

朋友对老奶奶说了句，我先进去看看我师傅去，回头再和您聊！

老奶奶冲他摆摆手，他领我走进靠北头的一间东房里，里面摆着两张单人床，家具设备，一应俱全。电视开着，嗡嗡响着，紧里面的床上，一个男人躺着正在睡觉。朋友指着那男人对我说，你绝对想不到，这是我师傅，就是那位老奶奶的儿子，属鸡的，今年整84岁。没等我反应，他又说，你更想不到，老奶奶二十岁生下我师傅，她丈夫就离开她到缅甸去了，在那边结婚成了家，再也没有回来过。我师傅是老奶奶一手带大的。吃的苦，就没法说了，最苦是我师傅小时候，她给人家当老妈子，没饭吃，沿街还要过饭。都熬过来了，真了不得！

我忍不住回过头，透过窗玻璃，看看院子里乘凉的老奶奶。一个女人的一生，这么快，就要走完了。都说人生如梦，她的这一生是像一出梦一样的大戏，再怎么苦，怎么悲，怎么不容易，老了，老了能住进这么好的养老院，成了她一生大戏最好的收尾。因为并不是所有的人到老了之后，都能有这样一个幸福的尾声。屋子里显得格外安静，只有朋友的师傅微微的鼾声，院子里那棵大槐树上的蝉鸣一下子响亮了起来。

"现在，我师傅的身体还不如老太太呢，我师傅神志不清瘫痪在床，她只是行动不便，脑子没事。"

朋友的话，我没有听进去，我有些走神。一个女人，从二十岁带着一个孩子，再没有结婚，苦巴巴把孩子带大，多么不容易。同时，我在想,两个老人同时住进这样好的养老院,每月基本开销就是两万元呢,对于一般家庭,这不是小数字,这一家人中能够拿得出这样多钱的,只能是他们的后代。他们就容易吗?

我把疑问抛给朋友,他感慨地说,这多亏了我师傅的孙子!他知道他太奶奶的经历,老早的时候就表示过了,太奶奶养老的事,他负责到底了。没有想到,他爷爷的病比他太奶奶来得还快,还重。孙子说,索性把两位老人一起送进养老院,两人相互依靠了一辈子了,就还让他们相互照应,这样对我爷爷对我太奶奶养病养老都有好处。我们平常上班忙,也好放心。这养老院就是他找的!

算一算,孙子也往四十上奔了。"80后"的孩子,能做到这样,不容易。不要和那些啃老族比,就是跟一般年轻人比,即使有经济条件,一般是疼小不疼老,给自己的孩子怎么花钱都舍得,谁舍得每月掏出两万块钱,心甘情愿给老人花?孩子的孝心,一般时候看不分明,到了老人真的不行了,不得不住进养老院的时候,才会出水看见两腿的泥!

孙子不错,也得说是孙子媳妇不错。一般孙子愿意,媳妇要是别扭着,这事也难办成!我感慨地对朋友说。

是啊,媳妇也是通情达理的人,他们小两口都是被老奶奶这一辈子感动了。他们说,自己现在再受苦,能苦过太奶奶当初吗?他们发誓,一定尽自己最大的力量,让爷爷和太奶奶住进最好的养老院,多活几年,过好晚年!

这时候,老奶奶自己摇着轮椅走进屋来,问道:你师傅还没醒?叫醒他,睡的时候不短了!朋友对老奶奶说,不急,看我师傅睡得挺香,让他再睡会儿。老奶奶往床上望望,乐了说道:兴是做梦呢!我们俩人也跟着乐了起来。树荫窗玻璃两层洒进来,摇曳得满屋都是温馨斑驳的绿色。蝉声更响了。

那一幕,多么的温馨动人。真的很难忘记。转眼冬天到了,朋友又要去看他的师傅和老太太了,打电话问我还跟着去不去?我说去呀,看看两位老人怎样了。冬天的暖阳下,该是另一番情景呢,让我羡慕,让我嫉妒的呢。

四块玉和三转桥

　　四块玉，是元曲曲牌中的一个名字，也是北京胡同的一个名字。作为胡同，这个名字在明朝就存在。四块玉是一条很老的胡同。当初，为这条胡同起名字的时候，是不是想起了元曲曲牌"四块玉"这个名字，只能是一种揣测和联想了。

　　我对四块玉这条胡同一直充满感情。二十世纪九十年代，我儿子上小学四年级。他在光明小学读书，放学回家，抄近道就是走西四块玉胡同。那时候，他刚刚学会骑自行车，骑得正来劲儿，特别愿意在这样弯弯曲曲的胡同里骑车，"游龙戏凤"般显示自己的车技。一天下午放学，在西四块玉胡同一个拐弯儿的地方，看见前面走着一位老太太，他的车已经刹不住了，一下子撞上了老太太。老太太倒没有撞倒，老太太手里提着的一个篮子，被撞倒在地上，篮子里装满刚刚买来的鸡蛋，被撞碎了好几个。

　　孩子下了车，知道自己闯下了祸，心里有些害怕，除了一个劲儿地道歉，不知如何是好。老太太一看，是个孩子，把篮子拾起来，没有责怪他，只是对他笑笑，嘱咐他骑车要小心，就挥挥手让他走了。

　　那一年，孩子十一岁。这位老奶奶对他印象和影响至深。以后，对他人需要善意和宽容，让孩子格外在意。以后，每一次走进四块玉胡同，他都会忍不住想起这位老奶奶，而且，不止一次地对我说起这位老奶奶。

三转桥,也是北京的一条胡同的名字,没有四块玉好听。相传它有一座汉白玉的转角小桥,但和四块玉无玉一样,它并没有桥。桥和玉,都只是它们的幻想。它离四块玉不远,在四块玉的东边。

三转桥离我读的汇文中学不远。读高三那一年。那时候,我才学会骑自行车,比儿子晚了八年。有一天中午,我借同学的自行车骑车回家吃午饭。回学校的时候,穿过三转桥的时候,撞上一个小孩,把小孩撞倒地上。我赶紧下车,扶他起来,倒是没有撞伤,但是,孩子的裤子被车刮开了一个大口子,孩子一下子就哭了起来。我忙哄他,问他家住在哪儿,就在附近不远,我把孩子送回家。一路走,心里沉重得像压着块大石头,毕竟把人家孩子撞倒了,把人家孩子的裤子刮破了。家里,只有孩子年轻的妈妈在,我向她说明情况,一再道歉,听凭发落。她看看孩子,对我说:没事,快上你的学去吧,待会儿我用缝纫机把裤子轧轧就好了! 她说得那么轻巧,一下子就把我心里压着的那块石头搬走了。

我常想,我和儿子的成长道路上竟然有着这样多的相似。或许,是我们遇到的好人实在太多,让我和儿子都相信这个世界上尽管沙多金子少,但好人还是多于坏人的,善良多于邪恶的,宽容多于刻薄的。

我常想,如果当初那位年轻的母亲,不是说了那样轻松的话,就把我放走,而是非要让我赔她孩子的裤子的话,会是一种什么样的结果呢? 同样,如果当初那位老奶奶,即便不是讹孩子,像现在常见的"碰瓷儿"的老人那样倒在地上,非要他送她到医院,再找上家长赔一笔钱,而只是让他赔鸡蛋,又会是一种什么样的结果呢?

对于一个孩子,对这个世界和这个世界上的人与事的认知和理解,也许就大不一样了。这个世界上,存在着恶,也存在着善;人和人之间,存在着怀疑,也存在着信任。普通人应该是本能的善多一些,信任多一些,而如今普通人身上的善和信任,却被恶和怀疑挤压如荬苓夹饼里的馅。或许对于我们大人,一切都已经见多不怪,对于一个孩子,这样的凡人小事,却常常是他们进入这个世界的通道,从而见识到人生,以为世界和人生就是这样子的。他遇到这位老奶奶,和我遇到的那位年轻的妈妈,让这个世界充满爱,不再仅仅是一句唱得响亮的歌词,而是如一粒种子,种在了我们的心头。对于我,时间已经是五十年过去了;对于孩子,时间已经是二十五年过去了;这位老奶奶和这位年轻的妈妈,一直没有让我们忘记。这粒种子发芽生根长叶,至今仍在我们的心中郁郁葱葱。

四块玉和三转桥,像古诗里的一副美丽的对仗,便一直让我们对它们充满感情。

机场的拥抱

在南京机场候机回北京，来得很早，时间充裕，坐在候机大厅无所事事，看人来人往。到底是南京，比北京要暖，离立夏还有多日，姑娘们都已经迫不及待地穿上短裙和凉鞋了。坐在我对面的女人，看年纪有三十多了，也像个小姑娘一样，穿着一件齐膝短裙，在和节气也和年龄赛跑。

来了一对年老的夫妇，坐在我身边的空座位上。听他们一口纯正的北京话，就知道是老北京人。他们说话的声音有些大，显然是丈夫的耳朵有些背了，年龄不饶人。但看他们的年龄，其实也就七十上下，并不太大。听他们讲话，是在苏州无锡镇江转了一圈，从南京乘飞机回北京。

忽然，我发现他们的声音变得小了下来。这样小的声音，妻子听得见，丈夫却听不清楚了。但是，妻子依然压低了嗓音在说话，只不过嘴巴尽量贴在了丈夫的耳边。我隐隐约约地听见的话，是"真像"！"太像了"！他们反复说了几遍，不尽的感叹都在里面了。

声音可以压低，像把皮球压进水底，目光却把心思泄露出来。顺着这对老夫妇的目光，我发现目光如鸟一样，双双落在对面坐的这个女人的身上。

我才仔细地看了看这个女人，发现她的黑色短裙和天蓝色长袖T恤，还有脚上的一双白色耐克运动鞋，很搭。还有她的清汤挂面的齐耳短发,也很搭。当然,和她清秀的身材更搭,很像一名运动员。刚才只看到她的短裙,其实,短裙并不适合所有的女人。在她的身上,短裙却画龙点睛,让一双长腿格外秀美。

很像,这个女人很像谁呢?心里便猜,大概是像这对老夫妇的女儿吧?天底下,能够遇到很相像的一对人的概率并不高。刚看完电视剧《酷爸俏妈》,都说里面的演员高露长得极像高圆圆。这个女人,一定让这对老夫妇想起了自己的什么亲人。否则,他们不会这样悄悄地议论,声音很低,却有些动情。能够让人动情的,不是自己的亲人,又会是谁呢?

我看见,妻子忽然掩嘴"扑哧"一笑,丈夫跟着也笑了起来。我猜想,笑肯定和对面这个女人有关,只是并没有惊动这个女人,她依然跷着秀美的腿,在看手机,嘴角弯弯的也在笑,但她的笑和这对老夫妇无关,大概是手机上的微信或朋友圈有了什么好玩的段子或信息。

要不你去跟她说一下?你去说吧,我一个老头子,怪不好意思的……我听见老夫妇的对话,看着妻子站起身来,回过头冲着丈夫说了句:什么事都是让我冲锋在前头!便走到对面女人的身前,说了句:姑娘,打搅你一下!那女人放下手机,很礼貌地立刻站起来,问道:阿姨,您有什么事吗?是这样的,你长得特别像我们的女儿。说着,妻子打开自己的手机给这个女人看,大概是找到自己女儿的照片,这个女人禁不住叫了起来:实在是太像了!怎么能这样像呢!我忍不住看了一眼身边的这位丈夫,一直笑吟吟地望着这女人。

我们想和你一起照张相,不知道可以不可以?妻子客气地说。太可以了!待会儿我还得请您把您女儿的照片发我手机上呢!

丈夫站了起来,走到这个女人的身边,妻子冲我说道:麻烦你帮我们照张相！说着，把手机递到我的手中。我没有看到手机上的照片，不知道他们的女儿和他们身边的这个女人到底有多像，但从他们的交谈中知道女儿十多年前去美国留学，毕业后留在美国工作，工作忙，孩子又刚读小学离不开人，已经有五年没有回家了。思念，让身边的这个女人像女儿的指数平添了分值。

照完了相，我把手机递给妻子的时候，听见丈夫对这个女人说了句：孩子，我能抱你一下吗？女人伸出双臂紧紧地拥抱住了他。我看见，他的眼角淌出了泪花。我没有想到的是，那一刻，这个女人也流出了眼泪。

街上看鞋

在美国，走在街上或坐在街旁，我特别爱看来来往往的人脚上穿的鞋。因为和我在国内看到的景观不大一样。在国内，大街上，尤其是在前门、王府井，或西单这样热闹的街上，人们穿的鞋远远要比美国这里的花样繁多，色彩炫目。在那些大街上，常常会看到人们尤其是年轻女孩子脚上的鞋，名牌自不待说，光是样式，越新潮越不怕新潮。冬天的高筒皮靴，夏天的五彩凉鞋，春秋两季的船形或盖式或香槟或复古或盘花或镂空或平跟或高跟或尖跟或坡跟或松糕跟……应有尽有，无奇不有。特别是那种现在流行的加高鞋跟的鞋子，从鞋底就开始增高整整一层，然后再在跟上做足了文章，旱地拔葱一般，一夜恨不高千尺一般，让身高一下子拔高许多。看这样的女人在大街上风摆柳枝袅袅婷婷地走，总有些杞人之忧，觉得她们像是踩高跷似的，一不留神，就会被如此高的高跟崴了脚。

在美国的大街上，几乎没有见过这样的景观。但也不能把话说得那样满，偶尔见到过几次这样的高跷鞋，大多是我们中国的女人。有一次，在印第安纳波利斯的市中心纪念碑前的广场上，我见到一位中国的女人，年龄不小了，大约往五十上奔了，跟在一位洋老头的身后，洋老头指着高高的纪念碑和周围的建筑，向她介绍着什么。便猜想这位女人大概是初次来到这里，或许是来自祖国大陆，也许是居住在美国的华人，总之，她倾听着洋老头的介绍，一脸灿烂的笑容,有些谄媚的样子。便又猜想,或许是别人给这个洋老头介绍的对象。由于洋老头长得人高马大,腿长步宽,她人长得小巧玲珑,有些跟不上洋老头。看她踩着一双那样高的高跟鞋,而且,还是尖跟的,真的有些替她担心,生怕走得一急,崴着脚踝。不过,她倒是没事,如同跳着熟练的芭蕾,尖跟在地板上响着轻快的声音,像是脸上微笑迸溅出的回声。

在美国,很少见到洋人出现这样的景观。即便搞对象中的女人个子矮小,也很少见到非得借鞋跟以增加身高,来平衡恋爱中的心理期待与价值指数。不知道从什么时候,中国出现了女子身高自恋症。矮个子的女人穿高跷鞋,高个子的女子也穿高跷鞋。

在美国,正经的皮鞋,在大街上很少见,无论男女,人们更爱穿的是运动鞋,如果天稍稍一热,人们便早早换上一双凉鞋,凉鞋中,居多的是那种夹脚豆儿的人字凉鞋,可以从开春一直穿到秋末。有时候,我会想,美国人的生活真的是太简单了,一年四季,有一双这样夹脚豆儿的凉鞋,一双运动鞋,一双上班的皮鞋,就足够了。如果讲究一点儿的,再有一双高筒皮靴;如果再时髦一点儿的,买一双雕花的牛仔靴,已经算是奢侈的了。

去年夏天一个周末的中午,还是在印第安纳波利斯的市中心,在一家餐馆里吃午饭,黑人服务员问是想坐在室内,还是坐在外面。我说外面吧,坐在凉伞下,面前就是直通纪念碑的大街,正好可以看看来往往人们脚上的鞋。趁着菜还没有上来的工夫,我想做一番小小的试验,看看从我面前走过的人,有多少穿运动鞋的,有多少穿凉鞋的,有多少穿皮鞋的,又有多少穿我们国内那种高跷鞋的。走过来走过去的人,白人、黑人、亚洲人,年轻的、年老的、年幼的都有,虽然赶不上北京街头的人流如鲫,但毕竟是周末,人还是挺多的。数到一百的时候，不想再数了，觉得大概可以看出一些眉目了。一百人中，除了六位穿皮鞋，穿凉鞋的和穿运动鞋几乎平分秋色，穿运动鞋的更多一些。而那种高跷鞋，我一个也没有见到。

坐在那里，我有些走神。想着我刚才计算出来的数字，为什么会运动鞋更多一些？因为，走步和跑步，是美国人日常生活和运动的方式。无论在哪里，几乎都可以看到走步和跑步的人，特别是在一早一晚和休息日，跑步的人更多，他们手腕上系着表形的计步器，跑得汗流浃背，却乐此不疲。为此，在美国很多的大街上，都会专门辟出一条道，为自行车和跑步专用。所以，在大街上见到的人们穿运动鞋更多一些，是不足为奇的。在鞋店里，运动鞋卖得非常热火，老少咸宜，谁都要有几双运动鞋的。

发现这一点，我像是哥伦布发现美洲新大陆一样，有了什么自以为是的新发现。鞋，不光是关系着人们的生活水平、舒适程度、价值观念、审美需求，也关乎着人们生活和生命存在的方式。运动鞋，在美国的状况，说明了这一点，他们对鞋的选择，更多的不仅仅是为了美，为了增高，为了给人看，更多的是为了自己的生命与生存。运动，才不仅仅只局限于运动场和健身房，也在大街上。

我想起前几年的春天，在威斯康辛州的州府麦迪逊市大街上见到的最壮观的运动鞋。可以说，像秋天的落叶，冬天的雪花，覆盖满大街一样，那一天的上午，麦迪逊大街奔跑的都是这样的运动鞋。

那是麦迪逊市举办的每年一度的长跑比赛，名称非常有趣，叫作"疯狂的腿"比赛。比赛的距离是半个马拉松的长度，参加者有万人之多，要知道麦迪逊市人口总共才有几万呀。想到这一点，便也就多少明白了为什么要把比赛叫作"疯狂的腿"了，没有如此疯狂般的心劲，怎么可能平均每一家就会有一个甚至两个人出来比赛呢？

比赛的始点在州政府大厦前的广场上，背后或胸前贴着号码的选手已经熙熙攘攘，人挤着人，几乎密不透风。看到选手中竟然有白发苍苍的老头老太太，让我分外惊奇，忍不住上前打听，才知道不少老人一辈子以参加一次这样的长跑比赛甚至马拉松比赛为荣耀。

发令枪响了，一片欢腾之中，那么多人跑了出去，浩浩荡荡，犹如汛期的桃花水，满城都是长跑的人和看长跑的人，满城都是疯狂的腿，疯狂的腿下脚上，穿的都是运动鞋。街上本来就是车行人走的地方，但这一日，除了警车和救护车，都是鞋子，而且是运动鞋，主宰了这座城市，覆盖了这些街道，上演了一幕荡气回肠的话剧。那些色彩缤纷的运动鞋，让城市的街道变幻了色彩，变幻了功能，有了蓬勃的弹性，有了生命的力量，有了魔力般的诱惑和吸引。这是我见过最壮观的运动鞋，最壮观的街道，两者相映成趣，构成都市万千风情。

在美国大街上看鞋，成了我一种惯性的习惯。特别是双休日的时候，看到很多人是在跑步。好容易熬到一周休息的时候，他们似乎不大愿意开车，而是愿意跑步。而我们这里大多愿意开车出去兜风或聚餐，甚至哪怕买瓶酱油，也要开车出去。

有一个星期天，我到纽约，因为堵车，坐在大巴上无所事事，居高临下看大街上的人流，忽然又不由自主地看人们脚上穿的鞋，并又像在印第安纳波利斯那天一样，数着数，计算着穿不同鞋的比例。谁知纽约跟北京一样人流如潮，数着数着就数乱了，但还是大约可以算出来，起码有百分之七八十的人是穿运动鞋，似乎个个都长着疯狂的腿。

大年夜

我家住的小区里，有家小理发店。十五年前，我刚住进这个小区，它就存在。十四年来，花开花落，世事如风，变迁很大，它依然偏于小区一隅，没有任何变化。别的理发店都重新装潢了门面，在门前还装上了闪闪发光的旋转灯箱什么的，连名字都改作美发厅了。它依然故我，很朴素，也很有底气地存在着，犹如一株小草，自有自己的风姿，并不理会花的鲜艳和树的参天。而且，别的理发店里伙计不知换了几茬儿，甚至老板都已经易人。它的伙计一直是那几个，老板始终是同一个人。什么事情，能够坚持十四年恒定不变，都不容易，都会老树成精的。

想说的是去年大年三十的事情。虽然事情已经过去了快一年，但印象很深，每一次去小店理发，见到老板都忍不住想起这件事情，而且会和他谈起。他总会哈哈大笑，笑声震荡在小店里，让回忆充满暖意和快乐。

因为常去那里理发，我和这位老板很熟，其实，小区好多人图个方便，更图老板手艺不错，都常去小店。大家都知道每年春节前是他生意最好的时候，他会坚持到大年三十的晚上，一直送走最后一位客人，然后回江西老家过年。他买好了大年夜最后一班的火车票，他说虽然赶不上吃团圆饺子，但这一天车票好买，火车上很清静，睡一宿就到家了。

一般我不会挤在年三十晚上去理发,那时候,不是人多就是他着急要打烊,赶火车回家。但那几天因为有事情耽搁了,我一直到了大年三十的晚上,才去他那里。时间毕竟晚了,进门一看,伙计们都下班回家了,客人也早已经不在,店里只剩下他一人,正弯腰要拔掉所有的电插销,关好水门和煤气的开关,准备关门走人了。见我进门,他抬起身子,热情地和我打过招呼,把拔掉的电插销重新插上,拿过围裙,习惯性地掸了掸理发椅,让我坐下。我有些抱歉地问他会不会耽误他乘火车的时间。他说没关系,你又不染不烫的,理你的头发不费多少时间的。

我知道,理我的头发确实很简单,就是剪一下,洗个头,再吹个风。不到半个小时,就完活儿了。但毕竟有些晚了,还是有些抱歉。迎来送往的客人多了,理发店的老板都是心理学家,一般都能够看出客人的心思。他看出我的心思,开玩笑对我说,怎么我也得送走最后一个客人,这是我们店的服务宗旨。

就在他刚给我围上围裙的时候,店门被推开了,进来一位女人,急急地问:还能做个头吗?我和老板都看了看她,三十多岁的样子,穿着件墨绿色的呢子大衣,挺时尚的。我心想,居然还有比我来得更晚的。老板对她说:行,你先坐,等会儿!那女人边脱大衣边说,我一路路过好多家理发店都关门了,看见你家还亮着灯,真是谢天谢地。

等她坐下来,我替老板隐隐地担忧了。因为老板问她的头发怎么做,她说不仅要剪短,要拉直,而且关键是还要焗油,这样一来,没有一个多小时,是完不了活儿的。等她说完这番话时,我看见老板刚刚拿起理发剪的手犹豫了一下。

显然,她也看出了老板这一霎间的表情,急忙解释,带有几分夸张,也带有几分求情的意思说:求您了,待会儿,我得跟我男朋友一起去见他妈,是我第一次到他家,而且还是去过年。虽说丑媳妇早晚得见公婆,但你看我这一头乱鸡窝似的头发,跟聊斋里的女鬼似的,别再吓着我婆婆!

老板和我都被她逗笑了。老板对她说:行啦,别因为你的头发过不好年,再把对象给吹了。

她大笑道:您还是真说对了,我这么大年纪,也是属于"圣(剩)斗士"了,找这么个婆家不容易。

我知道,时间对于老板的紧张,赶紧向老板学习,愿意成人之美,便让出了座位,对老板说:你赶紧先给这位美女理吧,我不用见婆家,不急。她忙推辞说,那怎么好意思!我对她说,老板待会儿还得赶火车回家过年。她说,那就更不好意思了。但我抱定了英雄救美的念头,把她拉上了座位,然后准备转身告辞了。老板一把拉住我说,没你说的那么急,赶得上火车的。正月不剃头,你今儿不理了,要等一个月呢!我只好重新坐下,对老板说,那你也先给她理吧,我等等,要是时间不够,就甭管我了。

那女人的感谢,开始从老板转移到我的身上。我想别给老板添乱了,人家还得赶火车回家过年呢,便想趁老板忙着的时候,侧身走人。谁知悄悄拿起外套刚走到门口,老板头也没回却一声把我喝住:别走啊!别忘了正月不剃头!看我又坐下了,他笑着说,您得让我多带一份钱回家过年。说得我和那女人都笑了起来。

老板麻利儿地做完她的头发,让她焕然一新。都说人靠衣服马靠鞍,其实人主要靠头发抬色呢,尤其是头发真的能够让女人焕然一新。但是,时间确实很紧张了,老板招呼我坐上理发椅时,我对他说,不行就算,火车可不等人。老板却胸有成竹地说,没问题,你比她简单多了,一支烟的工夫就得!

果然，一支烟的工夫，发理完了。我没有让他洗头和吹风，帮他拔掉电插销，关好水门和煤气的开关，拿好他的行李，一起匆匆走出店门的时候，看见那位女人正站在门前没几步远的一辆丰田RV4的旁边，挥着手招呼着老板。我和老板走了过去，她对老板说：上车，我送你上火车站。看老板有些意外，她笑着说，走吧，车着着，候着您呢。老板不好意思地说，别耽误了你的事，她还是笑着说，这时候不堵车，一支烟的工夫就到。

丰田车欢快地跑走了。小区里，已经有人心急地燃放起了烟花，绽放在大年夜的夜空，就像突然炸开在我的头顶，挺惊艳的。

风中的字

　　我家街对面是潘家园市场,年三十这一天,较往常的人满为患虽然清静了不少,但依然有市声喧嚣,就连便道上都有人摆摊,不过,卖的大都是过年的窗花、对联,也有一些自己书写的书法作品。到黄昏的时候,这些零星的小摊早都收拾好家伙什回家过年了。只有一个人在寒风中坚持着。

　　这是一个中年人,听口音是河北沧县人,沧县是我的老家,一听就能听得出来,便感到有些亲切。我在马路这边就看见了他,穿着一件枣红色的羽绒服,在便道隔离的栏杆前,他正在弯腰收拾地上摆着的东西。长长一溜儿的便道上,只剩下他一个人,显得格外醒目。在街这边看,他的身前是一个绿色的报刊零售亭,早已经挂上了门板,但绿色的亭子,和他身后白色的栏杆,街树的枯枝,市场灰色的外墙,颜色艳丽的广告牌,这些静物把他组合在一起,构成了一幅画。如果作为新年画,怪有意思的。

　　我过了马路,除了地上还摊着两幅书法,他已经收拾好了东西,正准备要走。我匆匆瞥了一眼地上的两幅字,一幅隶书,一幅行草,尺幅都不小,没来得及细看,只是客气地和他打过招呼,知道卖的都是自己写的书法作品。问了句今天卖的行情可好?他摇摇头说今儿不行,一幅没卖出去。又问,这么晚了回沧县过年吗?他说在北京租有房子,全家今年都在这儿过年了。然后,彼此拜了个早年就分手了。寒风中,看见他的身影,显得有些孤独和凄清,怎么都感觉像是巴金《寒夜》里的人物。

办完事,我原路返回,天已经彻底黑了下来,路灯早亮了,倒悬的莲花一般,盛开在寂静的街道旁。路过报刊零售亭的时候,忽然看见门板上贴着两幅书法,在街灯的映照下,白纸黑字,非常打眼。看出来了,是刚才那个中年男人摊在地上的那两幅字,一幅隶书,一幅行草。仔细一看,隶书是四个横写的大字:龙马精神。行草是四句诗:"箫鼓追随春社近,衣冠简朴古风存,从今若许闲乘月,莫笑农家腊酒浑。"禁不住莞尔一笑,字虽然写得一般,但觉得有点儿意思。两幅字都和春节相关呢,一幅为马年祝福而写,一幅为春天到来而写。后一幅,是放翁诗的改写,改得风趣有神,有点儿功夫,并非等闲之辈。

这位老兄,一天没有卖出去一幅字,却索性把这两幅字留了下来,贴在报亭上,留给人观赏,也留于风抚摸,和即将燃放的鞭炮的欢庆。这是他心情的宣泄,也是他拜年的特殊方式,是个不错的创意。既然清风朗月不用一文钱买,那么,白纸黑字也可以无须一文钱卖,和大自然交融,一起过年迎春,是一种别样的境界呢。到潘家园来卖字画的人,多如过江之鲫,如他这样有如此创意的人,我还真的没有见过。

只是担心,不知道这两幅字能否熬过大年夜,明天一早,人们出门到各家拜年的时候还能否看得到? 走过马路,禁不住回头又望了望,寒风吹过,邮亭上的那两幅字在猎猎的抖动。

飞机延误之后

那天，从广州回北京，下午三点半的飞机，一点多钟便赶到了机场。但是，在去往机场的路上，暴雨突然袭来，车子像在浪中飞奔。心里就有了准备，这么大的雨，飞机肯定不能准时起飞。没有想到，竟然延误到了半夜，才得到确切的消息，凌晨十二点一刻起飞。这让在机场苦苦等候的人们松了一口气，又无奈地叹了一口气。

这时候，坐在对面的一位中年妇女走到我的身边。因为整整一个下午和一个晚上，我们都在机场这个候机厅里苦熬，同是天涯沦落人，彼此比较熟悉了，我知道她是广东人，此次是带着女儿和母亲到北京旅游的，那一老一少就坐在对面的位子上打瞌睡。她知道我是北京人，是来问我，飞机到北京半夜了，打车的话，该怎么打？我知道，大半夜的，人生地不熟，她是怕打车挨宰。这时候，确实有黑车夜游神一般在机场趴活儿的，专门宰客，尤其是外地游客。便对她说首都机场有机场大巴，甭管多晚，都要等最后一班飞机下来的乘客，你可以坐大巴走。

她说她要到海淀培黎学校附近的一家快捷酒店，她听说了大巴只到中关村，想问我的是，如果打车是在机场打好一些，还是坐大巴到中关村下车再打好一些？也就是说，在哪里打车，挨宰的概率能够小一些？

这个问题还真的难住了我，要我说挨宰的概率一样多。黑车司机,挣的就是黑心钱,在哪里心都是一样的黑,不会像橘子易地而变为枳的。可望着她那对我信任的眼光,怎么对她说出口呢?想了想,说:还是坐大巴到中关村下车再打车好一些。那里离你要去的酒店近一些,即使多跟你要钱,也比在机场到你去的酒店会少,免得为付车费而闹得不愉快。你带着孩子,又带着老人,安全第一。

她点点头,同意我这个退而求其次的选择,走回到她的座位上,搂着女儿,开始打起盹,头像断了秧的瓜一样垂了下来。我知道她是粤北赶到广州的,这一路就够辛苦的了,又赶上飞机延误,在机场吃没得吃,喝没得喝,待了这么久,已经是身心交瘁。

没过一会儿,我看见她突然激灵了一下,头抬了起来,又走过来,问我:你说我去的那个地方是不是很偏僻呀?我是在网上订的酒店,图的便宜一些。如果偏僻,黑灯瞎火的,司机再拉着我们故意绕道,不是一样多花钱?她的这个问题,还真的难以预测。

而且,飞机到北京要夜里三点多了,你说这时候在中关村下了车,在中关村那地方会有出租车吗?她接着问我的这个问题,我还真的没有想到。这时候了,在首都机场怎么说还趴着黑车,在中关村有没有出租车,还真的是个问题,万一等半天也等不着一辆车,这一家三个女人可真的是叫天不灵呼地不应了。

仿佛她知道我回答不出这个问题,或者说,她在刚才打的那个盹里,已经把乘大巴到中关村这个选择否定了。她便不等我回答,接着问我:你说我就在机场打车,给司机二百元钱,再递给他这张纸,让他拉我们到这个地址,行不行?说着,她从衣袋里掏出写着酒店地址和电话的纸。

我摇了摇头,对她说,这么远的路,两百块钱,黑车恐怕不干。她叹了口气说:那他要是跟我漫天要价,我可怎么办呀?

一时间,我们都没了办法。望望窗外,雨早已经停了,灯光映得停机坪上的积水闪着迷离的光斑,好像是另外的世界。飞机场能够把延误了这么长时间的旅客送走就已经气喘吁吁了,怎么还顾得过来一个带着一老一少的女人半夜在北京下了飞机之后的问题呢? 但是,这个问题应该由谁来管呢? 管不了一个孤独无助的女人,也管不了黑车司机,一时,我和她的心都如夜色一样沉重。

　　她又叹了口气,对我说:实在不行,只有在机场等到天亮了。我自己倒是没有什么,就是孩子和老人受罪了。看着她心里万般纠结的无奈回到自己的座位上,我也叹了口气。

　　快到登机的时候了。人们早耐不住性子,排起了长队,恨不得赶紧登机让飞机起飞。可是,等到十二点已经过了,长队排得更长,却没有一点登机的意思。机场的广播睡意蒙蒙地嗡嗡响了:飞往北京的旅客,我们抱歉地通知你们……飞机继续在延误。

　　等我们真正地登上这架飞往北京的747,已经是又过了两个多小时之后。这样的一再延误,飞机到达北京已是凌晨,天都要亮了。想起这位女人,可以不必再为打车或在机场守候天亮的事纠结了。谁都不管或不解决的问题,时间帮助解决了。在通往飞机的甬道上,我看见了这位女人,她咧嘴苦瓜似的对我笑了笑。

养老院踩点

聚会一拖再拖,本来想约在春节期间,谁知各家都忙,有的人家还添了第三代,更是忙得掰不开镊子,弄得人马总是锣齐鼓不齐。一直到前两天,才终于凑齐了多年未有的聚会。

都是当年的中学同学,插队时风云流散,转眼四十多年,好几位都是多年未见的老朋友。席间,听见几位女同学在商量着什么事情,仔细一听,才知道她们开春天暖和时要一起去昌平和顺义看看养老院的事情,如果条件不错,价钱合适,就准备先订下。

另几位听说,都凑过来,很惊讶地问:现在就去找养老院踩点,是不是早了点儿?起初,我和大家的想法一致,都才是六十岁刚过,离养老院的生活还远着呢。但是,我马上改变了自己的这个想法,因为我想起了另外的一个曾经在吉林插队的同学,忽然觉得也许并不早。

去年十月,他的妻子因颈椎病做的手术。其实,妻子的病早就有了,退休之后,被单位返聘,工作的辛苦,也加重了病情。而且,起初一直以为是腰椎的问题,怎么治都没有效果,一直就这么咬牙忍着,拖着,最后走路都发生了困难。现在终于找到病根,做了手术,走路一下子轻松多了,只是还需要戴着颈套,需要一段时间的康复。这位朋友对我讲:我忽然想起父亲当年病重时的情景,日子过得可真是快,转眼到了自己和父亲当年老的时候一样大的年龄了,想想父亲病重期间，我家里八个孩子伺候，现在，咱们都只有一个孩子，以后可怎么办呀？

不得不承认我们都已经老了，尽管心理年龄还年轻幼稚。由于插队时干活不知轻重，这一代人已经到了很多莫名其妙的病找到头上的时候了。大多数家庭只有一个孩子，却要伺候两个老人，如果结婚，还要伺候对方家里的老人。像我的这位吉林插队的朋友，现在还好，只是爱人一个人病了，而且自己身体也还好，可以伺候爱人，用不着动用儿子，如果有一天，自己也病了呢？虽然孩子是个非常懂事的孩子，在妻子住院期间天天下班后做好饭跑到医院里看望他妈妈。但生活的现实就这样沉甸甸的摆在面前，做父母的和做孩子的，都该怎么面对？他都不敢想，那样的一天真的到来了，会是一种什么样的情景？

一代人有一代人的矛盾和苦楚，如果说老三届这一代经历了"文革"和上山下乡运动，蹉跎了青春，把最美好的年华留在那样残酷的岁月里，那么，下一代所经历的青春岁月，即使再不会出现无论从物质到精神都那样的贫瘠和动荡的情况，却将面对一对对垂垂老矣且体弱多病的父母，到了那时候，会比他们父母多了一层难以体会到的心理和精神的压力。

想到这里，便忍不住想到曾经看过的获得奥斯卡奖的电影《一次别离》，那个儿子给年老多病而失禁的父亲擦洗的时候，忽然抱着父亲哭泣的情景，让我想起我们自己和我们的孩子，仿佛电影是我们未来的预演。青春，无论是哪一代人的青春，除了美好的一面外，都会有自己独特的痛苦。

生老病死，是任何人都必须经历的，这一代人的特殊性，不仅在于青春的经历与国家的动荡命运相关，而且和国家的独生子女政策命运与共,我们的孩子都是共和国的第一代独生子女,在面对这样人生必须经历的问题的时候,无论对于我们还是孩子,都是第一次,会是陌生的,艰难的,也会是痛苦的。这几位女同学的未雨绸缪,只不过是比一般人提前走了几步。她们对我说想找个合适的地方,以后她们能住在同一个养老院里,彼此有共同语言,让晚年最后的日子过得顺畅一些。此外,是不想给孩子添麻烦,免去他们的后顾之忧。

听完她们的话,我的心里不是滋味。并不是感慨我们这么快就到了要进养老院的时候了,而是觉得她们这样的心态,这样的举动,这样的心意,她们的孩子会懂吗?能理解吗?那是一代人历经了沧桑之后在身体变得逐渐萎缩后的一种多么复杂又委婉又夹杂着些许无奈的心绪。难道这就是她们也是我们唯一的选择吗?

丝瓜的外遇

　　那天，到菜市场买了几根丝瓜，因为已经买了好多的菜，手里拿着满满的好几个兜子，给小贩交完钱，提着菜兜转身就走了。等到晚上做饭时候找丝瓜，才想起了放在菜摊上忘记拿了。

　　几根丝瓜，没几个钱，但第二天到菜市场去买菜时，忽然想到那个菜摊前问问，看看菜贩兴许好心地帮我收起了丝瓜，守株待兔等着我回去取。走到那个菜摊前一问，菜贩摇摇头，一脸无辜的茫然。我向他道了谢，转身走了，这事本来怨我而不怨他，不见得就一定是他将几根丝瓜"迷"了起来，也可能是别人顺手牵羊拿走了丝瓜。买菜的人来人往，菜经他的手各种各样，他哪里顾得过来这几根小小的丝瓜？

　　也是退休后无所事事，那一刻，脑子里忽然冒出这样一个念头，就在这个每天都喧嚣热闹的菜市场，做个小小的试验。便找了三家菜摊，各买了三根丝瓜，然后，交完钱，都放在了菜摊前那一堆有青有绿有红的蔬菜堆儿里，转身就走了。我想明天再去菜市场，看看这三家菜摊，会有哪家能够看到了我忘在菜摊上的丝瓜，替我保存，等着我回去取；或是，哪家都没有了丝瓜，只剩下了今天看到的那个菜贩的一脸无辜的茫然。小小的丝瓜，会是一张 pH 试纸，能够试探出人心薄厚和人情暖凉呢。

　　第二天，我去了这三家菜摊，两家，没有了丝瓜，只有了茫然；一家的菜贩却没等我问话，就从菜摊下面提出了装着那三根丝瓜的塑料兜，笑吟吟地递给我。

应该说，试验的结果，还算不坏，2比1，毕竟没有让人完全失望，九根丝瓜没有全部不翼而飞，留下了三根，锚一样，还沉稳地留在了水底，缆住了小船没有被风浪吹走，不知所踪。

不过，有意思的是，这家替我保存住遗忘的丝瓜的菜贩，是我认识的，我常常到他那里买菜，特别是西红柿，我都会到他那里买，因为彼此熟了，他会连问都不用问我，直接从西红柿筐里挑最好的给我。有时候，差个几分钱几角钱，他也会抹去了零头，甚至忘记了带钱或者钱不够了，他会让我赊着，明天来买菜时再带给他。

我在想，如果不是我们已经很熟识了，他会为我保存下这三根丝瓜吗？

我又想，以前老北京，几乎每条胡同都会有一家菜摊或菜店，因为都是街里街坊的，无论卖菜的，还是买菜的，每天抬头不见低头见，彼此都熟悉得不能再熟悉了，别说是买了菜忘在菜摊或菜店里了，就是你把别的东西甚至钱包忘在那里了，一般回去都会找得到的，菜摊或菜店里的人都会替你保管好。这原因其实也很简单，因为在一条街上，大家都认识，彼此的信任和信誉，以及常年积累起来的感情，比贪一点儿小便宜要重要得多。所以，那时候，尽管物资匮乏，大家都不富裕，但很少会出现缺斤短两或假冒伪劣之类的欺诈。对比那时农耕时代的商业模式，如今琳琅满目的菜市场，发展了好多，也流失了好多东西。其中流失最多的，就是买卖之间的那种邻里之间的人情味。

我将自己这样的想法，对那位替我保存丝瓜的菜贩说了，他笑笑对我说：人情味，也不是说现在就没了，你们买菜的看得起我们，我们卖菜的自然就会高看你们一眼。这东西,就跟脚上的泡,走得日子多了,自然就长出来了。你说,那几根丝瓜能值几个钱?

他说得有道理,丝瓜不过只是人情味的一种外化,是彼此心情的一次外遇。

上一碗米饭的时间

入冬后北京最冷的那天晚上,我在一家小饭馆里。家里的人都出了远门,没有饭辙儿,要不我是不会在这么冷的天跑出来到这里吃晚饭。正是饭点儿,小饭馆里顾客盈门,只剩下靠门口的一张桌子空着,虽然只要一开门,冷风就会趁机呼呼而入,但别无选择,我只好坐了那儿。

服务员是位模样儿俊俏的小个子姑娘,拿着个小本子,笑吟吟地站在我的面前,一口外地口音问我:您吃点儿什么? 我要了三两茴香馅的饺子和一盆西红柿牛腩锅仔。很快,饺子和锅仔都上来了,热气腾腾的扑面撩人,呼啸寒风,便都挡在了窗外。

埋头吃得热乎乎的,忽然觉得有一股冷风吹来,抬头一看,一位老头已经走到我的桌前,也是别无选择地坐了下来。在我的对面坐下来之后,大概看见我正在望着他,老头冲我笑了笑,那笑有些僵硬,不大自然。也许,是为自己一身油渍麻花的破棉袄感到有些羞涩,和这一饭馆衣着光鲜的红男绿女对应得不大协调。我看不出他有多大年纪,或许还没有我大,只是胡子拉碴的显得有些苍老。我猜想他可能是位农民工,或者刚刚来到北京找活儿的外乡人。

他坐在那里,半天也没见服务员过来,便没话找话的和我搭话,指指饺子,问我饺子怎么卖? 我告诉他一两3块钱。他立刻应了声:这么贵! 这时候,那个小个子姑娘拿着小本子走了过来,走到老头的身边,问道:你吃什么?老头望了望她,多少有点儿犹豫,最后说:我要一碗米饭。姑娘低下头在小本子上记下来,又抬起头问:还要什么?老头说:就一碗米饭!姑娘有些奇怪:不再要点儿什么菜?老头这回毫不犹豫地说:一碗米饭就够了。然后补充句,要不麻烦你再给我倒碗开水!姑娘不耐烦了,一转身冲我眉毛一挑,撇了撇嘴,风摆柳枝般走了。

过了好长时间,也没见姑娘把一碗米饭端上来,更不要说那一碗开水了。在这样一个势利眼长得比鸡眼还多的社会里,人们的眼睛都容易长到了眉毛上面,很多饭馆都会这样,不会把只要一碗米饭的顾客放在心上,更何况是一个衣衫褴褛的老头,在他们眼里几乎是乞丐一样呢。姑娘来回走了几次,大概早忘了这一碗米饭。

我悄悄地望了一眼对面的老头,看得出来,老头有些心急,也有些尴尬,又不知道如何是好,如坐针毡。如果有钱,谁会只要一碗白米饭呢?但如果不是真的饿了,谁又会非得进来忍受白眼和冷漠而只要一碗白米饭呢?

我很想把盘子里的饺子让给老头先垫补一下,但把剩下小半盘的饺子给人家吃,总显得不那么礼貌,有些居高临下,就像电影《青春之歌》里的余永泽打发要饭的似的。那锅仔我还没有动,可以先让他喝几口,但一想饭还没吃,先让人家喝汤,恐怕也不合适,而且也容易被老头拒绝。

因此,当姑娘又向这边走来的时候,我远远地冲她招招手,她走了过来,老头看见了她,张着嘴动了动,一定是想问她:我那一碗米饭呢?但如今的小姑娘哪一个好惹?看人下菜碟,已是常态。为了避免尴尬,我先把话抢了过来,对她说:姑娘,你给我上碗米饭!话音刚落,怕她同样嫌弃我也只要一碗米饭,便又加了句:再来三两饺子。

姑娘在小本子上记了下来,转身走了。我冲着她的背影喊了句:快点儿呀! 她头没有回,扬扬手中的小本说道:行哩!

老头望了望姑娘走去的背影,又望了望我,什么话没有说,似乎是想看看,同样一碗米饭,到底谁的先上来。一下子,让我忽然感觉偌大的饭馆里,仿佛主角只剩下了老头、姑娘和我三个人,三个人彼此的心思颠簸着,纠结着,一时无语却有着不少的潜台词。

我望了望老头,也没有说话。我是想等这一碗米饭和三两饺子上来,一起给老头,谁家都有老人,谁都有老的时候,谁都有饿的时候,谁都有钱紧甚至是一分钱让尿憋死的时候。

老头垂下头,不再看我。我埋下头来,吃那小半盘的剩饺子,也不敢再望他,我不知道此刻他在想什么,但生怕我的目光总落在他的身上会让他觉得尴尬。有时候,只能让人感慨生活现实的冷漠,比窗外的寒风还要厉害,人与人之间的隔膜,如今是越来越深了,并不是一碗米饭几两饺子就能够化解的。

很快,也就是那小半盘剩饺子快要吃完的工夫,只听姑娘一声喊:您的米饭和饺子来了,便把一碗米饭和三两热腾腾的饺子放在我的桌子上,同时把老头的那一碗米饭放在桌上。可是,抬头的时候,我和姑娘都发现,对面的老头已经不在了。

其实,只是上一碗米饭的时间。

公交车落下的花瓣

那天等公交车，站台上，我前面站着两个姑娘，看装束模样像打工妹。寒风中，车好久没有来，两人跺着脚东扯葫芦西扯瓢地聊了起来。聊得挺带劲儿，时不时忍不住咯咯笑。听她们的言谈话语，才知道已经不是姑娘了，都刚结婚不久，嘴里的"老公，老公"跟蹦豆儿似的，叫得亲得很。

其中一个系着红头巾的女人，对戴着黑白相间毛线帽的女人说起自己和老公的一次吵架，说得兴味盎然。我听得真真儿的，前些天，她和老公吵架，一气之下，跑出了家门，一走走了老远，走到天快黑了，想起回家，坐上公交车，才发现自己穿的连衣裙没有一个兜，自然没带一分钱。她对戴毛线帽的女人说：你知道我和我老公结婚后租的房子挺偏的，得倒两回车，没钱买票，心想这可怎么办？我就对售票员说我忘了带钱，你让我坐车吧。人家还就真的没跟我要钱。倒下一趟车时候，我又说我忘了带钱，你让我坐车吧，人家又没跟我要钱。我都到家了，我老公还在外面瞎找我呢，等他回来天都黑了，他进门看我在家里，问我是不是打车回来的？我笑他，没带一分钱，还打车呢？说着，两个女人都像得了喜帖子似的笑了起来。售票员的善意，让小夫妻之间不愉快的吵架也变得有了滋味。

毛线帽对红头巾说：北京公交车售票员小丫头片子的眼睛长得都比眉毛高，没刁难你，让你白坐车，算是让你碰上了！

红头巾对毛线帽说:要不待会儿来车了,你也试试? 你就说没带钱,看看是不是和我一样,也能碰上好人?

毛线帽拨浪鼓似的连连摇头:我可不敢,让人家连卷带损的数落一顿,别找那不自在!

红头巾却一个劲儿地怂恿,边说边推了一把毛线帽:没事,你试验一次嘛!

毛线帽回推了一把红头巾:要试你试!

红头巾撇撇嘴:胆子这么小,我试就我试,给你看看!

正说着,公交车已经进站,停在她们的前面,车门吱的一声开了。两人脚跟着脚的上了车。车上的人不算多,有个空座位,两人让给了我,好像故意让我坐下来好好看她们接下来的表演。

红头巾走到售票员的前面,毛线帽拽着吊环扶手没动窝,眼瞅着她怎么张开口。售票员是位四十多岁的大嫂,眼睛一直盯着向自己走过来的红头巾,以为是来买票的,没有想到红头巾说:阿姨,我忘了带钱了,您看看能不能让我坐车呀? 售票员面无表情,抬起手,一根细长的食指毫不客气地指指后面的毛线帽说:你没带钱,她也没带钱怎么着?

得,今天遇到的售票员不是个善茬儿,试验刚开始,就卡壳了。幸亏红头巾反应得快,回过头也指了指毛线帽说:我们不是一起的。毛线帽只好配合着赶紧点头又摆手。谁知售票员久经沧海,眼睛里不揉沙子,对她们两人说:行啦,进站时候我早看见了,你们俩推推搡搡连打带闹的,还说不是一起的!

像一只气球,还没飞起来,就被一针无情的扎破,满怀信心想试验一把,让夏天那个美好的回忆重现,没想到演砸了。红头巾一下子尴尬起来,瘪茄子似的耷拉着头,不知如何是好。售票员步步紧逼,嘴里不停地说:快着吧,麻利儿的赶紧掏钱买票,一块钱一张票都舍不得花? 说得满车厢的人的目光都落在红头巾的身上,毛线帽赶紧走上前去,掏钱替红头巾买了票。红头巾才像沉底的鱼又浮上水面缓过了神儿,对售票员解释:阿姨,不是我不想买票,我是想试验一下,看看……售票员撕下票塞在她的手里打断她:行啦,试验什么呀? 像你这样逃票的,我见得多了!

我心里在想,售票员应该把红头巾的话听完,就明白了红头巾坚持试验的一点小小的愿望,兴许就是另一种结局。但也说不好,即使知道了红头巾试验的愿望,没准照样是这种结局。如今很多事情,结尾常南辕而北辙,美好芬芳的愿望如旷世的童话,早已经被现实磨得烂成了一双臭袜子被随手丢弃。

车开了两站,我到了,车门打开,刚下车,发现那两个女人也下了车,落荒而逃似的从我身旁跑走,只是一边跑一边咯咯地笑。过了很多天,脑子里还总是出现这个场面。有一天,忽然莫名其妙地想起了美国诗人庞德曾经写过一首叫《在一个地铁车站》的诗,很短,只有两句:"人群中这些面孔像幽灵一般显现,湿漉漉的枝条上的许多花瓣。"事后庞德解释这首诗时说,他是在巴黎一个地铁车站,走出车厢的时候,看见了一个美丽的儿童的面孔,一个美丽的女人的面孔。我很难想象,如果庞德看到这两个落荒而逃的女人的面孔,会觉得还像美丽的花瓣吗?

风中华尔兹

那天的晚上，风很大，公共汽车站上没几个人等车，车好久没有来，着急的人打车早走了，剩下的人有些无奈。这时候，走过来一个姑娘，黑暗中看不清她的面孔，但个头高挑，身材苗条，穿着一条长摆裙子，还是很养眼。但公共汽车并没有因养眼的姑娘的到来而提前进站，等车的人们还在焦急的望眼欲穿，有人在骂街了。

不知这位高个子的姑娘是刚逛完商厦，还是刚赴完晚宴，或是刚刚下班，总之，她显得神情愉悦，一点儿也不着急，竟然伸开修长的手臂，在站牌下转了两圈。是几步华尔兹，风兜起她的长裙，旋转成了一朵盛开的花，汽车站仿佛成了她的舞台。

这一幕，留给我的印象很深，记得那一晚的站牌下，对这位突然情不自禁地跳起华尔兹的姑娘，有人欣赏，有人侧目，有人悄悄说：神经病！我当时想，同样的夜晚，同样的大风，同样的焦急，人家姑娘的华尔兹，能够在自娱自乐之中化解焦灼，是本事，也是一种平和的心态。

有一天，我路过我家附近不远的一个小区，小区的大门口有一间不大的收发室，收发室的窗前挂着一块小黑板，黑板上密密麻麻地写着几门几号有挂号信，几门几号有汇款单，无论是阿拉伯数字，还是汉字，都写成斜体的美术体，分外醒目。一笔一画，一丝不苟，写得正经不错。走过那么多的小区，还从没见过哪里的收发室前的小黑板上有这样好看的美术字呢。

有意思的是,我看见收发室里坐着的一个小伙子,正拿着支笔,正襟危坐,往纸上写着什么。好奇心驱使我走了过去,和小伙子打招呼,一看他正在练美术字,双线镂空的美术字,满满地写在了一张废报纸上。我夸他写得真好,他笑着说天天坐在这里没事,练练字解闷呗!

其实,解闷的方法有多种,喝喝小酒,看看电视,下下棋,都可以解闷。小伙子选择了写美术字,即使往小黑板上写邮件通知,也要用美术字写得那样整齐,那样好看,就像学校里出板报一样正规。我对这个小伙子心生敬意,因为并不是什么人都有他这样的本事,能够将日常琐碎的事情做得如此赏心悦目,让自己看着,也让别人看着,那么的舒服。

曾经在网上看到浙江湖州一位叫作李云舟的小伙子,和我见过的这个小区用美术字写黑板的收发小伙子,有异曲同工之妙。李是一个小区的保安,他向他的主管提了好多建议,都没有被采纳,一气之下,不干了。不干了,他的辞职信写的不同一般,竟然是用文言文的赋体形式写成。你可以说他怀才不遇,你也可以指出他的赋有这样那样的毛病,但你不得不承认,那赋古风悠悠,洋洋洒洒,有典故,有文采,还有他的抑制不住的心情,或者那么一点自尊和自命不凡。于是,这篇赋体的辞职信迅速在网上走红,而李被称之"湖州第一神保"。也可以这样说,这是中国第一赋体的辞职信呢,简称"中国第一赋辞"。

生活中,并不是每天都会下雨,也不是每晚都出星星。花好月圆总是属于少数人,月白风清总是属于幸运儿。大多的人,大多的日子,却是庸常琐碎、寡淡无味,甚至会有许多苦涩和不如意,怀才不遇的折磨会更多。能够如这两位小伙子,即使写再平常不过的邮件通知,也要写成与众不同的斜体美术字;即使写再卑微不过的辞职信,也要写成一唱三叹的赋体,我想,这也许就是我们常常说的一种对生活的态度吧。是古诗里说的:行到水穷处,坐看云起时;是罗大佑唱过的:胜利让给英雄们去轮替,真情要靠我们凡人自己努力;是那位大风里焦急候车的姑娘,将生活化为了华尔兹,让哪怕是滋生出来那一点点儿的艺术,也会有一点点快乐,温暖我们自己的心吧!

天津的哥

　　我对天津的的哥一直有好印象,源于十多年前,那时满街还跑着黄色的"面的"。那一次,我坐着一位天津的哥开的"面的",的哥是一位穿着花哨戴着副蛤蟆镜的年轻人,单从打扮看,多少有点儿不着调。但是,车子停在我要到的地方的时候,方显出英雄本色,怎么那么巧,他踩刹车的那一霎间,"面的"上的计价器刚好蹦字。按照一般情况,当然应该按照蹦出的新数字付款。这位的哥坚决不要,坚持按没蹦字之前算钱。虽然不过只一元钱,却看出这位的哥的心地,以及天津人独特的豪爽。比起穿着礼貌矜持文绉绉的上海的哥,比起满嘴跑火车格外能侃的北京的哥,天津的哥另一番风姿,好印象一直留存至今。

　　前不久,又去了一趟天津,回北京途中,又坐了一回出租,这位的哥年龄五十多,其实比我小不了多少,一上来却管我叫"这位伯伯",我知道,这是天津人的客气。一问,果然他和我一样插过队,在张家口的坝上,一去小十年。回到天津,在一家蔬菜公司开大卡车拉菜。十九年前,蔬菜公司不景气,他下岗之后,开起了出租,算是天津比较早开出租的一代,一辆夏利,连买车的钱带出租特种经营的牌照钱,一共花了5万多。那时候5万可不是个小数,东拼西借,天天背着一屁股债开车上路,出门回家,两头见灯。今天,他的这辆伊兰特连车带牌能卖35万,我对他说这你也算是苦尽甜来吧。

因为同为插队的知青,话投机便格外的稠,他不再叫我"这位伯伯",改口叫"大哥"。听我说他苦尽甜来,他连连摆手,说道:大哥,你这话就说差了,哪儿就苦尽甜来了?跟你说,我家里还有一个25岁的儿子,还没结婚呢,如今房价这么贵,什么时候给儿子买得起一间房结婚,才算得上苦尽甜来!我现在还得是小车不倒只管推!告诉你,大哥,你们北京我都有27年没去了,27年前,还是我跟我对象一起去的,从北京回来结的婚。我告诉你,大哥,我现在好多次都在想,要是能让我去趟北京,我哪儿也不去,就去天安门,什么都不干,一个人站在那儿,光看天安门,我也能激动老半天。你信不信?我说我信,都是一代人,无论留在心里的是什么滋味,天安门留存着我们那一代人青春的记忆。

他接着说:我对象老对我说,什么时候带她再去一回北京。其实,我自己个儿就不想去呀?天津离北京这么近,都27年没去过北京了。开出租这么多年了,也拉客人到过首都机场,但都是从四环五环直接去了机场,然后就赶紧回天津了,没进过一次北京城里。我也想哪一天豁出去了,开着车拉着我对象去北京一趟。

我知道他是舍不得钱和时间,青春的记忆和梦再好,再值得留恋和回味,也抵不过眼前的日子和儿子的房子,前者是一幅画,可以美滋滋的挂在心头,后者却实实在在压在心头呀。

他叹口气,对我说:干我们这行的,见的人多,拉好多次年轻人,比我儿子的年龄都小,有的一问每月工资六七千,我下岗时候蔬菜公司给我一万多,就把我给公家干了那么多年的工龄打发了,他们何德何能,两个月的工资就赶上了我那么多年的工龄?还有的一上车就打手机,给这个对象打电话,刚放下,又紧接着给另外一个女的打电话,一样的甜言蜜语,你说这是什么事呀!

我知道他看不惯，和自己年轻时对比，他的心里更憋着火。我劝他，老眼厌看南北路，流年暗换往来人，一代有一代人的青春背景和轨迹。别的甭多想，什么时候，拉着你老婆去趟北京是真的！

他笑了，说：那是！

车很快到了天津东站，一刹车，他指给我看到哪儿进门买票。怎么那么巧，车子的计价器竟然和十多年前一样，也是在停车那一霎间蹦字，他坚决按照蹦字前收费：14 元 8 角，我只好给了他 15 元，他却坚持一定要找给我那多出的两角钱，我赶紧跳下车，他把头探出车窗，冲我喊了句：祝你一路顺风！那一霎间，我的心里充满感动。虽然在全国许多城市里都坐过不同的出租，天津的"的哥"总让我难忘。泥人也有个土性，谁都有自己的一个哪怕再平凡的梦，我祝愿这位的哥能早日带着他的老婆来北京旧梦重温。

面包房

　　那时,我的孩子小,还没有上小学。晚上,我有时会带着他到长安街玩,顺便去买面包或蛋糕。长安街靠近大北窑路北,有家面包房,不大,做的法式面包和黑森林蛋糕非常的好吃。关键是,一到晚上七点之后,所有的面包和蛋糕,包括气鼓、苹果派、核桃派,品种很多的甜点,一律打五折出售,价钱便宜了整整一半。当我和孩子发现了这个秘密后,这家面包房便成了我们常常光顾之地,对于馋嘴的孩子,这里如同游戏厅一样更充满诱惑。

　　那时,售货员常常只剩下了一个人值班,坚守到把面包和蛋糕都卖出去。这是一个年轻姑娘,顶多二十三四岁的样子,有点儿胖,但圆圆脸膛,大眼睛,还是挺漂亮的。每次去,几乎都能够碰见她,孩子总要冲她阿姨阿姨叫个不停,我要买这个!我要买那个!静静的面包房,因为我们的闯入,一下子热闹起来。她站在柜台里,听孩子小鸟闹林般的叫唤不停,静静望着孩子,目光随着孩子一起在跳跃。

　　渐渐的,彼此都熟了。我们进门后,她会笑盈盈地对我们说:今天来得巧了,你们爱吃的黑森林还有一个没卖出去,等着你们呢!或者,她会惋惜地对我们说:黑森林卖没了,这个巧克力慕斯也不错,要不,你们可以尝尝这个绿茶蛋糕,是新品种。一般,我们都会听从她的建议,总能尝新,味道确实很不错。花一半的钱,买双倍的蛋糕或面包,物超所值,还有这样一个和蔼可亲又年轻漂亮的阿姨,孩子更愿意到那里去。

有时候,我们来得早了点儿,她会用漂亮的兰花指指指墙上的挂钟,对我们说:时间还没到呢!屋子不大,这时候客人很少,有时根本没有,她就让我们在仅有的一对咖啡座上坐一会儿,严守时间。等到挂钟的时针指向七点的时候,她会冲我们叫一声:时间到了!孩子会像听到发号令一样,先一步蹿上去,跑到柜台前,指着他早就瞄准好的蛋糕和面包,对她说要这个!她总是笑吟吟地看着孩子,听着孩子麻雀一样叽叽喳喳地叫个不停,然后用夹子把蛋糕和面包夹进精美的盒子里,用红丝带系好,在最上面打一个蝴蝶结,递在我们的手里,道声再见后,望着我们走出面包房。有一次,她有些羡慕地对我说:这孩子多可爱呀,有个孩子真好!

面包房伴孩子度过了童年,在孩子小学三年级的时候,那一年的暑假,我们去面包房几次,都没有见到她。新的售货员一样很热情,买好蛋糕和面包,走出面包房,孩子悄悄地问我:怎么那个阿姨不在了呢?会不会下岗了呀?那时,他们班上好几个同学的家长下岗,阴影覆盖在同学之间,孩子不无担心。面包房里这个好心漂亮的阿姨,是看着他长大的呀。

下一次来买面包的时候,我问新的售货员原来总值晚班的那个胖乎乎的售货员哪儿去了,怎么好长时间没见了?新售货员告诉我:她呀,生孩子,在家休产假呢!不是下岗,孩子放心了。那天,多买了一个全麦面包,里面夹着好多核桃仁,嚼起来,很香。

等我再见到她,大半年过去了,孩子已经升入四年级,一个学期都快要结束了。我对她说听说你生小孩了,祝贺你呀!她指着我的孩子说:这才多长时间没见,您看您这孩子长这么高了!什么时候,我那孩子也能长这么大呀!我开玩笑对她说:你可千万别惦记着孩子长大,孩子真的长大,你就老喽! 她嘿嘿地笑起来说:那也希望孩子早点儿长大!

时光如流水,一转眼,我的孩子到了高考的时候,功课忙,很少有时间再和我一起去面包房,偶尔去一趟,仿佛是特意陪我一样。特别是考入大学,交了女朋友之后,晚上要去的地方很多,比如,图书馆、咖啡馆、电影院、旱冰场、大卖场等等,面包房已经如飞快的列车驰过后掠在后面的一棵树,属于过去的风景了。只有我常常晚上不由自主的转到长安街,拐进面包房。

这期间,面包房搬了一次家,从东边往西移了一下,不远,也就几百米的样子,门口装潢一新,还有霓虹灯闪耀。里面稍微大了一些,但还是很局促,不变的是,值晚班的还常常是这个胖乎乎的姑娘。不过,我是总这样叫她姑娘,其实,她已经变成了一位中年妇女了。没变的是蛋糕和面包的味道,还保持的原有的水平,只是价钱悄悄地涨了几次。

有一天,我去面包房,见我又只是一个人,她替我装好蛋糕和面包,问我:您的孩子怎么好长时间没跟您一起来了? 我告诉她孩子上大学了。她点点头,然后笑着对我说:等再娶了媳妇就忘了爹娘,更不会跟您一起来了呢! 我也跟着一起笑了起来。回家见到孩子后,我把她的话告诉给孩子听,孩子一下子很感动,对我说:您说咱们不过只是到她那里买打折的面包和蛋糕,这么长时间了,她还能记得我,这阿姨真的不错! 我也这样认为,世上人来来往往,多如过江之鲫,莫说是萍水相逢了,就是相交很长时间的老朋友,有的都已经淡忘,如烟散去,何况一个面包房和你毫无关系的姑娘!

星期天,孩子专门陪我一起去了一趟面包房,一进门叫声阿姨,她抬头一望,禁不住说道:都长这么高了! 又说你要的黑森林今天没有了。孩子说没关系，买别的。然后，两个人一个挑蛋糕和面包，一个往盒子里装蛋糕和面包，谁都没再说什么，但他们彼此望着，很熟悉，很亲近，那一霎间，仿佛一家人。那种感觉，是我来面包房那么多次，从来没有过的。

有时候，我会奇怪地问自己：一个人，一辈子要走的地方很多，去的场所很多，一个小小的面包房，不过是你生活中偶然的邂逅，为什么会让你涌出了这样亲近、亲切又温馨的感觉？其实，哪怕是一棵树，和你相识熟了，也会有这样的感觉的，何况是人，因为熟悉了，又是彼此看着长大，在岁月的年轮里，融入了成长的感情，所买和所卖的面包和蛋糕里便也就融入了感情，比巧克力奶油慕斯或吐司的味道更浓郁。

孩子大学毕业就去了美国留学，孩子走后，我很少去面包房。倒不是家里缺少了一只馋嘴的猫，少了去面包房的冲动，更主要的是自己也懒了，老猫一样猫在家里，不愿意走动，其实就是老了的征兆。那天，如果不是老妻要过本命年的生日，我还想不起面包房。生日的前一天，我对老妻说：我去面包房买个蛋糕吧！才想起来，孩子去美国几年，就已经有几年没有去过面包房了，日子过得这么快，一晃，七年竟然如水而逝。

那天的晚上，北京城难得下起了雪，雪花纷纷扬扬的，把长安街装点得分外妖娆。老远就能看见面包房门前的霓虹灯在雪花中闪闪烁烁眨着眼睛，走近一看，才发现门脸新装修了一番，门东侧的一面墙打开，成了一面宽敞明亮的落地窗。走进去一看，今天难得的热闹，竟然有三个漂亮年轻的女售货员挤在柜台前，蒜瓣一样紧紧地围着一个二十来岁的姑娘，叽叽喳喳地说得正欢。扫了一眼，没有找到我熟悉的那个胖乎乎的售货员。因为去的时间早，还有十来分钟到七点,我坐在一旁,边等边听她们说话。听明白了,这个姑娘和我一样,也是等七点钟买打折蛋糕的。还听明白了,是给她的妈妈买生日蛋糕的。又听明白了,她的妈妈就是面包房里那三位女售货员的同事,她们其中的两位是从面包房后面的车间特意跑出来,聚在一起,正在帮姑娘参谋,让她买蛋糕之后再买几个面包,并对小姑娘说:你妈妈在这里工作了这么多年,都是值晚班卖打折的面包和蛋糕,自己还从来没买过一回呢! 你得多买点儿!

七点钟到了,我走到柜台前,玻璃柜里只有一个黑森林蛋糕,一位售货员对我说:对不起,这个蛋糕已经有主儿了! 她指指身边的姑娘。我说那当然! 然后,我对姑娘说:你妈妈我认识! 姑娘睁大一双大眼睛,奇怪地问我:您认识我妈? 我肯定地说:当然! 小姑娘更加奇怪地问:您怎么认识的? 我笑着对她说:回家问问你妈妈就知道了! 就说一个常常带着一个孩子来这里买蛋糕和面包的叔叔,祝她生日快乐! 她还是有些疑惑,也是,几十年的岁月是一点点流淌成的一条河,怎么可以一下子聚集在一杯水里,让她看得清爽呢? 我再次肯定地对她说:你回家和你妈妈一说,你妈妈就会知道的!

姑娘买好蛋糕和面包,走出面包房,身影消失在风雪之中,我转身问那三个售货员:她的妈妈是不是你们面包房里那个胖乎乎的售货员? 她们都惊讶地点头,问我:您是她以前的老师吧? 我笑而不答。她们告诉我她今年刚刚退休。这回轮到我惊讶了:这么早? 她才多大呀! 她们接着说:我们这里 50 岁退休。竟然 50 岁了! 就像她看着我的孩子长大一样,我看着她的青春在面包房里老去,生命的轮回在我们彼此的身上,面包房就是见证。

大师隐于市

那天午饭，正好有幸同张耀、王义均两位老先生在一起。他们可以说是一代名厨，都是国宝级的烹饪大师，今年，张先生80整，是从牛街走出来的前辈；王先生73岁，是丰泽园的主厨。如今，他们都已经退隐江湖，长闲有酒，一溪风月共清明，难得在餐厅里再见到他们的身影了。

在餐饮界干了一辈子，他们的名声早蜚声海内外，张先生不仅自己是一代名师，还是那些名师的组织者和领导者，是宣武区烹饪学会的创始人，带领着那些名师总结一辈子积累下来的经验，培养了下一代无数的厨师。北京首次烤鸭研讨会就是他组织的，他让四代烤鸭名师聚首，第一次将北京烤鸭从历史到技艺进行了规模性的学术研究；拥有三十多种菜品的"西瓜宴"也是他的首创，其他诸如"孔府菜""仿唐菜"等无一没经过他的染指而成。

王先生师从鲁菜一代宗师牟长勋，在国内外拿过大奖，葱烧海参、烩乌鱼蛋、醋椒鱼等丰泽园的看家菜，都是他的拿手绝活。当年，做国宴请他去，梅兰芳在世时，做家宴一定也要点名请他去；客座美国，牛刀小试，让外国人看得眼花缭乱，当地报纸称赞他的技艺简直是具有"魔术般的魅力"。

能够和这样的大师坐在一起吃饭，真的是长学问，他们是真正的知味之士，而且是知底人家，所谓变戏法瞒不过筛箩的，什么能瞒过他们的法眼呀？上来了一盘葱烧海参，张先生告诉我，海参一共有十三种品种，过去葱烧海参的海参一定得用灰参，而且葱得先放进汤中熬出葱香味来备用，最后的海参你才能够吃出葱烧的味道来，现在的葱都是后加上的，是为了让你看的。王先生是做这道菜的大师，他告诉我以前做这道菜，海参都是自己亲自挑亲自发的。那时候的认真与精细，只存在我们的想象中了。我问王先生现在还主灶吗？他摇摇头说早不去了。我又问在家您下厨吗？他笑着说在家倒是还经常下厨。我心想他家里的人多美呀，可以常享受大师级的美味佳肴。

大概因为两位老人见多识广，早已经是久经沧海难为水了，而我对于这一切都是外行，他们不住为我布菜。王先生一定要我尝尝油爆肚仁，告诉我现在这道菜很难吃到了，当年马连良最爱吃这一口。张先生特别为我搛来一块牛尾，又为我搛来几片削得跟薄薄的纸片样的羊头肉，对我讲了关于羊头肉的一则逸闻：最早卖这肉的是羊头马家，那时候每天推着独轮车到廊房二条口那儿卖，每一个羊头都是他自己到屠宰场挨个挑的，几岁口的羊头才能要，格外讲究的，所以一天二十多个羊头一会儿就卖光了。每天只要他一去，围着的人特别多，都是为了看他削羊头肉的，他拿着一把弯月刀，从脖子的这边绕一个弯儿，一直削到另一边，扇面一样，真是绝了。看着张先生学着羊头马的动作，一个弯弯的弧度，缓慢而潇洒，恍惚跌进了往昔的岁月。

和他们在一起，让我不仅长学问，而且如沐春风，感觉格外受宠若惊。他们的谦虚和平易，给我留下了深刻的印象。也许，各行各界都是一样，都是阎王好挡，小鬼难缠，越是半吊子，越是不可一世地到处唬人；越是学问大的大师，才越发的平易近人，亲切得就像邻家提着鸟笼遛弯儿碰见你和你寒暄的老大爷。

如今，也实在是大师泛滥的时代，教授和专家的贬值，到处都冠以"著名"二字，如同蛐蛐的两根长须子，谁稍稍一挑逗，都能够立刻乍开，像是唱戏的名角抖动着头上的翎羽似的自以为是，而真正的大师却大隐隐于市。提起大师，张先生很谦虚地告诉我，清真菜的一代宗师褚连祥，那才是真正的大师。可惜，他死得早（58岁），新中国成立前就去世了。张先生叹口气。张先生对我说他和褚连祥在牛街边的寿刘胡同里住街坊，当年褚连祥在御膳房里给慈禧太后做过菜，全羊席是他的招牌菜。他最大的贡献，是开创了清真菜的新品种，马连良鸭就是他的首创。他这个人好学好钻研，那时，西来顺饭庄是他开的，经常有人请他吃饭，汉民的饭菜，他不吃，但他看，他听别人说，然后回去自己试着做，做好了，再请这些人来品尝，帮助他改进，汉民菜里的海鲜，原来清真菜没有，他把海鲜带进了清真菜系，他的红烧鱼翅比当时有名的福全馆还有名。

感谢张先生让我知道了褚连祥，这是真正的大师。许多真正的大师，我们并不认识不了解，我们才容易被一些伪大师所忽悠，轻而易举地上了江湖郎中的当。

一场戏的工夫

　　那天晚上,我到戏剧学院的剧场看戏。秋风乍起,夜色中朦胧的路灯都显得有了些凉意。因为路上堵车,时间有些晚了,穿过学院前的那条胡同,我走得很快。戏剧学院是我的母校,二十七年前,我曾经在这里读了四年的书,毕业以后,又在这里教了三年书,这条胡同,我很熟。因此,走在这条路上,颇有点老马识途的感觉,逝去的往日的气息,随风扑面而来。

　　在校门前高高的院墙边,有一盏路灯,昏暗得很,我上学的时候怎样的昏暗,现在还是怎样的昏暗。院墙就在这里结束,路面凹进去一块,形成一个死角,路灯正好弯在里面,我读书的时候,校园里时兴"英语角"什么的,大家就管这里叫作"爱情角"。那时候,常常有同学和外校的同学谈恋爱,在这里告别,悄悄地拉着手,卿卿我我磨磨唧唧地说着说不完的情话,似乎昏暗的路灯光可以帮助他们遮掩一点羞涩。

　　有意思的是,那天我路过这里的时候,看见一对年轻的情侣,正在那盏路灯下拥抱,忘情得很,我的匆匆脚步,并没有打搅他们。我和他们的擦肩而过,看得很清楚,他们正在热吻,而他们却旁若无人,根本不需要灯光的遮掩,相反他们看见我从他们身边走过,还冲我嘻嘻地笑了两声,四瓣嘴唇没有松开,那细微的笑声,像是开水顶着壶盖呜呜在冒泡儿。我走过去之后,忍不住回头看了看他们,男的穿着牛仔裤,包裹着修长的腿,女的穿着一条喇叭裙,蹬着一双高筒靴,亭亭玉立。不知道他们是我的小校友,还在外校的同学,或者是其他地方的年轻人?我在祝福他们的同时,不由得感慨时代确实变化太快了,我们那时候,虽然有这样一个"爱情角",但还不敢这样大胆,毕竟是离学校大门口不远。

戏看完了,悲欢离合一杯酒,南北东西万里程,两个小时的戏,演绎了好多个人的一生。因为散戏的时候正好碰见了留在学院里教书的老同学,聊了会儿天,耽搁了一会儿,等我走出剧场,胡同里安静得很,散场的那么多人,已经如潮水退去得没有一点影子,仿佛被浓重的夜色都收进去似的。夜风大了一些,也更凉了一些,我不急,慢慢地走在这条曾经熟悉的胡同,情不自禁地想起在学院里读书和教书时的一些往事和故人。这些年,北京城变化很大,许多大学的校园变化也很大,我的母校变化却不大,大概因为它地处市中心,地盘很小,无法扩展,受到了限制吧。这条胡同变化也不大,和我读书的时候几乎一个样子,我们都变老了,而它仿佛还没有长大。也许,变化大的,只有我们自己了,往来千里路常在,聚散十年人不同嘛。

我这样一边胡思乱想,一边顺着原路往回走着,又快走到校门前那个"爱情角"的时候,在那盏昏暗的路灯的辉映下,看见来的时候看见那对情侣还站在那里。不过,这回,他们不是拥抱亲吻,而是面对面的对峙着,甚至挥动着拳头,气哼哼地指责着对方,相互在谩骂着,如斗鸡似的,显得格外的愤怒,势不两立的样子。

这样的情景,让我感到意外,禁不住停住了脚步。起初,我想大概不是我来时看到的那一对,那一对刚才是多么的甜蜜,密如雨点似的吻,还有那亲吻时嘴唇都不离开情不自禁冲我的笑声,不可能这么快就都变成了谩骂而出的唾沫星子吧。可是,当我走近一看,就是他们，牛仔裤、高筒靴、喇叭裙，都像是无可推卸的物证一样，证明就是那一对年轻人。我弄不清楚，他们为什么会突然变成了这样，刚才还是明朗朗的艳阳天，怎么一下子就变成了轰隆隆的雷雨了呢？不过只是一场戏的工夫。

我隐隐听见，好像男的在解释着什么，而女的就是不依不饶，男的急了，女的更急了，争吵变成了谩骂，而且在不断升级，大概已经吵了一会儿了。而且，我也听出了，他们就是这所学院的同学，只是我猜不出他们是哪个系的。不管出于什么样的原因，也不该这么快就突然从亲吻变成谩骂，这样的跌宕，即使是戏也不算是好戏，像是没有过渡一样，愣愣的转折，让人无法接受。哪怕也许过一会儿，他们又可能和好如初，亲吻如蜜。

我再一次和他们擦肩而过，他们和戏开演之前我从他们身边路过一样旁若无人，还在忘情地对骂着，声音在寂静的胡同里清脆的荡漾。只是我好像在一场戏的工夫里，那样快地走过两个截然不同的季节。我才忽然意识到，这条我曾经熟悉的胡同，和这条胡同里我曾经熟悉的学院，其实都早已经变得我不大认识了。

离开他们很远了，我回头看看，他们还在那里吵，而且似乎更厉害了，张牙舞爪的样子，在昏暗的路灯灯光下，剪影一样的感觉，像是皮影戏。

喝得很慢的土豆汤

　　那天下午两点多，我和妻子路过北大，因为还没有吃午饭，忽然想起儿子曾经特意带我们去过的一家朝鲜小馆，就在附近，离北大的西门不远，一拐弯儿就到，便进了这家朝鲜小馆。

　　大概由于早过了饭点儿，小馆里没有一个客人，空荡荡的，只有风扇寂寞地呼呼吹着。一个服务员，是个胖乎乎的小姑娘走了过来，把我们领到靠窗的风扇前让座坐下，说这里凉快，然后递过菜谱问我们吃点儿什么。我想起上次儿子带我们来，点了一个土豆汤，非常好吃，很浓的汤，却很润滑细腻，微辣中有一种特殊的清香味儿，湿润的艾草似的撩人胃口。不过已经过去了两个多月的时间，我忘记是用鸡块炖的了，还是用牛肉炖的，便对妻子嘀咕："你还记得吗？"妻子也忘记了。儿子在北大读书的时候，常常和同学到这家小馆里吃饭。由于是24小时营业，价格和朝鲜风味又都特别对他们的口味，非常受他们的欢迎，对这里的菜当然比我们要熟悉。大学毕业，儿子去美国读研，放假回来，和同学聚会，总还要跑到这里，点他们最爱吃的菜。可惜，儿子假期已满，又回美国接着读书去了，天远地远，没法子问他了。

　　没有想到，小姑娘这时对我们说道："上次你们是不是和你们的儿子一起来的，就坐在里面那个位子？"她说着一口浓郁的东北话，用胖乎乎的小手指了指里面靠墙的位子。

我和妻子都惊住了。她居然记得这样清楚,那时,我们和儿子确实就坐在那里。

我更没有想到的是,她接着用一种很肯定的口气对我们说:"那次你们要的是鸡块炖土豆汤。"

这样的肯定,让我心里相信了她,不过,开玩笑地对她说:"你就这么肯定?"

她笑了:"没错,你们要的就是鸡块炖土豆汤。"

我也笑了:"那就要鸡块炖土豆汤。"

她望望我和妻子,像考试成绩不错得到了赞扬似的,高声向后厨报着菜名:"鸡块炖土豆汤!"高兴地风摆柳枝走去。

刚才和小姑娘的对话,让我和妻子在那一霎间都想起了儿子。思念,变得一下子那么近,近得可触可摸,就在只隔几排座位的那个位子上,走过去,一伸手,就能够抓到。两个多月前,儿子要离开我们回美国读书的时候,特意带我们到这家小馆,让我们尝尝他和他的同学的青春滋味。那一次,他特别向我们推荐了这个鸡块炖土豆汤,他说他和他们同学都特别爱喝,每次来都点这个土豆汤,让我们一定要尝尝。因为儿子临行前的时间安排得很满,我和妻子知道,那一次,也是他和我们的告别宴。所以,那一次的土豆汤,我们喝得格外慢,边聊边喝,临行密密缝一般,彼此嘱咐着,诉说着没完没了的话,一直从中午喝到了黄昏,一锅汤让服务员续了几次汤,又热了几次。许多的味道,浓浓的,都搅拌在那土豆汤里了。

不过,事情已经过去了两个多月,我都忘记了到底喝的什么土豆汤了,这个胖乎乎的小姑娘居然还能够如此清楚地记得我们喝的是鸡块炖土豆汤,而且记得我们坐的具体位置,真让我有些奇怪。小馆24小时营业,一直热闹非常,来来往往那么多的客人,点的那么多不同品种的菜和汤,她怎么就能够一下子记住了我们,而且准确无误地判断出那就是我们的儿子,同时记住了我们要的是什么样的土豆汤?这确实让我好奇,百思不解。

汤上来了,鸡块炖土豆汤,浓浓的,热气缭绕,清香味扑鼻,抿了一小口,两个多月前的味道和情景立刻又回到了眼前,熟悉而亲切,仿佛儿子就坐在面前。

"是吧,是这个土豆汤吧?"小姑娘望着我,笑着问我。

"是,就是这个汤。"

然后,我问小姑娘:"你怎么记得我们当初要的是这个汤?"

她笑笑望望我和妻子,没有说话,转身走去。

那一天下午的土豆汤,我们喝得很慢。

结完账,临走的时候,小姑娘早早地等候在门口,为我们撩起珠子串起的门帘,向我们道了声再见。我心里的谜团没有解开,刚才一边喝着汤一边还在琢磨,小姑娘怎么就能够那么清楚地记得我们和儿子那次到这里来吃饭坐的位置和要的土豆汤?总觉得一定是有原因的。那么,是什么原因呢?是因为那一次我们的土豆汤喝得太慢,麻烦让她来回热了好几次的缘故,让她记住了?还是因为来这家小馆的大多是附近年轻的大学生,一下子出现我们这样大年纪的客人,显得格外扎眼?我不大甘心,出门前再一次问她:"小姑娘,你是怎么就能记住我们要的是鸡块炖土豆汤的呢?"

她还是那样抿着嘴微微地笑着,没有回答。

我只好夸奖她:"你真是好记性!"

一路上,我和妻子都一直嘀咕着这个小姑娘和对于我们有些奇怪的土豆汤。星期天,和儿子通电话时,我对他讲起了这件事,他也非常好奇,一个劲儿直问我:"这太有意思了,你没问问她到底是怎么回事吗？"我告诉他："我问了，小姑娘光是笑，不回答我为什么呀。"

被人记住，总是一件让人高兴的事，不过，对于我们一家三口，这确实是一个谜。也许，人生本来就有许多解不开的谜，让生活充满着迷离的想象，让人和人之间有着神奇的交流，让庸常的日子有了温馨的念想和悬念。

又过去了好几个月，树叶都渐渐地黄了，天都渐渐的冷了。那天下午，还是两点多钟，我去中关村办事，那家小馆，那个小姑娘，和那锅鸡块炖土豆汤，立刻又从沉睡中苏醒过来似的，闯进我的心头。离着不远，干吗不去那里再喝一喝鸡块炖土豆汤？便一拐弯儿，又进了那家小馆。

因为不是饭点儿，小馆里依然很清静，不过，里面已经有了客人，一男一女正面对面坐着吃饭，蒸腾的热气弥漫着他们的头顶。见我进门，一个小伙子迎上前来，让我坐下，递给我菜谱。我正奇怪，服务员怎么换成男的，那个小姑娘哪里去了？扭头看见了那一对面对面坐在那里吃饭的人中的那个女的，就是那个胖乎乎的小姑娘，对面坐着的是一个年龄大约四五十岁的男人，看那模样长得和小姑娘很像，不用说，一定是她的父亲。她也看见了我，向我笑笑，算是打了招呼。

我要的还是鸡块炖土豆汤。因为炖汤要有一些时间，我走过去和小姑娘聊天，看见他们父女俩要的也是鸡块炖土豆汤。我笑了，她也笑了，那笑中含有的意思，只有我们两人明白，她的父亲看着有些蹊跷。

我问："这位是你父亲？"

她点点头，有些兴奋地说："刚刚从老家来。我都和我爸爸好几年没有见了。"

"想你爸爸了!"

她笑了,她的父亲也很憨厚地笑着,望望我,又望望女儿。

难得的父女相见,我能想象得出,一定是女儿跑到北京打工好几年了,终于有了父女见面的机会,是难得的。我不想打搅他们,走回自己的座位,要了一瓶啤酒,静静地等我的土豆汤。我的心里充满着感动,我忽然明白了,这个小姑娘当初为什么一下子就记住了我们和儿子,记住了我们要的土豆汤。人同此情,情同此理,没有比亲人之间分别的思念和相逢的欢欣,更能够让人感动和难忘的了。亲情,在那一刻流淌着,洇湿了所有的时间和空间的距离。

土豆汤上来了,抬头一看,我没有想到,是小姑娘为我端上来的。我还没有责怪她怎么不陪父亲,她已经看出了我的意思,先对我说:"我们店里的人手少,老板让我和我爸爸一起吃饭,已经是很不错了。"和上次她像个扎嘴的葫芦大不一样,小姑娘的话明显的多了起来。说罢,她转身走去,走到他父亲的旁边,从袅娜的背影,也能看出她的快乐。

那一个下午,我的土豆汤喝得很慢。我看见,小姑娘和她的爸爸那一锅土豆汤喝得也很慢。

青木瓜之味

大约是四年前初春的一个星期天下午,我去邮局发信。邮局离我家不远,过了马路,走两三分钟就到。就在要到邮局的时候,一个年轻的女子和我擦肩而过。忽然,她停住脚步,回头看了我一眼。那一眼的眼神很亲切,也有些意外的惊奇,仿佛认出了一个熟人而与之邂逅相逢。那眼神闹得我以为真的碰见了什么认识的人,便也禁不住停住脚步,看了她一眼:年龄不大,也就二十出头,模样清爽,中等身材,瘦削削的。看她的装扮,初春时节还穿着一件臃肿的棉衣,就猜得出是一个外地人,大概是打工妹。我仔细地想了想,从来没有见过这么个人,她肯定是认错了人。于是,我笑笑自己的自作多情,向邮局走去。

我走了没几步,她从后面跑了过来,跑到我的面前,这让我很吃惊,不知碰见了什么人。只听见她用南方那种绵软的声音仔细而小心翼翼地问我:"你是不是肖复兴老师?"我越发的惊讶,她居然叫出了我的名字,木讷在那里,近乎机械地点了点头。

她一下子显得很兴奋,接着说:"刚才你迎面向我走来,我看着你就像。我读中学的时候就看过你写的书,你和书上的照片很像。真没有想到怎么这么的巧,今天在这里遇见了你!"

原来是一位读者,大概她这番热情的话,很能够满足我的虚荣心,尤其是听她说她喜欢我写的一些东西,特别是说她读中学的时候读我写的东西对有她帮助，一直忘不了……我就像小学生爱听表扬似的，立刻有些发晕，找不着北了，站在街头和她聊了起来，一任身边车水马龙喧嚣。

从她那话语中，我渐渐地听明白了，从小在南方农村长大，中学毕业，她没有考上大学，家里生活困难，就跟着乡亲来到了北京打工，住的地方离我家不算太远，要走半个小时左右，今天星期天休息，她是刚刚到邮局给家里寄钱，并发了一封平安家信。虽是萍水相逢，只是些家常话，却让我感到她像是在掏心窝子，一下子竟有些感动，没有想到只是写了一些平常的东西，能够让心拉近，距离缩短，心里想也应该说是如今没什么用处的文学的一点特殊功能吧。于是，我进一步犯晕，沿着斜坡继续顺溜地下滑，不知对她的热情如何回报似的，竟然指着马路对面我家住的楼对她说："我家就住在那里，你有空，欢迎你到我家做客。"说着把地址写给了她。她高兴地说："太好了，我一定去！"

回到家后，我就把这件意外相逢的事情当作喜帖子，向家里的人讲了，不想立刻遭到全家一盆冷水浇头，纷纷说我："你以为你遇到了知遇知心呢？别是个骗子吧？""可不是，现在骗子可多着呢，你可别忘了狐狸说几句赞扬的话，是为了骗乌鸦嘴里的肉。""什么？你还把咱家的地址告诉了人家？你傻不傻呀？你就等着人家上门找到你头上来骗你吧！""要真是找上门来，骗几个钱倒没什么，可别出别的事！"……

一下子，说得我发蒙。一再回忆街头和那个年轻女子的相遇和交谈，不像是个狐狸似的骗子呀，再说，她肯定是读过我写的书，要不也说不出书名，并且能够对照着书上的照片认出我来呀。但家里的人说得也没有错，谁也不会把骗子两字写在脑门上，高明的骗子现在越来越多，防不胜防。这么一想，心里连连后悔，而且不禁有些发虚，嘲笑自己如此可笑，禁不住两碗迷魂汤一灌，就如此容易轻信上当，真是百无一用是书生。一连多天，都有些提心吊胆，怕房门真的被敲响，开门一看，是这个年轻的女子登门拜访，后果不可收拾，不堪设想。

好在一连好多天过去了，都平安无事。

时间一长，这件事情渐渐淡忘了。偶尔提起，被家人当作笑话嘲笑我一番。我心里想，即使不是骗子，也只是街头的一次巧遇或萍水相逢，别再犯傻了，被人家两句过年话一说就信以为真。即使人家不骗你，没准还怕你骗人家呢。

将近一年过去了，春节过后，我们全家从天津孩子的姥姥家过完年回家，刚上电梯，开电梯的老太太对我说："你先等我一会儿，前两天有人来找你，你没在家，把带来的东西放在我这里了。"开电梯的老太太是个热心人，住在楼里的人要是不在家，来人送的信件报纸或其他的东西，都放在她这里。她家就住在楼下，不一会儿，就拿来一包用废报纸包着的东西。回家打开包一看，是两个青青的木瓜。木瓜的旁边有一张小纸条，上面写着两行小字，大概意思是你还记得吗，我就是那天在邮局前和你相遇的人，我一直想来看你，工作太忙了，一直没有时间。我过年回家带给你两个木瓜，是我家自己种的，只是一点心意。祝你写出更多更好的作品！下面没有写下她的名字，只是写着：一个你的读者。

全家都愣在那里，谁都说不出一句话来。

我永远也不会忘记这个年轻而真诚的女子，不会忘记这件事情，不会忘记这两个木瓜。总记得切开木瓜时候的样子，别看皮那样的青，里面却是红红的，格外鲜艳，特别是那独有的清香味道，在房间里飘曳着，好多天没有散去。

金妈妈杏

杏树,在我国是个古老的树种,起码在孔子时代就已经很旺盛,孔子讲学的地方叫作杏坛,四围就种满了杏树,可见是和古柏一样神圣的树。非常奇怪的是,如今北京的孔庙里尽是柏树,没有了一株杏树。

"小楼一夜听春雨,深巷明朝卖杏花。"说明宋时陆游客居京城的时候,城里或城边还是有杏树的。可如今北京城里大街小巷也难找到一株杏树,杏树都被赶到了北京城外的山上。如果往北走,过了平谷和顺义,到了怀柔和密云,才能够见到山上一片片的杏林。

我不知道杏树的沦落出自何时,也不知道杏在众多水果中的地位是否也同样在坠落。和苹果、葡萄、香蕉、梨这样的大众水果相比,杏可卖的时间极短。因为难以保存,很容易烂,一个杏烂,很快就会烂掉一筐。卖水果的,一般都不愿意卖杏。在北京,一年四季,什么水果都可以买到,真正属于时令水果的,就只剩下了杏。杏黄麦熟时节,水果摊上,卖杏只会卖那么短短的半个来月,香白杏卖过,黄杏一上市,基本就到了尾声。而且,卖的都是尖顶上带青的杏,为的是多保存几天。可是,和苹果、梨不一样,杏必须得是树熟才好吃,放熟的,就是两个味儿了。

很多年以前,我到兰州,赶上杏熟时节,满街好多卖杏的,有一处在纸牌子上写着"金妈妈杏"。我见少识短,第一次见到这个名字,杏里面还有这样人情味浓的品种，不觉好奇，便买了他家的杏。卖主儿一边给我称杏，一边说：算你有眼光，这是我们甘肃的名产，敢说是全中国最好吃的杏！不信你就尝尝吧！

那杏金黄金黄的，有的一面带有一丝丝隐隐的金红，颜色油亮，像抹了一层釉。而且，个头儿很大，我从来没有见过这么大的杏，一斤才有十来个。关键是确实好吃，绵沙沙的，甜丝丝的，还有一股难以言传的清香。那香不像花香那样轻浮或过于浓郁，而像是经过沉淀之后慢慢浸透进你的心里。

卖杏的看着我美美地吃了第一个杏后，说：没骗你吧？

我问他为什么叫金妈妈杏？他答不上来，说：反正我们这里都这么叫！妈妈呗，还有比妈妈更亲更好的吗？杏和人是一个样的。

我自幼喜欢吃杏，每年杏上市那短短的几天，都不会放过它。那时候，杏很便宜，几分钱就能买一斤。比起枇杷、荔枝这样富贵的水果，杏属于贫民的水果。连带着我童年的记忆。可以说，除了到北大荒那六年，我年年都没有和杏失约。只是最近这几年到美国去看望孩子，时间都安排在春天和夏天，没能吃得上杏。美国自己没有什么杏树，超市里很少见到杏，即便有，卖得很贵，而且味道远不如金妈妈杏。那几年，每每到杏黄麦熟时节，我都非常想念北京的香白杏和大黄杏。当然，还有金妈妈杏。

今年，杏黄麦熟时节，孩子从美国回北京，没有错过吃杏。由于我喜欢吃，连带着孩子也跟着吃，连连说好吃，比美国的杏好吃。

陪孩子一起到密云的黑龙潭玩，在售票处的门外，正好遇到一位卖杏的老大娘，她蹬着一辆三轮车，车上的两个大柳条筐里装满着都是杏，那杏个头儿不大，黄澄澄的，在午后热辣辣的阳光下格外明亮，特别是和她那一头白发对比得过于醒目。

我对于杏没有免疫力，忍不住走了过去。其实，上午经过怀柔，我刚买过杏。老大娘笑吟吟冲我说：都是刚从树上打下来的，甜着呢！青的也甜着呢！你尝一个！说着，她掰开一个青杏递在我的手里。我吃了这个青杏，真的很甜。便和她聊起天来，知道自打杏熟之后，她天天骑着三轮车到这里来卖。我问她家种多少棵杏树？她说：那我可没数过，每年这个季节，能打几千斤吧！我说：这么多杏，怎么不让你家老头儿来卖？都是你自己一个人蹬车来卖？她一摆手，说：我家老头儿这些年一直在外面打工，哪儿顾得过来。我说，让你孩子来卖呀！她又说：眼睛都指望不上，还指望眉毛？孩子考上了大学，结了婚住在城里，现在正忙活他们自己的孩子呢！每年这几千斤杏，都是您自己一个人蹬着车跑这里卖的？都能卖得出去吗？她有些欣慰地告诉我：还真的都卖出去了，借着黑龙潭这块地方，来的游人多。我卖得便宜，挣点儿是点儿，给儿子养孩子添点儿力呗！他也不容易！说着，她拿起一个黄杏让我尝：不买也没事，都是自家的玩意儿！

我尝了，要说甜和香，比不上金妈妈杏，但说味道，比金妈妈杏更让我难忘。那一刻，我想起了金妈妈杏。

年 灯

　　去年的大年夜,我家后面老爷子家的那盏年灯,在他家封闭阳台的落地窗前,照往年一样,又亮了起来。

　　老爷子是位老北京,讲究老理儿。过年的时候,家里如有亲人还没有赶回来,要点亮这样一盏年灯,等候亲人的归来。什么时候亲人回来了,这盏年灯才可以熄灭。如果亲人一直都没有回家过年,这盏年灯每晚都要点亮,一直要等到正月十五,也就是年完全过后,才可以将灯取下。

　　老爷子家这盏年灯,好几年过年的时候,都在点亮。从我家的后窗一眼就能望见,正对面老爷子家阳台窗前的这盏年灯,就这样一直亮到正月十五满街花灯绽放的时候。如今,满北京城,如老爷子这样坚持守着过年老理儿的人,不多见了。

　　每年过年期间,望着老爷子家这盏年灯,我都会想起自己年轻的时候,那时候母亲还在世,不管晚上我回家多晚,她老人家都会让家里的灯亮着。每次骑着自行车回家,四周房屋里的灯光都没有了,一片漆黑,老远,老远,一望见家里那盏橘黄色的灯光闪亮着,跳跃着,像跳跃着一颗小小的心脏,我的心里便会充满温暖,知道母亲还没有睡,还在等着我。母亲去世之后,我晚上回家,再也看不见那盏橘黄色的灯光了,好长一段时间都不适应,心里都会有些伤感。对于我,灯,就是家;灯下,就是母亲。无论你回来有多晚,无论你离家有多远,灯只要在家里亮着,母亲就在家里等着。

因为老爷子和我的儿子都在美国,一样读完博士,在美国成家、生子、工作,我们有很多共同的话题,比较熟,也比较说得来。我知道,前些年,老爷子和老伴还常常去美国,看他的儿子,帮助带带孙子。如今,孙子都上中学了,老爷子真的老了。他不止一次对我说:快八十了,十几个小时的飞机坐不了喽,前列腺不争气,总得上厕所。便盼望儿子能够带着媳妇和孙子回来过一回春节。盼了好几年,不是儿子和儿媳妇工作忙,就是孙子春节期间正上学请不了假,都没有能够回来。每年春节,老爷子家阳台的窗前,都亮起了年灯。

今年老爷子家的这盏年灯,变了花样。以往,都只是一盏普通的吊灯,半圆形乳白色的灯罩,垂挂着一支暖色的节能灯。有时候,为了增添一些过年的气氛,老爷子会在灯罩上蒙上一层红纸或红纱。今年,换成了一盏长方形的八角宫灯,下面垂着金黄色的穗子,木质,纱面,上面绘着彩画,因为距离有点儿远,看不清画的是什么,但五颜六色的,显得很漂亮,过年的色彩,一下子浓了。不知道老爷子是从哪儿淘换了这么一个玩意儿。

老爷子家的这盏年灯,就这样又像往年一样,在大年夜里亮了一宿。烟花腾空,缤纷辉映在他家窗前的时候,暂时遮挡了年灯,但当烟花落下之后,年灯又明亮的亮了起来。让我觉得特别像是大海里的浪涛,一浪一浪翻滚过后,只有它像礁石一样立在那里不动。那岿然不动的样子,那执着旺盛的心气,颇有点儿像老爷子。

大年初一过去了,大年初二也过去了……老爷子的年灯,就这么一直亮着。在整个小区里,不知道还有没有什么人,会注意到有这样一盏年灯;在偌大的北京城,不知道还有没有什么人,能守着这么一份过年的老理儿,点亮这样一盏守候着亲人回家过年的年灯。

一天半夜里,我起夜,在厕所的后窗前瞥见那盏年灯,无月无星只有重重雾霾的夜色里,它比一颗星星还亮,亮得如同一个旷世久远的童话。心里不禁有些感慨,既为老爷子,也为老爷子的儿子,同时,也为自己。

大年初五的早晨,我起床后,从后窗望去,忽然发现,老爷子家阳台落地窗前的那盏年灯,没有了。这一天的天气难得格外的晴朗,太阳斜照在他家阳台的落地窗上,明晃晃地反光,直刺我眼睛,我以为眼花了,没有看清。定睛再细看,年灯真的没有了。

正有些奇怪,看见一个男人领着一个十几岁的男孩子,走进阳台,他们都穿着一身运动衣,两人做起了体操。不用说,老爷子的儿子和孙子回家了。虽然,没有赶上年夜饭,毕竟赶上了今天晚上破五的饺子。离正月十五还有十天,年还没有过完呢。

又要过年了。想起老爷子的那盏年灯。

颐和园的小姑娘

"六一"儿童节的黄昏,我坐在颐和园的长廊里写生。我在画停泊在排云殿前的画舫,忽然听到身边有个脆生生的声音:爷爷,你画的这个龙船还真像!我转过头来,看见一个小姑娘不知什么时候坐在我的身边,大概一直等我把这艘她说的龙船画完,忍不住的夸奖了我。

我觉得她的口气像老师在鼓励学生,故意问她:你真的觉得像吗?她拧着脖子,很认真地说:真的,就跟我们课本里印的画一样!

这话说得更像老师在鼓励学生了。我注意打量了她,一身连衣裙,一双塑料凉鞋,都有些脏兮兮的,脚上的丝袜明显有些大,像是母亲穿过的。因为她有点儿外地口音,我问她是哪里人?她告诉我是河南泌阳的。泌阳?我没有听说过这个地方,问她泌字怎么写,她很得意地在我的画本上写上了"泌"字,又补充告诉我,是属于驻马店地区。

我以为她是随父母旅游的,便问她是跟谁来颐和园玩的?她又一拧脖子说:我和我弟弟。我有些奇怪,叮问她:就你们两个孩子?从河南?你才上小学几年级呀?她说:我上四年级,可我就住在北京。离颐和园很近,走路十多分钟就到了。我和弟弟常到这里来玩。今天不是六一节放假吗?上午我们都玩半天了,中午回家吃完饭,下午又来了。我问她中午谁做饭?她一扬下巴:我呀!我问她:你会做什么?西红柿炒鸡蛋,煮面条,我都会。

我猜出来了,父母打工,她是和父母一起从河南来北京的,而且来的时间不短,河南话里已经有明显的北京味儿。并不是我有意问她,是我在画长廊和排云殿相接处的一角飞檐的时候,随便问她长廊附近有卖冰棍的吗?她看着我的画头也没抬说:有也别买,这里卖的都贵,要买就到外面买去。我妈就是卖冰棍的。然后,她指着画上我画的松针问我:这画的什么?我说是松针,不像吧?你还没画完,画完就像了。她挺会安慰人,是个小大人。

我不知道如今在北京打工的外地人有多少,他们的子女到北京来上学的人又有多少?我们都管这个小姑娘的父母叫作农民工,这是个改革开放以来出现的新名词。这个偏正词组,让他们一脚踩着两条河流,却又哪一头都靠不上。他们已经不是传统意义的农民,早就脱离了土地而进入了城市,工作在城市,生活在城市,按理说,他们已经无可辩驳的成了城市有机的一分子。由于城乡二元的社会结构、户籍制度等一系列制度与政策,使得他们又不是城市人,他们的身份认同处于一种尴尬和焦虑的位置上。作为城市里出现的第一代和第二代农民工,他们最终归宿还是要落叶归根,回到家乡农村去的。但是,他们的孩子,特别是一天天长大在城市里的孩子,对于农村的印象和归属感,没有父母那样的强,城市生活的影响和诱惑,又会使得他们不可能如父母一样只是把城市当成打工的漂泊之地,他们更愿意成为城里人,这从他们的打扮、饮食和爱好,已经越发显示出趋光性一般向城市靠拢的天性。但是,城市并没有完全地接纳他们,首当其冲的,没有城市的户口,便如一道石门,令他们无法打开真正能够通往城市的道路,读小学借读还可以,高考就被打回老家。他们变成了中国城市中第一代边缘人,他们是无根的一代。

我想起曾经来过北京的诺贝尔经济学奖获得者丹尼尔·麦克法登说过的话:如果向贵国领导人提建议,我会建议他关注农民工下一代教育问题。望着我身边的这个小姑娘,我想,颐和园可以让她这样的农民工的孩子与北京的孩子共有,学校也应该让她和北京的孩子一样共有,这应该是起码的公平,是解决农民工下一代教育问题的前提。

爷爷,你怎么不画了呀? 我有些走神,停下了画笔,她在催促我。我对她说:太阳快落山了,你弟弟呢? 你怎么不找找你弟弟,得回家了。她一拧脖子,说:我才不找他呢。我们净打架,我得等他来找我! 我问她:你弟弟几岁了? 你不怕他找不到你? 我弟弟比我小一岁,我们常在这里玩,这里,他可熟了,不会找不到我的。

弟弟不知还在哪里疯跑? 姐姐还在长廊里等着我把飞檐画完。他们的母亲不知在哪里卖冰棍? 晚饭,还是要她来做吗?

暮色四垂,昆明湖的色彩暗了下来,那艘龙船不知什么时候开走了。

辑二

人生除以七

人生除以七

看罢英国导演迈克尔·艾普特的电视纪录片《56UP》之后，心里不大平静。这部纪录片，拍摄了伦敦来自精英、中产和底层不同阶层的 14 个人，自 7 岁开始，一直到 56 岁的生活之路。导演每隔七年拍摄一次，看他们的变化。七个七年之后，这些人 56 岁了，这么快就从童年进入了老年。150 分钟的电视，演绎了人生大半，逝者如斯，真的让人感喟。

我不想谈论这部纪录片所要表达的主旨。让我感兴趣的是，它选择了将人生除以七的方式，来演绎并解读人生。为什么不是别的数字，比如五或六，而偏偏是七？不管有什么样对数字特别膜拜的深意或禅意，乃至宗教的意义，七，可以是一个很好的选择，让我也来一回这样的选择，将自己的人生已经走过的岁月除以七，看看有什么样的变化。

不从 7 岁而从 5 岁开始吧。因为，那一年，我的母亲去世，我人生的记忆也就是从那时开始。记忆中那一年，夏天，院子里的老槐树落满一地槐花如雪，我穿着一双新买的白力士鞋，算是为母亲穿孝。母亲长什么样子，一点印象也没有了，只记得姐姐带着我和 2 岁的弟弟一起到劝业场的照相馆照了一张全身合影，特意照上了白力士鞋，便独自一人到了内蒙古修铁路去。那一年，姐姐 17 岁。

七年之后，我 12 岁，读小学五年级。第一次用节省下来的早点钱,买了我人生的第一本书,是本杂志《少年文艺》,一角七分钱。读到我人生第一篇小说,是美国作家马尔兹写的《马戏团来到了镇上》。那是马戏团第一次来到那个偏僻的小镇。那两个来自农村的小兄弟,没有钱买入场券,帮助马戏团把道具座椅搬进场地,换来了两张入场券。坐在场地里,好不容易等到第一个节目小丑刚出场,小哥儿俩累得睡着了。这个故事给我的印象那样深刻,小说里的小哥儿俩,让我想起了我和我的弟弟,也让我迷上了文学。我开始偷偷地写我们小哥儿俩的故事。

19岁那一年的春天,我高中毕业,报考中央戏剧学院,初复试都通过,录取通知书也提前到达了。"文革"爆发了。大学之门被命运之手关闭,两年后,我去了北大荒,把那张夹在印有毛体中央戏剧学院红色大字的信封里的录取通知书撕掉了。

26岁,我在北京郊区当一名中学老师。那时我已经回到北京一年。是因为父亲突发脑溢血去世,家中只剩下老母亲一人,才被困退回京的。熬过了近一年待业的时间,才得到教师这个职位。和父亲一样,我也得了血压高,医生开了半天的假条。每天下午,我骑着自行车回家,写我的第一部长篇小说,取名叫《希望》。在那没有希望的年头,小说的名字恶作剧一样,有一丝隐喻的色彩。

33岁,我"二进宫"进中央戏剧学院读二年级。那一年,我有了孩子,1岁。孩子出生的那一年,我在南京为《雨花》杂志修改我的一篇报告文学,那将是我发表的第一篇报告文学。我从南京回到家的第二天,孩子呱呱坠地。

40岁,不惑之年。有意思的是,那一年,上海《文汇月刊》杂志封面要刊登我的照片,电报要立刻找人拍照寄去。我下楼找同事借来一台专业照相机,带着儿子来到地坛公园,让儿子帮我照了照片,勉强寄去用了。那时,儿子8岁,小手还拿不稳相机。相机晃晃悠悠的。

47岁,我调到了《小说选刊》杂志社。从大学毕业之后,我从大学老师到《新体育》杂志当记者,几经颠簸,终于来到中国作协这个向往已久的地方,以为是文学的殿堂。前辈作家艾芜和叶圣陶的孩子,却都劝我三思而行。

54岁,新世纪到来。我自己却乏善可陈。两年之后,儿子去美国读书,先在威斯康辛大学读硕士,后到芝加哥大学读博士,都有奖学金,是他的骄傲,也是我的虚荣。

61岁,大年初二,突然的车祸,摔断脊椎,我躺在天坛医院整整半年。家人朋友和同事都说是大难不死,必有后福。我相信他们说的,我相信命运。福祸相依,我想起在叶圣陶先生家中曾经看过的先生隶书写的那副对联:得失塞翁马,襟怀孺子牛。

68岁,正好是今年。此刻,我正在美国印第安纳大学旁边儿子的房子里小住,两个孙子已经前赴后继的出世,一个2岁半,一个就要5岁,生命的轮回,让我想起儿子的小时候,却怎么也想不起自己的小时候是不是也是这样子。

人生除以七,竟然这么快,就将人生一本大书翻了过去。《56UP》中有一个叫贾姬的女人说:尽管自己是一本不怎么好看的书,但是已经打开了,就得读下去,读着读着,也就读下去了。人生除以七,在生命的切割中,让人容易看到人生的速度,体味到时间的重量。流水带走光阴的故事,改变了一个人。漫漫人生路,能够有意识地除以七,听听自己、也听听光阴的脚步;看看自己、也看看历史的轨迹,是件有意思的事情。

书信的衰落

如今的人，手写的书信越来越少。尤其是手机微信的发达，更简便易行地替代了手写书信。有时候，真觉得科技是人类情感的杀手，用貌似最迅速的速度和最新颖的手段，扼杀人类心底最原始的也是最朴素的诉说。只是手指在手机上轻轻按动几下，不仅将人们相互情感的表达变得懒惰，冰冷冷的缺少了身体的温度，更变得千篇一律的格式化。

信件就是这样飞速又无可奈何地衰落。家书抵万金，更只是昔日的辉煌，残照般明灭在依稀的记忆里。就更别去说将信刻印在竹子上面的竹简了，如今哪儿还有那样的耐心，写一封信要费那样的工夫，饶了我吧！

看到法国上月出版的新书《致安娜》（*Letter a Anne*），书中收录了前法国总统密特朗从1962年到1995年他去世之前三十三年里，写给女友安娜一千多封书信。忽然想起前些年曾经在报上看到消息，美国前总统杜鲁门写给他的妻子所有的信，也印成了一本书《亲爱的贝思》（*Dear Bess*）。从1910年杜鲁门给贝思写的第一封情书，到他1972年去世之前写的最后一封信，一共1322封。一个三十三年，一个六十二年，都是一千多封信，想象那种由信件连缀起来的漫长岁月，一种由信件流淌而出的心底倾诉，含温带热，可触可摸，是那样的让人感动而羡慕。

我这里所说的羡慕，是在说我们如今的人，还能够像密特朗和杜鲁门一样一辈子里写下这样多的信吗？或许有人会说，人家是总统，我们普通人一辈子哪有那么多的信可写？这话说得也没错，但普通人之间也需要交流，尤其是亲人之间的家书，更是我国自古以来的传统，即使自己不会写字，也要请别人代写家书，这样的"代写书信"的先生，在街头摆摊常见。只不过如今交流的方式已经被手机微信和视频取而代之。孩子给父母买一个手机或将自己的手机替换给父母，便将自己给父母写信一并省略了。

如今手写书信的衰落，是生活的挤压、虚假的泛滥、实用的放纵的一种现实；是感情的枯燥、精神的失落、内心的委顿的一种折射；却偏偏渴望虚荣、眷慕奢华、信奉浮夸的一种映照。别的不用说，你试验一下，给自己的情人一下子送上 999 朵玫瑰，能够做到；但像密特朗和杜鲁门一样，能够水滴石穿坚持写下一千多封信，恐怕是天方夜谭。不要说一连写几十年，就是写几年试试看？就是写几封试试看？就该没词儿了，就该借助手机里那些现成的短信了，虽然是早在别人的嘴里咀嚼过不知多少遍的口香糖，那已经成为一种舒服的快餐般的表达方式和经过格式化修剪的习惯姿态。只是信原本带有的私密性已经被公共性所取代。

自然，唯恐说不尽，临行又拆封，写信时的那种独有的感情；远梦归侵晓，家书长不达，等信的那种期待的心情；独下千行泪，开君万里书，拆开信封时那一霎间的美好感觉，更都是已经荡然无存。

手写书信的衰落，潜在的另一个拿不出手的因素，是我们手写的字越来越差，只好用手机微信来遮丑。以前上学临帖写大字，是必修的一门功课，是多少年来的文化传统，讲究的是意在笔先，也就是说执笔写字前心中要有所思，现在却是根本不用想，只照葫芦画瓢复制手机朋友圈上现成的词语就万事大吉。如今许多我们民族根性的东西都已经被我们自己丢弃了，更不要说写字了。有趣的是，我们的字写得丑陋不堪，我们在手机上的微信可是越来越花哨和肉麻。这也许是我们自己一种逃脱不掉的反讽。

　　密特朗和杜鲁门各自那一千多封信，让我想起这样的一个问题，我们一个人一辈子能够写多少封信？从《鲁迅全集》中查，我看鲁迅先生一辈子也是写了一千多封信，便想当然地觉得，大概最多也就是这样一个数字吧？无论密特朗，杜鲁门，还是鲁迅，都是名人，写的信自然要多一些，如我们一般的平常人，肯定比他们要少，一辈子又能够写多少封信呢？当然，因人而异，有人多些，有人少些，但是，即使再少，也得有几封，哪怕一封，是由你自己亲手写下的或由你自己亲手接过来的信吧？这一辈子的回忆，才有了一个实实在在的依托吧！

　　记得我母亲去世之后，我在母亲珍藏的包袱皮里，发现了一封信，是 1972 年春节前夕我写给她的一封信，那时候，我还在北大荒。母亲一直珍藏着。其实，母亲并不识字。

书房的沦落

归有光写过一则短文，名字叫《杏花书屋记》。文章记述了他朋友父亲的一个梦："尝梦居一室，室旁杏花烂漫，诸子读书其间，声琅然出户外。"父亲将这个梦告诉给儿子后，嘱咐道："他日当建一室，名之为杏花书屋，以志吾梦云。"

对于中国的读书人，谁都会有这样一个书屋之梦。坐拥书城，犹如拥有六宫粉黛，书房便不仅成为读书人被人认可的一个身份证，也成了读书人对外拿得出手的或值得骄傲的一张名片。特别是在住房紧张，经济拮据的年代，书房是很多读书人可望而不可即的一个梦。

具体到我自己，有这样一个梦，是我读初一的那一年。我的一个同学的父亲，是当时《北京日报》的总编辑周游先生。有一天，这位同学邀请我到他家去玩，我第一次见到了书房是什么样子，那一个紧挨一个的书柜里排列整齐的书籍，让我叹为观止。要是我也有这样一个书房该多好啊！梦在当时就这样不切实际的升腾。

当时，我连一个最简陋的书架都没有，我少得可怜的一些书，只好蜷缩在拥挤家中墙角的一个只有区区两层的鞋架上。

没有书房，退而求其次，我的梦想是有一个书架也好。

我终于有了一个书架，是十四年之后的1974年，我从北大荒返回北京当中学老师。发的第一个月的工资，迫不及待地跑到前门大街的家具店，花了 22 元买回一个铁质书架。那时，我的工资一个月只有 42 元半，花出一半钱了。买好书架，才想到我无法把书架扛回家，只好找到我的一个同学，他力气大，一手扛着书架，一手扶着车把，帮我把书架弄回家。

那时，我的书还放不满书架。但是，没过两年，"四人帮"被粉碎了，王府井大街的新华书店门口开始卖书排长队了，买回来的书，很快挤满了书架。人心不足蛇吞象，初一开始的书房之梦，如同冻蛇，僵而未死，蠢蠢欲动的复活。

二十六年之后，我真正有了属于自己的一间比较宽敞的书房。两面墙摆满了当年周游先生家那样的书柜，书柜里也挤满了那样多花花绿绿的书。我的年龄也像当年周游先生一样老了，在书房梦的颠簸中，青春一去不返。

短暂的兴奋，如绚丽的焰火逝去过后。忽然，我很是有些失落。

记得书放在鞋架子上的时候，那些书，翻来覆去，不知看过多少遍，有的地方，还用那种只有那个年代里才有的纯蓝色的墨水钢笔抄录在笔记本上。

那个铁质书架上的书，我也都全部看过，不仅自己看，还推荐给朋友看。朋友来我家，最爱去的地方，就是到那个书架旁翻书，然后抽出一本，朗读一段，和我探讨，或者争论。那时候，书中真的会有黄金屋和颜如玉一般，令我们痴迷。

如今，书柜里的书拥挤不堪，已经扔掉很多，但仍有很多，自从买过，就没有看过，却还敝帚自珍。

如今，我很少到书房。读书，写东西，都是躺在卧室的床上。

如今，朋友来，更很少到书房，我出的书，送给他们，他们都懒得看，哪里还有兴趣和热情去看不相识的别人的书？兴趣和热情，都放在手机上，除非我的文章被放在手机上，他们兴致勃勃，重回过去，然后，水过地皮湿，把它删掉，移情别恋新的电子文章。

书房的沦落，如今只是一个摆设，一种虚饰。

归有光在那篇文章中，记述他的那个朋友后来在父亲逝去数年之后，遵照父亲的意愿，"于园中构屋五楹，贮书万卷，以公所命名，揭之楣间，周环艺以花果竹木。方春时，杏花粲发，恍如公昔年梦中矣。"古时，一楹是一间屋子，按照北京老四合院的规矩，一般是建有正房三间，已经足够宽敞了。五间屋的书房，可谓不小，否则，也放不下他的贮书万卷。

归有光没有写那万卷书，他的这位朋友是否都看过或翻过了。我猜想，尽管古人崇尚行万里路，读万卷书，但恐怕和我的书房里的那些书的命运一样，是不会读完的，甚至是连翻都不曾翻过，任其尘埋网封，虫蠹雨湿。

我想起早年前看过中国青年艺术剧院演出的一部话剧，是田汉先生的《丽人行》。剧中那个资本家的家里也放有一个书架，他的太太以前爱读书，书架放满了鲁迅的书，几年过后，书架上的书一本也没有了，放满了她各种各样的高跟鞋。

如今，我们的书架和书柜里倒是还放着书。

又想起归有光的文章，他的朋友的那位老父亲，在做书房之梦时，还给他的书房起了个"杏花书屋"这样好听的名字。幸亏当年我做书房之梦的时候，没有想到给书房起名字。要是也起个什么杏花樱花梅花之类的名字，真的要羞死了。

夜寒雪后独灯红

人老之后，独自一人的时候居多。特别是孩子不在身边，即使是星期天和节假日里，也不会有人敲响房门，当然，更不会有小孩子们的嬉笑声。我不玩微信，没有博客，和外界的联系，便越发少得可怜。我又不喜欢聚会，不热衷旅游，更是自我切断了与大千世界的瓜葛。除了到自由市场或超市买买菜水果和日常用品，到邮局发发信件和取取稿费，一般我只是倚在床上打电脑写点儿自以为是的文章，或坐在桌前画点儿自得其乐的画。我写过一首打油诗，所谓"写些碎文字，挣点零花钱"而已。有时，连楼都懒得下。商场更是好多年都未曾谋面了。

其实，人老了之后，状态都不过如此，特别是作为如我这样独生子女一代的父母，命定更是如此。孩子结婚单挑门户自己过，家里就剩下了空巢。有的人可能还不如我，因为我多少可以写些碎文章，聊以解闷，打发时间。好多和我年纪相差无几的同学，无所事事，每天只好跑到立交桥底下去跳广场舞，或者到天坛扯开嗓子去唱大合唱。我知道，大家彼此彼此，都是年龄老了，又不甘寂寞。以前，同学之间还能够聚聚，那时，各家住得不远，来往方便。如今，拆迁闹的，搬家越来越远，更重要的，心气和腿力大不如以前了。以前，我出了一本新书，还愿意送给大家看看。如今，不送了，因为大家的心气和眼睛一起也都不如以前了，连原来最爱看的报纸都不看了，看也只是看看微信上的朋友圈,谁还看书呀!放翁诗说得对:"老来每恨无同学,梦里犹曾得异书。"看书,似乎也真的只能是在梦里看看了。

我不敢说人老了就必定孤独,孤独是一个高贵的词,高贵的人说是享受孤独。配得上享受这个孤独的人不多,我不是,好多朋友也不是这样的人。但这种状态却是一种常态,是人进入老年之后必须面对的。因为,老朋友一个个不是走了,就是老了,自顾不暇,心有余而力不足;孩子有了自己的家,有了自己的孩子,整天忙得脚后跟直打后脑勺,常回家看看,只是歌里这么唱;更何况,我的孩子在国外,远水更难解近渴。

因此,尽管身居北京,但大都市的繁华,都被关在房门之外,似乎离我很远。繁华和热闹,本来就应该是属于年轻人的,就像蜜蜂就应该是成群结队飞舞在姹紫嫣红的花丛之中,而风筝只会飘荡在安静的空中。能够给予蜜蜂蜜的,只有花丛;能够安慰风筝的,只有微风。

前一阵子,孩子从美国回家,他有一个月的假期。他已经是两年多没有回家了。但是,对于家的概念,已经和他小时候大有不同。这一个月的时间里,他的重心已经不是家和家里年老的父母,而是两年未见却那样日新月异的北京,和变化更非寻常的大学和中学里的同学,尽管这些同学平时很少甚至根本没有联系,这时候却亲密无间,胶粘一起一般,几乎天天都有饭局,天天像是陀螺一样在不停地旋转,似乎没有停下来的时候,而和我们围坐在一起吃饭的工夫,越发稀少。

开始,我有些埋怨孩子。后来,我不埋怨了。我想起自己年轻的时候,不是和他一样吗?那时候,在北大荒,好不容易有了一次探亲假,回到北京。一个月或者半个月的时间里,不是一样屁股上长了草一样，天天不着家，不是和同学聚会，就是外出去玩，要不就是去饭馆打牙祭解馋？不是一样天天回到家里父母守着一盏灯，等着给你开大院里的大门？那时候，我家住在一个很深的大院里，大院的大门有一个粗粗木头的门闩，晚上一过十一点，门闩就会横插在两扇大门之间，即使喊破了天，也不会有人听见，来为你开门。那时候，不是让父母一夜夜守候在大门的后面，等候着你迟归，让大门为你而开？

家，那时候，不是一样只是如住客的店一样，只是每晚睡觉的地方？生命的轮回之中，命运也在轮回，孩子不过是重走上一代的老路而已。都是脚上的泡，自己踩出来的。忘记或不懂得安慰风筝的只有风，是必然的。

孩子回美国之后，我写了一首小诗，其中一联："花暖雨前唯草绿，夜寒雪后独灯红。"我想起四十多年前。前一句是说我在北大荒，那时候，我正在恋爱，更是只顾自己的花暖草绿。后一句是说那年的冬天，我回到北京，天天归家很晚，都是父母为我守着那盏灯，独自面对孤灯冷壁；守着大院的大门，独自面对漆黑的大门和那个粗粗油亮的木头门闩，还有那些个寒夜。那时候，我和孩子现在一样，以为父母可以长生不老。

如今的聚会和当年的聚会

　　如今，朋友以各种名义张罗的聚会多了起来。这样的聚会，对于我，主要来自北大荒的荒友和中学同学。有时合二为一，因为很多荒友就是中学同学，当年是坐着同一列火车一起从北京到的北大荒。这样的聚会，同窗且荒友，两两相加，如同范石湖的诗："晚来拭净南窗纸，便觉斜阳一倍红。"——不能不去。

　　如今，这样的聚会一般都会选在饭店酒楼，一桌子丰盛的菜肴，鱼呀，虾呀，贝呀，鸡呀，鸭呀，酒呀，应有尽有。就着陈芝麻烂谷子的往事回忆，一直到酒足饭饱，晕乎乎，晃晃悠悠地握手告别，不知今夕何夕。

　　下一次聚会，依旧是这些陈芝麻烂谷子的往事回忆，祥林嫂一般，一遍遍地陈情诉说。不谈自己的家庭，因为有的家庭好，有的不好；不谈自己的孩子，因为有的孩子有出息，有的孩子没出息；也不谈自己的身体，因为同样有的身体没问题，有的有问题……

　　除了时事新闻，就谈过去的陈芝麻烂谷子，那些陈芝麻烂谷子好像还能鲜榨出喷喷香的香油来。浓郁的感情，加上更浓郁的怀旧情绪，像一把把火燃烧起过去的岁月和流逝的青春，不是将其烧成灰烬，而是将其在火中涅槃，真的像卡朋特那首老歌唱的那样，可以昔日重来。重来的昔日，已经过滤掉很多难言的苦涩和艰辛，被我们人为的诗化和戏剧化。

以前,我们也曾聚会。这个以前,是指我们刚刚从北大荒返城的时候。那时候,我们二十多岁,一晃竟然过去了四十多个年头。那时候的聚会,我们还谈依旧相信的未竟的理想,谈不着边际的浪漫的憧憬,谈刚读过的新买的小说或刚看过电影的感喟。聚会的内容,不切实际,却心心相通,那么丰富温暖,又那么新鲜,有滋有味,如同当年从知青宿舍热炕灶里刚烤好的南瓜。

那时的聚会,我们都是在各自的家中,一张桌子移到床边,床上坐人,椅子上坐人,围成一圈,把窄小的房间挤得满满腾腾。那时候,根本没有想到聚会去饭店,因为兜里的"兵力"不足,一根扁担挑两头,还要养活上老下小。但呼朋引伴到各家聚会的劲头,一点儿不亚于眼下。最有意思的一次,是床上坐的人多了,竟然把床板给坐塌了,倒了一地的朋友哈哈大笑的声音,至今还响亮的回荡在耳边。

聚会的酒是北大荒,那种白地绿字牌60度的北大荒酒,如今很难找到了。饭菜则都是出自我们的手,那时候,我们很多人都无师自通或自学成才,操练成烹饪高手。记得有一年,我的一个中学同学兼荒友结婚,为了省钱,婚宴在家里,屋里院里摆上好几桌,我自告奋勇当主厨。正过五一,赶上菠菜上市,便宜,我买的很多菠菜,一连做了好多菜:菠菜肉片,菠菜豆腐,菠菜海米……就连珍珠丸子,我都在下面铺一层翠绿的菠菜。我的这位同学新郎官跑进厨房,耷拉着苦瓜脸对我说:赶紧换换吧,别再菠菜了,都快把大伙的脸吃绿了!但是,这并没有影响这次重要的聚会,以至到现在人们还记忆那场菠菜宴。

聚会,我还有一个拿手菜,是沙拉。那时候,哪里去买沙拉酱,我用开锅的热油,浇在鸡蛋黄上,要一手倒油,一手不停搅拌蛋黄,直至搅拌成我的沙拉酱,大家吃得像在老莫那里一样的开心。

当然，这只是重要聚会才会出手的绝活，一般聚会，如果只是三两好友，我的菜谱上只有一道，便是疙瘩汤。现在，饭馆里也卖疙瘩汤，我做的疙瘩汤，没有西红柿，没有最后飞上的一层蛋花，也没有点上的那一滴滴的香油，只有大白菜和面疙瘩，用葱花炝锅，最后倒一点儿酱油。我管它叫作拨鱼儿，因为我用筷子把和好的面一片片拨下锅，真有点儿像一尾尾的小银鱼。我会做上满满的一大锅，如果来的是一个人，我们两个人把这一锅吃得精光；如果来的是两个人，我们三个人把这一锅吃光。那时候的聚会，不会因为拨鱼儿的简单，而有损一根毫毛。我们照样天南地北，海阔天空，上至马列主义，下至鸡毛蒜皮，聊得开心尽兴，一直到夜深人静，朋友才依依不舍骑上自行车，消失在茫茫夜色里。我那雷打不动的拨鱼儿，当时只道是寻常，现在却常让我怀想。

如今的聚会，有时也会点上一盆疙瘩汤，那只是点缀，像饭后的甜点，为了给大家解酒或腻缝儿的。

其实，一般的聚会，或陌生一点儿的人，或社交礼节性的聚会，可以去饭店酒楼，但像我们这样发小加荒友的聚会，大可以常去各家去重温旧梦。只是，如今的聚会，已经断然没有去各自家中的了。如今的聚会，我拿手的沙拉和疙瘩汤，再也派不上用场。

想起这些，心里有些伤感。聚会归来，躺在床上睡不着，写下一首打油：

　　　　而今聚会太奢华，爱在餐厅不在家。
　　　　又笑老林深迷鹿，还怜浅草曲藏花。
　　　　青春尽醉一杯酒，白首且分三泡茶。
　　　　难有当年窄屋里，半锅烂面话天涯。

亲笔信

如今"伊妹儿"和手机短信盛行便捷,传统的信,早已经没什么人写了。据统计,现在邮局里只有不到百分之十是私人信函,这些信封和信瓤,不知又有多少是打印机里打印出来的。

所谓传统的信,是需要自己用笔来手写。过去写信时常用的一句话,是"见字如面",那是要看见信上亲笔写的字才是,每个人的字体都不一样,即便写的字再歪歪扭扭,也是自己写的,沾着心情和体温,像是闻到乡音一样,让收信人亲切,一望便知,而为自己独有。所以,过去古人接到书信,才有"长跪读素书,书中竟何如"那样的虔诚,才有鱼雁传书的美丽传说,才有"家书抵万金"的动人诗句。

在最近一期的《万象》中,看到前辈学者陈乐民先生的遗作《给没有收信人的信》,全部毛笔书写,信中拳拳心意是随蝇头小楷字字花开的,和电脑键盘里机械打出信件无法同日而语。陈先生这样的信,大概是一襟晚照,属于最后的古典了。

一个一辈子没有亲手写过一封信的人,或一辈子没有收到过别人亲笔写给自己一封信的人,都是不完整的人生。如今电脑非常发达,点击几下键盘就可以轻松的发出一封信。最可怕的是手机短信,它是"伊妹儿"的缩写版,那里早已经储藏着无数条短信,按你所需,任你所取,就像是一副扑克牌,可以来回地洗牌,组合成不同的条目,供你在任何节日里发给任何人。据说,编纂手机短信已经成了现如今的一种职业，和过去替人代写书写的职业相似。不过，也不像，过去代写书信，总还带有代写者手上的一缕墨香，带有属于你自己的一份真实，手机短信却如烟花女子一样，很可能在刚刚发给你之后，又马不停蹄地发给了另外一个人，在几乎同一时刻，大家不约而同地接收到同一条一字不差的短信。有时候，真觉得科技是人类情感的杀手，用貌似最迅速的速度和最新颖的手段，扼杀人类心底最原始的也是最朴素的诉说。

我要说，还是珍惜手写的家信，节假日里，特别是在春节的大年夜前，起码该给自己的亲人亲手写一封平安的信、祝福的信。家书抵万金，家书抵万金呀，仅仅从电脑或手机里发出的信，还能够抵得上万金吗？

记得二十多年前，刘心武曾经写过一篇《到远处去发信》的小说，写的是当了一辈子的老邮递员退休了，给别人送过那么多的信，还没有接过别人给他自己写来的一封信，就自己写了一封，跑到老远的地方，把信投到邮筒里，让自己这辈子也收到一封亲笔信。

即使如契诃夫写的小说《万卡》里学徒小万卡寄给爷爷那一封永远无法寄达的信，只在信封上写着"寄乡下爷爷收"，而没有写上收信人的地址，但那也是万卡用笔蘸着墨水一字一字写成的呀！

好多年前看过英国剧作家品特的电影《传信人》，那个少年心仪并暗恋同学漂亮的姐姐，为这位比自己大好多岁的女人和她的情郎偷偷地传信，当好奇心让他忍不住拆开其中的一封信的时候，心目中的女神写给别人热辣辣的亲笔信，让这位少年惊慌和震撼的情景，逼真的道出了亲笔信的力量。

三十多年前，我突然收到母亲请邻居帮忙拍来的电报，得知父亲病逝，忙从北大荒赶回北京奔丧。一路上心里都奇怪，母亲不识字，家中只剩下她独自一人，慌乱之中怎么会找到我的地址并能够一眼认出来？回到家，看见母亲的床垫底下，压着的都是我写给家里的信。母亲不认字，但熟悉的字迹让她知道那就是我，枕在那些信上睡觉，让她心里踏实。她就是拿着床垫下其中的一封信，请邻居打的电报。

可能正是看到了亲笔信的力量和意义所在，有人想竭力挽住已经渐行渐远的亲笔信。看最新的一期 *TimeOut* 杂志上介绍，有一网站，举办这样一个活动，叫作"陌生人，让我手写一封信给你"。它这样说："你多久没收到过信了？你多久没给人手写过信了？让我手写一封信给你，让我的心情化成字迹、装进信封、贴上邮票、扔进信筒，让邮差交到你的手里。现在开始，留下地址，让我写一封信给你。"我不知道会有多少人能够给他们留下自己的地址，换取一封久违的亲笔信。因为我不知道有多少人还在乎一封亲笔信。

还是契诃夫，他写过一篇《统计》的短篇小说。在这篇小说里，他借用果戈理《钦差大臣》里的邮政局长希彼金的口吻，统计出这样的一个数据：邮局收寄的 100 封信件里，其中 5 封是情书，4 封是贺信，2 封是稿件，72 封则是没有什么内容的无聊的信。我对契诃夫这样讽刺夸张的统计数据，心生不满。即使 72 封都是没有什么内容的信，也并非无聊。平常人的书信往来，可不都是些家长里短吗？要什么深刻而超尘拔俗的内容？更何况，都是亲笔写的信呢。

不管怎么说，还得是自己亲笔写的信才好。亲笔写的信，无论对于看的人，还是写的人，感觉都不一样，滋味都不一样。就像清风和电扇或空调吹来的风不一样，就像鲜花和纸花或塑料花不一样，就像肌肤之亲和隔着手套握手或戴着口罩亲吻不一样。

独下千行泪，开君万里书。亲笔信，只有亲笔信，才能让你有这样的心情，又能让你如此的动情。

明 信 片

　　有时想，为什么我国的明信片会比国外的品种要少，而且设计得单薄？我们愿意毕其功于一役，在春节期间发行大量的有奖贺岁明信片，但画面变化很少，几乎都是千篇一律。或许是在平日里，人们已经很少用明信片作为传递信息和心情的一种信件了。在我的印象中，好像只有孙犁先生愿意用明信片替代书简，言简意赅，朴素清淡，宁静而致远。但是，后期孙犁先生基本也不用明信片了。我现在非常后悔，当初先生在世的时候，为什么没有在通信中请教他为什么不再用明信片了。

　　明信片在我们这里的沦落，我不知道说明了什么，在我的心里却是很有些失落。或许在一个崇尚奢华的时代，素朴典雅的明信片，就像素朴童贞的姑娘，必定会随着这个时代而长大而沦落风尘吧，便也一样无可奈何花落去而难得追寻了。

　　对于我，明信片却显得很重要，我对它一直情有独钟。如果有朋友出国问我需要帮我带点儿什么东西，我会说帮我寄一张当地的明信片吧。今年春节前夕，我的一个朋友去芬兰的赫尔辛基执教三个月，临行前，我也是这样对他说：帮我到赫尔辛基的西贝柳斯公园买一张印有西贝柳斯雕塑头像的明信片吧。如果是我出国到一个陌生的地方，我总要买一张当地的明信片寄回家。虽然现在电话和"伊妹儿"方便得很，我却总固执地觉得没有明信片可以长期保留着当时的信息和气息。即使和信件相比，明信片上面多出的画面，时过境迁之后看到它，一下子就能够想起当年的情景，一目了然而活色生香起来。特别是国外的明信片印制得都非常漂亮，无论是当地的风光风情，还是当地的名胜名人，构图都比较别致，可以当成美术作品来欣赏。当然，更重要的是流年暗换之后，明信片能够唤回我许多回忆，清新如昨而不被尘埋网封。将那些明信片摆出长长的一串，雪泥鸿爪，像是回头看自己曾经走过的足迹。

在国外买明信片，一般比较容易，旅游点都会有卖的，琳琅满目，可劲儿地随你挑。寄明信片，有时就难点儿，因为人生地不熟，有时时间又紧迫，找邮局就显得捉襟见肘。于是，在匆忙之中找邮局，就成了我旅行中有意思的经历。

那年到土耳其和波兰去了一趟。在伊斯坦布尔住郊外，根本找不到邮局，到城里，不是去参观去购物就是去吃饭，完了事立刻上车走人，不容我有片刻时间去找邮局。那一天，到 Carusel 购物，那是伊斯坦布尔的一家很大的商厦，位于闹市，门前的街道不宽，但商店林立，人流如鲫。我想附近总该有邮局吧，匆匆在 Carusel 逛了一圈，便走了出来，在四周的大街小巷找了半天，也没有找到邮局，问了好几个人，也都是一问三不知。这时候，同行的大多人已经逛完了商厦出来坐在车上，车子很快就要开了。我不甘心，临上车前又问了一位在街边上好像在等人的老头，听完我的问话，他也是摇头，我正要失望，他却紧接着用英语对我说："请等等。"说罢，拔腿穿过车水马龙的街道。隔着一条街，我看见他一连问了好几个过往的行人，听不见他说话，只看见他的嘴和胡子以及手一起在动，中间不断有汽车遮挡住了我的视线，那情景就好像在看电影里的默片。我看见他似乎终于问到了，腿迈下马路牙子要往我这边走，我赶紧向他招手，跑了过去。果然，他问清了，邮局离这里并不远，只是藏在一条很窄的小巷里。他怕我找不到，一直送我到了那条小巷的巷口。

在华沙，从肖邦故居回来，直奔到文化宫看演出，演出要在晚上开始，时间很充裕。正好刚在肖邦故居买了几张明信片，便放心去找邮局。文化宫在元帅大街上，那里是华沙的市中心，想找一家邮局该不是难事吧，谁想一直找到了夜幕垂落华灯初放，也没有找到邮局，心想莫非华沙人都不寄信怎么着？天黑路又不熟，那时已经不知自己在哪里，方向都弄不大清了，不敢恋战，正想打道回府，看见一个学生模样的人腋下夹着书走过来，想就再问最后一个人。他仰起年轻的脸听完我的问话，让我跟着他走，便跟着他穿街走巷一路迤逦而去。迷离的夜色和闪烁的灯光洒落在他的肩头，在我们的交谈中，我知道这位华沙大学历史系三年级的学生，对中国了解还真不少，不仅知道我们的孔子，还知道我们去年举办的肖邦音乐会。有了有趣的交谈，路显得短了，面前出现绿色的邮筒，他指指说到了，然后带我走进，替我从一个机器前取下一张纸片，上面印着号码，他告诉我先在这里等候，等到柜台前的电子荧屏上出现我的号码再去寄我的明信片。

最有意思的是前年春天去法国，在南部阿维尼翁，因为那里是个中世纪的古城，又是世界有名的戏剧之城，所以街巷中商亭前的明信片格外五彩缤纷。乱花迷眼之后，挑了一张明信片，想问人邮局在哪儿，迎面走来一位英俊的小伙，匆忙之中将 post office 说成了 police office，小伙子一愣，脸上现出惊愕的表情，我才知道自己说错了，他以为我要找警察局呢。我赶紧扬着手中的明信片告诉他是找邮局寄明信片。他带我走进一条商业街，走进一个不大的杂货铺，向店主人说了几句我听不懂的法语，店主人拿出一张邮票，我付完钱，在明信片上贴好邮票，小伙子和我一起走出店铺，指着旁边的一个邮筒，笑笑对我说了句那里就是 police office，然后和我告别。

我不知道如果有外国人来到中国也想找邮局寄明信片，在时间就是金钱的今天，我们能不能有耐心和诚心为他带路去找附近的一家邮局。但我会的，因为我曾经受惠于人，可以说，在国外的任何一个地方，只要我寻找邮局，都曾经有一个陌生人帮我带过路。

明信片带给我的回忆和回味，远远超过明信片自身。

知道我有积攒明信片的习惯，我的一个学生，大学毕业后到国外留学，然后定居，十多年了，到过许多国家，每到一个新的地方，不管多么匆忙，即使后来她已经是三个孩子的母亲，拖儿带女的，都不忘给我寄一张当地的明信片。什么事情能够坚持十多年，都不那么简单，水滴石穿，就这样湿润着漫长的岁月和枯燥的日子。每次收到她的明信片，我都很感动。细心的她更不忘找当地几枚纪念邮票贴在明信片上，让明信片更加漂亮。那一年是凡·高逝世一百周年，她正好在荷兰一个叫作 Delft 的小城，特意买来荷兰新发行的纪念凡·高的一套邮票，全部贴在一张明信片上。我可以猜想得到在一个陌生的小城找邮局，一定和我曾经有过的经历一样，虽然有意思，但也不那么容易。

儿子到国外留学之后，自然也不会忘记给我寄来明信片，在短短的一年时间里，寄来了6张。他到达学校的时候，是半夜，第二天起床办的第一件事，就是寄来一张明信片，画面是一头肥壮的牛。一个月后，他又寄来第二张明信片，上面印着的草原上的猪。我和他的妈妈一个属猪一个属牛，他在明信片上写着：亲爱的爸爸妈妈：这几天我们这里的气温突然下降了，中午还好，早晨和晚上已经很冷了，很多人都感冒了。我倒还好，只是有点嗓子疼，再有就是很想您们。

感恩节放假时，他和美国同学驱车近一千公里，到同学家过节吃火鸡，感受美国人的生活。那是一个最早由斯堪的纳维亚移民建设的小城，他没有忘记在那里买一张当地的明信片寄来。那是一张别致的明信片，是用当地的木片做成的，上面印有当地斯堪的纳维亚历史博物馆的黑白图案。匆匆之中，他在旁边写着几个字：爸爸妈妈：我在诺迈特，北达科他州，感恩节。很想您们。

那年的暑假，他去了密尔沃基，那是一个靠着密西根湖的漂亮的城市，他从那里一下子寄来了两张明信片，一张是密尔沃基艺术博物馆现代派的建筑，一张是米罗的画，他在后一张明信片上面写着简单的两行话：这是米罗的画，挂在密西根湖的边上，想起过去我们在北京看的米罗画展。等您们来了，再一起去这里看吧。

最有意思的是，我自己给自己寄了一张明信片。是前年在纽约，孩子陪我和爱人一起去联合国总部参观，那一天正好赶上是9月11日，我买了一张印有联合国大厦前各国国旗飘扬的全景明信片，贴上张纪念联合国成立65周年的纪念邮票，在明信片上写了这样一句：今天正好是"9.11"纪念日，参观联合国大厦，祈祷世界和平。然后让全家人各自签上自己的名字。因为全家都出来了，家中无人，只好在寄往明信片上我自己的名字收。那是给自己的纪念，也是给自己的祈愿。

明信片就这样在不知不觉中成为我和孩子乃至全家生活的一部分。在分离的时候，它不仅是到此一游的纪念，更是传递我们彼此思念和牵挂的感情方式。在一起的时候，它是我们共同留给岁月的纪念，刻在日子里的脚印，就像放翁的诗："灯下幸能读，梦中时与游。"特别是寄明信片时，都是在行色匆匆之中，明信片上空白的位置有限，有限的字落在方寸之间，地远天长之外，纸短情长，要的是功夫。

曾经读过法国诗人安·沃兹涅先斯基写过的一首诗，名字就叫《明信片》，诗很短，一共8行："从巴黎给你捎点什么？除了衣裳，及其他杂物，一张我们发黄的海报，还有思念你的一丝凄楚。这些礼品价值不高。我看中了白色的凯旋门，脑子里试量着你的身材，它像袒胸露背的连衣裙。"这是我看到的有关明信片最好的一首诗了，明信片带给诗人的想象，其实也是我们到达一个新地方特别是陌生国度时候，常常会触景生情而涌出的想象；而明信片带给诗人的感情，更是我们所赋予明信片的感情。即使我们不会写诗，那些明信片已经成了我们生活中别致而温馨的诗。

自行车咏叹调

　　自行车是外国人的发明，却绝对是中国人的专用。普及率，除了筷子，大概就得数自行车了。走在中国的任何地方，无论是再大的城市，还是再偏僻的乡村，哪怕只是一条羊肠小道，都可以看得见自行车。如果赶上北京或上海这样大城市的上下班的高峰期，大街上自行车车轮滚滚所汇成的汹涌洪流，赛得过钱塘江涨涌起的一浪高过一浪的潮水，是极富有中国特色的一大壮观，在世界其他地方难得见到。

　　即使车轮不滚动，那么多的自行车安静地放在一旁，黑压压一片，也会是一种壮观。那些由圆和线组成的图案，像画家蒙德里安用几何图形所画成的画面，在不动声色中吐露着威严，显示着富有中国特色的美学。

　　小孩子稍稍大了一点，要学的第一件事情就是学骑自行车。对于孩子，自行车不是玩具，孩子的小腿还够不着脚蹬子，大人就开始让孩子学骑自行车了。大人在车前扶着车把，在后面扶着车座，一边使劲地呼喊着孩子眼睛往前看，一边使劲地跟着车跑，再怎样辛苦，也要帮助孩子从小学会自行车，几乎是所有孩子逃脱不了的人生第一课。道理很简单，自行车将要开始伴随他们的终身，从他们上学到工作，甚至到终老。有的老人就是死在用自行车推往医院的路上，有的老人就是从自行车上跌下来，在闭上眼睛的那一霎间，看见自己自行车的车轮子还在身边不停地转。

有一段时间，自行车、手表和收音机，是人们向往的三大件，自行车点名要"飞鸽""永久""凤凰"牌的，就像现在人们买汽车要本田、别克或奥迪的劲头一样。结婚的时候，自行车往往是娘家的陪嫁，扎上了大红绸，气派地摆在醒目的地方。自行车便和现在的汽车一样，成为全家最珍贵的物件，和家庭琐碎的日子关系最为密切，充满辛酸，也充满温馨。成了家之后，自行车往往会在前面加一个车筐，下班后到菜市场买菜买鱼买肉，都要靠它拖回家。有了孩子之后，自行车往往要在后面加一个小座儿，或在大梁上安放一个下靠背椅，为的是把孩子从幼儿园里接回家；即使孩子上了学，自行车依然是大家接送孩子最便捷的交通工具。丈夫骑着自行车，前面带着孩子，后面驮着老婆，永远是清晨出门或黄昏归家最动人的画面，自行车就如同一只大鸟，用有力的翅膀载着一家人早出晚归，品味着人生百味，游走在生活的角角落落。

那时候，不止一处房子越盖越挤的院子里，两墙之间的夹缝窄得犹如韭菜叶，只能容一个人推一辆自行车勉强过去。我会常常看到下班的人推着自行车艰难挤过夹缝的情景，车后座上往往驮着孩子，车把前的车筐里放着下班路上顺手买来的一束湛清汪绿的青菜。这样的一幅幅归家图，融化在各家小蜂窝煤炉渐渐冒出的袅袅炊烟里，那一抹绿色，像是奔波一天的自行车身上冒出的缕缕的汗气，更是从自行车身上摇曳出来的精神气，有了它，再疲惫的一家人和自行车，都显得有了生气。

都说人与人之间相濡以沫，其实，自行车和人之间也是相濡以沫的，彼此慰藉，相互走过了人生。真的，还有什么别的物件赶得上自行车对普通人日复一日持之以恒的扶助吗？人们对自行车的感情,就像古代壮士对于自己心爱的坐骑一样。不兴养宠物的时候,自行车就是大家的宠物,要给它拾掇得干干净净,利利索索,它才能够追风马一样,为你风入四蹄轻,轻快的四九城的驰骋。我们大院里,有一位年轻的单身工程师,下班后,首先要干的两件事:一是脱掉上衣为自己洗身;一是把自行车翻个个儿,为车洗身。他把一身健壮的肌肉洗得油光水滑,把一辆自行车擦得锃光瓦亮,然后,他和自行车相看两不厌,像一对马上要登台演出的角儿,有精彩的对手戏等着呢。那时候,他家的窗帘永远不会拉上,他好像就是有意要让全院人看看他的肌肉和他的爱车,他觉得自己这一身腱子肉和永远崭新的自行车是绝配,就像英雄配美人,宝马配雕鞍,葡萄美酒配夜光杯。

如今,私家车越来越多,在马路上,自行车被挤得只能黄花鱼溜边儿,还不停地听汽车的喇叭和司机的训斥,属于自行车的地盘越来越小,自行车的地位也跌落千丈,再难找回我们大院里年轻工程师的感觉。但是,自行车依然顽强地存在着,和私家车做着虽力不胜负却颇有些悲壮的抗衡,就像遥远时代里的民谣,依然有着打动人心的力量。更何况,更多的普通人依靠的是自行车,低碳生活更需要自行车,自行车就像传统节日里的鞭炮,缺少了它的声音,还叫火爆的日子吗?

如今,常会在黄昏的街头看见半大小伙子,是中学生在玩车,他们以马路牙子为障碍,让自行车的前轱辘翘起,旱地拔葱似的拔到马路牙子上面,再拔出萝卜带出泥把后车轱辘连带拔上来,往返循环,乐此不疲。自行车白天用来上学,笔管条直,像是他们自己见到老师一副乖仔的模样;到了黄昏就变了脸,一下子活跃起来,成了他们锻炼身体的工具,消遣时光的玩具,也成了他们发挥想象,创造想象的平台。一身几用,恨不得把压抑了一白天的心气都释放出来。他们是不到天黑不会收车回家的,当然,他们在这里会赢得围观者尤其是女孩子的阵阵喝彩,他们臭汗淋淋回家后,是少不了挨一顿家长臭骂的。

在城里,除了丢车,最怕的是骑车回到家找不到放车的地方。楼外面如今被越来越多的私家车气宇轩昂神气十足地占领着,楼道里已经被捷足先登的自行车挤得横七竖八,走道连个下脚的地方都没有了。实在不行,只好把车顺在楼梯上,四仰八叉地和楼梯把手绑在一起。也有把车吊在房顶上的,像是吊腊肉似的,吊得人眼晕。

如果你仅仅把自行车当作交通工具,可就错了。在中国,自行车的用途大了去啦。无论是在城里还是在乡下,自行车首先又是家庭最常用运输工具。在城里,小到买个米买个面,大到买把椅子买个电视机,一直到换个煤气罐,什么地方都用得着自行车。自行车就像个任劳任怨的仆人,不论什么活儿都得伸出自己的肩膀头来。

在乡下,用自行车的地方比用老牛的地方还要多。运菜运粮运筐运一切要到城里去卖的东西,都用得着自行车,自行车比骡马要好使唤,而且要不惜力气得多。好不容易进一次城,车前车后要装得满满的。光装那些东西,就是艺术,就跟编鸟笼或盖房子一样,不用一钉一锤,却装得密密实实,结结实实,得要一双巧手妙心。我见过这样一幅摄影作品:自行车运草帽,从前看草帽成了鸟一样呼扇扇的羽翼,从后看草帽成了一座会移动的小山,骑车人只露出头顶的草帽,和山一样的草帽连成一体,童话似的长出脚来在动在跑在飞。

在城里,骑车带人,和"打的"的人差不多一样的多。这是因为骑车带人上下方便,到哪儿去也方便,自行车就是自家的"的"。而且,也比"打的"省钱,更重要的一点,是情人坐在身后,搂着情人的后腰,奔驰在大街小巷,有"打的"无法体会的味道,彼此的心跳都听得清清楚楚，身上的香水味儿和汗味儿混合在一起呛鼻子却无比的好闻，自行车让他们成了连体人，在大街的众目睽睽之下敞亮地展示着他们爱情的雕塑。

有一次，我见到一对年轻人骑着一辆自行车，是个风天，又是顶风，男的在前面骑，弓身若虾，女的身穿旗袍，足蹬凉鞋，十个脚趾涂抹着豆蔻鲜艳地亮在外面，香艳四溢。女的偏偏跷着二郎腿，双手扶也不扶那男的，画着曲线，穿梭在车水马龙之间，游龙戏凤一般，潇洒得劲头十足，惹得众人侧目相看，好不得意。一看就知道若不是多日的配合，哪能如此艺高人胆大，默契得你呼我应，融为一体。

大多数的大人骑车带人还是为了带孩子，为了接送孩子到学校和幼儿园。所以在中国的任何一座城市里，都可以看到许多这样骑车带孩子的大人，风雨无阻。不过，骑车带孩子带的法子不尽相同。在南方，大人是把孩子绑在自己的后背上，孩子竖立在身后，成了大人的守护神；在北方，则是让孩子坐在前面的横梁上，大人用胸膛保护着孩子。竖着或横着的孩子，常常歪着小脑袋睡着了，而大人却全然不知，依然骑着车奋然前行，便常常有过路的行人冲着大人高喊："留神呀，孩子可睡着了！"

记得三十二年前，我刚刚考入中央戏剧学院上学，一天出门骑车带着一个同学，刚拐出胡同，便和迎面而来的一个警察叔叔窄路相逢。因为那时候北京不许骑车带人，警察叔叔把我们拦了下来，要罚款，严厉地问我们："你们是哪儿的呀？"我赶紧回答："我们是戏剧学院的学生。"这位警察叔叔把戏剧学院听成戏曲学院了，就问："哦，学哪派的呀？"我一听，满拧，忙说："我们，没派……"他又听差了，脸色却明显的好了起来，说道："梅派呀？梅派，梅兰芳，好……"没罚款，放了我们一马，敢情这位警察叔叔是个戏迷。

对于自行车，我从心里充满感情。很难设想有一天没有了自行车的北京城会是什么样子，会不会和没有了四合院全部都是高楼大厦一样，让人无法想象，无法辨别，无法找到回自己家的路？自行车不仅是北京而且是全国的一种最带有中国特色的生活乃至文化的符号，它几乎和我们每个人的生命休戚相关，和我们国家的发展密切相连。非常遗憾的是，这样一种从抽象上说是醒目非常的符号，从具象上说是个性十足的物件，却没有见到有什么艺术专门去为它描摹为它张目为它张扬。除了看过一部电影《十七岁的单车》，我没有听到过一首歌曲是专门唱它的，没有看到过一幅画是专门画它的，也没有一部小说，就像意大利的作家皮蓝德娄充满情感专门用他故乡的《西西里柠檬》为他的小说命名。我们对它有些熟视无睹。越是熟悉的，越是亲近的，越是须臾不可或缺的，越是我们相濡以沫的，越是陪伴我们走过艰辛岁月的，我们往往越容易视而不见，熟视无睹。

记得路德维希在他的《尼罗河传》里说："朝代来了，使用了它，又过去了，但是，它，尼罗河——那土地之父却留了下来。"自行车，也曾经在朝代的更迭中在时代的变迁中被我们使用，它是我们的生活之子，也应该留下来，留下来作为我们青春与岁月，成长和发展的见证。我们也应该为它作传。

雪被城市带坏了

如今，地球普遍变暖变旱，冬天里的雪已经越来越稀罕。特别是在城里，难得飘落下来一场雪，如同难得见到一位真正清纯可人的美人一样了。

城市的雪，从入冬以来就一直在期盼中。在我居住的北京，仿佛要和春天里的沙尘暴有意做着强烈的对比，沙尘暴不请自到，而且次数频繁的光临，并不受城市的欢迎，但是，受欢迎的雪却在冬天里总是姗姗来迟，像是一位难产的高龄孕妇。

以往的日子里，最耐不住性子的是渴望下雪天能够堆雪人打雪仗的孩子；如今，最焦灼不堪的是城边的滑雪场，总也等不来雪，只好先急不可待地鼓动起人工造雪机，将人造的雪花纷纷扬扬地吹了出来，那只不过是冬天的赝品。

隆冬时分，城市的雪，终于在期盼中飘洒下来，但是，这种随着雪花纷纷飘来的喜悦很快就会消失，不用多久，雪便不再受欢迎，仿佛约会前的憧憬在见面的瞬间便顷刻扫兴地坍塌。雪落在树木上，再不会有玉树琼枝；雪落在房檐上，再不会有晶莹的曲线；雪落在院子里，再不会有绒绒的地毯和小狗跑在上面踩出的花瓣般的脚印；雪落在马路上，很快被洒满盐的融雪剂覆盖，立刻化成了黑乎乎一摊摊泥泞的雪水。据说，这样化后的雪水，渗进街边的树根，能够让树都枯萎死掉。城市的雪，成了路面花草的敌人。

那种纷纷扬扬，飘飘洒洒，小精灵一样，跳着轻巧细碎的足尖芭蕾的晶莹雪花；那种覆盖在地上，毛茸茸的，嫩草一样，像是从地上长出来的神奇的童话的晶莹雪花已经是再难见到了。

也很难见到雪人，即使偶尔见到了雪人，也是脏兮兮的。城市污染的空气、汽车的尾气、制热空调机喷出的废气，一起尽情地把雪人的脸和全身涂抹得尘垢遍体，如同衣衫褴褛的弃儿，再没有原先那种洁白可爱。去年冬天，北京下了一场雪，我在街头见到一个雪人，上午刚刚见到时，它还高高大大，插着胡萝卜的鼻子和橘子的眼睛，格外鲜艳夺目，没到中午，它已经脏成一团，附近餐馆倒出的污水，无情地将它浇头灌顶，把它当成了污水桶。那天，我特意到天坛公园转了一圈，偌大的公园里，只看到一个雪人，小得如同一个布娃娃。公园并不能够为它遮挡污染，它一样脏兮兮的，只有头顶上盖着一个肯德基盛炸鸡块的小盒子，权且当一顶帽子，闪烁着油渍渍的色彩，像是故意给雪做的一个黑色幽默。

城市的雪，再不是大自然送来的冬天的礼物，而成了并不受欢迎的客人，成了城市污浊的乞儿，成了 pH 试纸一样测试城市污染的显形器。

其实，雪是无辜的，雪到了城市，没有得到娇惯和恩宠，相反被城市带坏了。雪的本色应该是洁白晶莹可爱的，却这样一次次地受到了伤害。

我想起俄罗斯的作家普里什文曾经写过的《星星般的初雪》，他说："雪花仿佛是从星星上飘下来的，它们落在地上，也像星星一般烁亮。"他又说："今天来到莫斯科，一眼发现马路上也有星星一般的初雪，而且那样轻，麻雀落在上面，一会儿又飞起的时候，它的翅膀上便飘下一大堆星星来。"

只是，如今的城市，无论莫斯科还是北京，再不会有这样星星般的雪花了，再也不会有雪中飞起的麻雀翅膀上飘下一大堆星星的景象了。我想起前几年的初春到莫斯科，前一天下的雪刚化，无论红场还是普希金广场，无论加里宁大街还是阿尔巴特小街，都是一样的泥泞一片，黑乎乎的雪水，几乎是雪花在城市卸妆之后唯一的模样，处处雷同，走路都要提起裤腿，小心别踩到上面。

　　三十多年前，在北大荒插队的时候，我倒是见过一种叫雪雀的鸟，特别爱在冬天下雪的日子里出来，叽叽喳喳地飞起飞落，格外活跃。它们和麻雀一样大小，浑身上下的羽毛和雪花一样的白，大概是长年洁白的雪帮助它的一种变异，环境的力量有时强大得超乎想象。心里暗想，今天这种雪雀要是飞进城市，也得随雪花一起再变异回去，羽毛重新变成褐色，甚至乌鸦一样的黑色。

　　雪花的洁白，不在冬天里，只能在梦里、童话里，和普里什文文字带给我们的想象里。

到天堂的距离

第一次读美国女诗人狄金森的诗,随便翻着书,像是占卜,翻到哪一页就是哪一页,翻到的是这样的一首:

> 到天堂的距离
> 像到那最近的房屋
> 如果那里有个朋友在等待着
> 无论是祸是福

这几句短短的诗,便再也没有忘记,是湖南人民出版社 1984 年版的《狄金森诗选》。一本灰绿色的封面。好诗,就像是漂亮的姑娘,留给人的印象总是深的。

到天堂的距离真的就是那样的近吗?只要那里有个朋友在等待着?

当时,我这样问自己。我的答案是肯定的。狄金森说出了我心里的话。

那时,我有一个朋友,他和我都在中学里当老师,我们都刚刚从北大荒回到北京。常常就是这样,有事没事,心里高兴了,心里烦恼了,都会相互地跑过来,不是我到他家,就是他到我家,不管是刮风,还是下雪,骑着一辆破自行车,跑了过来,远远地看见了屋里的灯光亮着,就会觉得那橘黄色的灯光像是温馨的心在跳动,朋友——不管对于我,还是对于他——都正在屋里等待着呢。

我们聚在一起,其实只是聊聊天,无主题的聊天,却曾经给予我们那么多的快乐。那时,我们都不富裕,唯一富裕的是时间。那时,我们哪儿也不去,就是到家里来聊天,其实是因为我们衣袋里实在"兵力"不足,不敢到外面去花费。一杯清茶,两袖清风,就那样地聊着,彼此安慰着,鼓励着,或者根本没有安慰,也不鼓励,只是天马行空天南地北的瞎聊,一直聊到夜深人静,哪怕窗外寒风呼啸或是大雪纷飞。如果是在我家,聊得饿了,我就捅开煤火,做上满满一锅的面疙瘩汤,放点儿香油,放点儿酱油,放点儿菜叶,如果有鸡蛋,再飞上一圈蛋花,就是最奢侈的享受了,那是那段日子里我拿手的厨艺。围着锅,就着热乎劲儿,满满的一锅,我们两个人竟然吃得一点儿不剩。

其实,现在想想,那时候我们在一起聊天中所包含的内容,也不见得多么的高尚,并不是将精神将感情将心中残存的一份浪漫,极其认真而投入地细针密线缝缀成灿烂的一天云锦。虽然到头来做不成一床鸳鸯被面,毕竟也曾经闪烁在我们的头顶,辉映在我们的心里,迸发出一点星星的光芒,让我们眼前不曾一片漆黑。

我们也没有如现在的年轻人一样,讲究一番设计和规划乃至包装,让未来的日子脱胎于今日,让投入和产出成一种正比上升的函数弧线,或者借助我们的关系滚雪球似的再发展一张新的关系网。没有,我们只是以一种意识流的聊天方式、以一种无知般的幼稚态度,以一种乌托邦的放射思维,度过了那一个又一个只有疙瘩汤相伴的日子。如果按照现在的标准,我们是颗粒无收,我们不仅浪费了时光,也浪费了赚钱和升迁的机遇。

但是,我依然想念那些个单纯的只有疙瘩汤相伴的日子。我们心无旁骛,所以我们单纯,所以我们快乐;我们知足,所以我们自足,所以我们快乐。

夜晚,我盼望着他到我家里来,同样,他也盼望着我到他家里去。那时,我们没有电话,没有手机,没有金钱,没有老婆,没有官职,没有楼房。但是,那时,我们真的很快乐。往事如观流水,来者如仰高山,我们只管眼前,我们相互的鼓励,我们彼此的安慰,并不是如今手机短信巧妙编织好的短语,也不是新年贺卡烫金印制上的警句,更不是像现在一样,靠电话靠"伊妹儿"。我们只是靠着最原始的方法,到对方的家里去,面对面,接上地气,接上气场,让感情贯通,让呼吸直对呼吸。我们只是心有灵犀一点通,谈笑之中,将一切化解,将一切点燃。

记得有一次,我去他家,他正因为什么事情(大概是学校里的工作安排)而烦恼不堪,低着头,闷葫芦似的,一句话也不说。我拉着他出门骑上自行车,跟我一起回家。一路顶着风,我们都没有说话,回到家,我做了一锅疙瘩汤,我们围着锅,热乎乎地喝完,他又开始说笑起来,什么都忘了,什么也都想起来了。

记得有一次,我的母亲突然去世,想起母亲在世时的一桩桩往事,想起自己年轻时候的不懂事而让母亲伤心,我正在悲痛欲绝而渴望有一个可以向他倾诉的人。怎么这么巧,他推门走进我的家,像是知道我的渴望一样。他就那么安静地坐在我的面前,听我的倾诉,一直听我陈芝麻烂谷子地讲完。他没有安慰我,那时候,倾听就是最好的安慰。我连一杯水都忘了给他倒,他知道,那时候,我需要的和他需要的是什么。

什么是天堂?对于不同的人,这个世界上有不同的天堂。对于我们,这就是天堂。狄金森说得对:

到天堂的距离

像到那最近的房屋

如果那里有个朋友在等待着

无论是祸是福

二十年过去了，我现在想起这首诗，总忍不住想起另一个诗人的另一首诗，是诺贝尔奖的获得者爱尔兰人西默斯·希尔，他这样写道：

你就像有钱人听到一滴雨声

便进了天堂

都是天堂，有的在有钱人那里，有的在有朋友等待的屋里。天堂距离，哪个远？哪个近？

好味止园葵

　　偶尔曾经这样一想,人生最须臾离不开的就是吃了,国内国外大小餐馆,吃的委实不少了,但是,最难忘的,却不在那里,而全在毫不知名的乡村野店。即使过去的日子那么久了,吃的味道,还有那里陈设的一切,都还那样的清晰如昨。真的是怪了。

　　三十六年前的秋天,之所以记得如此清楚,因为那是我插队北大荒第一次离开那个小村子,来到了富锦县城。那时,村里没有什么吃的,尤其到了冬天,除了老三样,即冻白菜、冻土豆、冻胡萝卜之外,只有煮上一锅冻豆腐汤,用淀粉勾芡浇上点儿酱油香油,我们称之为"塑料汤"。吃了整整两冬这些东西,胃都吃倒了。来到县城,第一顿晚饭,在一家小馆里吃的,吃的是肉片炒芹菜。不知人家地窖里是怎么保存的,芹菜虽然很细,却很新鲜,炒出来一盘,湛青汪绿,好像刚刚从地头摘下来一样。我再也没有吃过那么好吃的芹菜,一直到现在,只要一想起来,一种脆生生香喷喷略为苦丝丝的芹菜味道,还在嘴里缭绕,令我口舌生津。

　　大约十年前,从延安下来,车子开了一个来钟点,停在一个村头,进了一家小馆。这是朋友特意带我来的地方,肚子早咕咕叫了,朋友说好饭别怕晚,让我坚持。因为早过了午饭的点儿,小馆里空荡荡的,不仅没有一个客人,连店主人都不在了。忙招呼人把店家请了来,来了个陕北汉子,既是老板,又是厨子,说菜是现成的,不过只有一道:手抓羊肉。不一会儿工夫,一小锅热腾腾的手抓羊肉就上来了。手抓羊肉,吃的次数多了,没有吃过这样鲜这样香的。我问老板汤里都搁什么佐料了,这么香?他告诉我,除了葱姜和盐,什么都没放(连油都没放),只是这羊是今早晨天没亮时候宰的,小火炖了整整一个上午。一天就卖这么一只羊,都是从延安下来的游人来吃,宁可饿着肚子跑老远,也到这里吃。就这么简单,就这么好吃,不管是西安,还是北京,再大的餐馆,没脾气。

前两年,又去延安,想那手抓羊肉,如法炮制,下了延安,车子开了大约一个钟点,到了一个村口,却怎么也找不到那家小馆了。也许,这次没有朋友带领,忘记了村名,我认错了地方。但我总觉得,它只是逗了一下我的馋虫,就像童话里小屋灵光一闪消失了。

前不久,去峨眉,一路蒙蒙细雨下山,车子也是开了一个来钟点,停在山坡旁一家小馆前。这回吃的全部都是山野菜,其中一道竹笋炒猪肉,真的叫绝,满座称好。已是初秋时节,居然还有如此新鲜的竹笋,淡淡鹅黄的颜色,娇柔可爱,而且细嫩犹如春芽,入口即化的感觉,颇似水墨画中的水彩一点点地洇进宣纸,慢慢地让你回味。里面的猪肉,也全然不是在超市里买到的那种滋味,虽然肉片切的薄厚不一,但味道鲜美,无法形容其如何鲜美好吃,在座的一位说了这样一句:这才是真正猪肉的味道。这话虽然有些词不达意,却是最好的褒奖了。于是,风卷残云之后,在一片叫好声中,叫店家又上了一盘。

如今,许多东西原本真正的味道,都已经离我们远去,机械化批量饲养的猪或鸡,在屠宰场和超市里整齐划一,包装鲜艳,在餐桌上却在嘲笑着我们的味蕾和胃口。

想想前者在北大荒那难忘的芹菜,是物质极度贫匮的年月里一种向往而已,而后两者则是物质发达之后我们远离大自然崇尚现代化而必然的一种失落。陶渊明有句诗:好味止园葵。如今,我们却远于园葵,好味便自然也就远离我们了。人类虽为万物之灵长,却也如狗熊掰棒子,不可能把棒子都抱在自己的怀里,总会得到一些什么,也要失去一些什么,这是能量守恒。

这一次,我记住了那个地方,叫零公里。这是一个奇怪的却也好记的地名,下次去峨眉,好再尝尝竹笋炒猪肉片。

如今孩子的玩具

　　从玩具的变化可以看到世界的发展真是神速。现在的玩具,已经可以虚拟到电脑上玩了,花样层出不穷,刀光剑影,过关斩将,可谓惊心动魄。不要说我小时候了,那时的玩具有什么呀,记得大院里有钱人家的女孩子抱着一个眼睛能眨动的布娃娃,就足让我们瞠目结舌,算是奇迹了;而我们男孩子只能蹲在地上撅着屁股玩弹球,或者是拍洋画;滚铁环,抽陀螺,都得爹妈给点儿钱才行。

　　我有了孩子以后,孩子拥有的玩具,已经和我小时候不可同日而语了。记得给儿子买的第一个自己会动的玩具,是一个大象转伞,一头大象拉着一辆小车,车上支着一把伞,只要往大象的身上安上电池,大象就可以拉着车转动,车一转,彩色的伞就会漂亮的打开,这是那时候很新鲜的玩具了。

　　儿子五岁那一年的夏天,他的玩具发生了根本性的变化。那一年的夏天,我去了一趟深圳。那时,深圳的建设刚刚起步,沙头角刚刚开放,在那条当时人头攒动的中英街上,我给孩子买了一辆遥控小汽车。这是当时我家最现代的玩具了。只可惜我家那时地方太小,地又不平,小汽车无法跑得开,我们只好让儿子抱着它到陶然亭公园去玩。小汽车在公园的空地上尽情地奔跑,一直能奔跑到远处的草坪中,像兔子似的钻进草丛中出不来。看着孩子用遥控器控制着汽车左右前后奔突的样子,才明白不同的玩具带给孩子的欢乐是多么的不同。小汽车上面的天线在风中颤巍巍像小手一样向他挥舞抖动,让孩子兴奋不已,欢叫声和小汽车的喇叭声此起彼伏。

还是那一年的春节,友谊商店破例可以不用外汇券卖货几天,但是需要有入场券,我们得知消息找到入场券,带着儿子马不停蹄去买玩具。大概是这个遥控小汽车闹的,让孩子对这种现代化的玩意儿越发感兴趣。当然,也是不断变化的玩具,让孩子个个都变得喜新厌旧。从那些平常只卖给洋人的小孩或手持着外汇券准洋人的小孩的众多玩具中,孩子挑选了一种红外线打靶枪,那枪离靶几米远,只要对准靶心,扣动扳机,红外线就可以让面前的靶心中的红灯闪亮,同时鸣响起轻快的声音。

家里有了这样一把枪和一辆车,儿子可以威风凛凛,持着枪,开着车,在房间里横冲直撞,畅通无阻,简直像个西部牛仔了。儿子在那一年成了暴发户,玩具一下子多了好几件,而且从电动到遥控到红外线一步几个台阶地飞跃。

如今,儿子已经长大,他自己的孩子都长到他当年玩遥控小汽车和红外线打靶枪一样的年龄了。我对他说起这些玩具,他居然已经都不大记得了。这让我有些奇怪,便问他还记得小时候玩的什么玩具呢? 他说让他记忆犹新的玩具,是家里存放的那些贝壳。

这让我更有些惊奇。比起那些电动的、红外线的玩具,贝壳如果也算玩具的话,大概是孩子很简单甚至是最原始的玩具了。这些贝壳不是买的,许多是他自己从海边捡回来的,一些是朋友送给他的。特别是他光着小脚丫,自己从海边捡回来的那些贝壳,让他格外珍惜,家里只要来了客人,他都会拿出来向人显摆。那些贝壳,给他带来很多意想不到的快乐。好长一段时间里,他对照着一本少年百科辞典,一一查出了他的这些宝贝的名字,然后把名字写在小纸条上,贴在贝壳上,熟悉得像是自己的朋友,然后,他让妈妈帮助他把其中一些诸如东方鹑螺、唐冠螺、竖琴螺、夜光蝶螺、焦棘螺、虎纹贝……他珍爱的贝壳放在盒中,摆放在柜子里,可以天天和他对视对话,彼此诉说着关于大海和童年许多有趣的事情。

　　有意思的是,去年,他到法国工作半年,带着他的孩子一起住在那里,放假的时候,他和孩子最喜欢到海边去拾贝壳。爷俩儿在退潮的沙滩上寻找贝壳,孩子有意外发现之后的大呼小叫,大概让他想起了自己的童年。半年之后,他和孩子拾了满满两大瓶贝壳,沉甸甸地带回北京,全部倒在桌子上给我看,然后听他的孩子细数每一颗贝壳是从哪里的海边捡到的,那股子兴奋劲儿,让我想起了儿子的小时候。

　　时代的发展,日新月异的玩具变化,带给新一代孩子们更多新颖神奇数字化高科技的惊喜,令他们应接不暇,很容易将过去一代的玩具视为老掉牙乃至不屑一顾。比如,这些贝壳,无论如何也不会比那些电子玩具更对孩子有吸引力。我很高兴,儿子和他的孩子居然都很珍惜这些并不起眼、没有一点科技含量的贝壳。

　　孩子的玩具,从来都是和孩子的童年联系在一起的。如今孩子的玩具,和孩子的童年互为镜像,从玩具的变迁中能看到孩子童年的变化。只是,我不知道这些变化,哪些为忧,哪些为乐。

水袖之痛

　　胡文阁是梅葆玖的徒弟，近几年名声渐起。作为梅派硕果仅存的男旦演员，胡文阁的声名无疑是沾得梅派的光。其实，他自己很刻苦努力，唱得确实不错。六年前，我第一次看他的演出，是在长安剧院，他师傅梅葆玖和他前后各演一折《御碑亭》。坦率地讲，说韵味，他还欠着火候，和师傅有距离，单说声音，他要比师傅更亮也更好听，毕竟他正值当年。

　　对于我，对于胡文阁的兴趣，不仅在于他的梅派男旦的声名和功力，而是在听他讲了自己二十世纪八十年代的一件往事之后。

　　那时，他还不到二十岁，在西安唱秦腔小生，却心有旁骛，痴迷京戏，痴迷梅派青衣，便私下向高师李德富先生学艺。青衣的唱腔当然重要，水袖却也是必须要苦练的功夫。四大名旦中，水袖舞得好的，当属梅程二位。水袖是青衣的看家本领，和脸谱一起是京戏独一无二的发明，既可以是手臂的延长，载歌载舞；又可以是心情的外化，风情万千。那时候，不到二十岁的胡文阁痴迷水袖，但和老师学舞水袖，需要自己买一副七尺长的杭纺做水袖。这一副七尺长的杭纺，当时需要 22 元，正好是他一个月的工资。

　　为了学舞水袖，花上一个月的工资，也是值得的，而且，对于一个学艺者，也算不上什么。干什么不需要付出学费呢？关键的问题是，那时候，胡文阁的母亲正在病重之中，他很想在母亲很可能是一辈子最后一个生日的时候,给母亲买上一件生日礼物。但是,他已经没有钱给母亲买生日礼物了。在水袖和生日礼物两者之间,他连选择都没有,犹豫也没有,毫无悬念地买了七尺杭纺做了水袖。他想得很简单——年轻人,谁都是这样,把很多事情想得简单了——下个月发了工资之后,再给母亲买生日礼物补上。

在母亲的病床前,他把自己的想法对母亲说了。已经不会讲话的母亲嘶哑着嗓子,呃呃的不知在回答他什么。无情的时间,对于母亲,已经没有了下个月,便也就没有给胡文阁这个补上母亲生日礼物的机会。母亲去世了,他才明白,世上有的东西是补不上的,落到地上的叶子,再也无法如鸟一样重新飞上枝头。三十多年过去了,胡文阁到现在一直非常后悔这件事情。水袖,成了他的心头之痛,是扎在他心上的一根永远拔不出来的刺。

胡文阁坦白道出自己的心头之痛,让我感动。作为孩子,对于养育我们的父母,常常会出现类似胡文阁这样的事情。在我们自己的人生之路上,事业也好,爱情也好,婚姻也好,小孩也好……摩肩接踵,次第而来,件件都自觉不自觉的觉得比父母重要,即使在母亲如此病重的时刻,像胡文阁这样还是觉得自己的水袖重要呢。都说年轻时不懂爱情,其实,年轻时是不懂亲情。爱情,总还要去追求,亲情则是伸手大把大把接着就是了,是那么轻而易举。问题是,胡文阁还敢于面对自己年轻时的浅薄,坦陈内疚,多少孩子吃凉不管酸,并没有觉得自己有什么对不起父母的地方,没有什么心痛之感,而是将那一根刺当成了绣花针,为自己刺绣出最新最美的图画。

面对我的父母,我常常会涌出无比惭愧的心情,因为在我年轻的时候,一样觉得自己的事情才是重要的,父母总是被放在了后面。记得二十世纪八十年代母亲从平房搬进新楼之后,年龄已经过了八

十,腿脚也不利落,我生怕她下楼不小心摔倒,便不让她下楼。母亲
去世之前,一直想下楼看看家前面新建起来的元大都公园,兴致很
高地对我说:听说那里种了好多的月季花! 正是数伏天,我对她说天
凉快点儿再去吧。谁想,没等到天凉快,母亲突然走了。真的,那时候
总以为父母可以长生不老地永远陪伴着我们。我们就像蚂蟥一样,
趴在父母的身上,那样理所当然的吸吮着他们身上的血而心安理
得。

我不知道,如今的胡文阁站在舞台上舞动他风情万种的水袖的
时候,会不会在偶然的一霎间想起母亲。不知道为什么,自从听到了
胡文阁讲述了自己这件三十多年前的往事之后, 无论是在舞台上,
还是在电视里,再看到他舞动水袖的时候,我总是有些走神,忍不住
想起他的母亲。

也想起我的母亲。

辑三

生命不仅属于
自己

佛手之香

　　那个星期天，我在潘家园旧货市场外面的街上，买了一个佛手。那时，这条街和市场里面一样的热闹，摆满了小摊，其中一个小摊卖的就是佛手。卖货的是个山东妇女，十几个大小不一有青有黄的佛手，浑身疙疙瘩瘩的，躺在她脚前的一个竹篮里，百无聊赖的样子，像伸出来长短不一粗细不均的枝杈来勾引人们的注意。很多人不认识这玩意儿，路过这里都问问这是什么呀，这么难看？扭头就走了，没有人买。我买了一个黄中带绿的大佛手，她很高兴，便宜了我两块钱，说我是大老远从山东带来的，谁知道你们北京人不认！

　　这东西好长时间没有在北京卖了。记得第一次见到它，起码是四十多年前了。那时，我还在读中学，是春节前，在街上买回一个，个头儿没有这个大，但小巧玲珑，长得比这个秀气。那时，父母都还健在，把它放在柜子上，像供奉小小的一尊佛，满屋飘香。

　　我不知道佛手能不能称之为水果？它可以吃，记得那时我偷偷掐下它的一小角，皮的味道像橘子皮，肉没有橘子好吃，发酸发苦，很涩。那时，我查过词典，说它是枸橼的变种，初夏时开上白下紫两种颜色的小花，冬天结果，但果实变形，像是过于饱满炸开了，裂成如今这般模样。它的用途很多，可以入药，可以泡酒，也可以做成蜜饯。那时我买的那个佛手没有摆到过年，就被父亲泡酒了，母亲一再埋怨父亲，说是摆到过年，多喜兴呀。

以后，我在唐花坞和植物园里看到过佛手，但都是盆栽的，很袖珍，只是看花一样赏景的。插队北大荒时，每次回北京探亲结束都要去六必居买咸菜带走，好度过北大荒没有青菜的漫长冬春两季，在六必居我见过腌制的佛手，不过，已经切成片，变成了酱黄色，看不出一点儿佛指如山的样子了。

我们中国人很会给水果起名字，我以为起得最好的便是佛手了，它不仅最象形，而且最具有超尘拔俗的境界。它伸出的杈杈，确实像佛手，只有佛的手指才会这样如兰花瓣婉转修长，曲折中有这样的韵致。这在敦煌壁画中看那些端坐于莲花座上和飞天于彩云间的各式佛的手指，确实和它有几分相似。前不久看到了残疾人艺术团表演的千手观音，那伸展自如风姿绰约的金色手指，确实能够让人把它们和佛手联系一起。我买的这个佛手，回家后我细细数了数，一共二十四根手指。我不知道一般佛手长多少佛指，我猜想，二十四根，除了和千手观音比，它应该不算少了。

我把它放在卧室里，没有想到它会如此的香。特别是它身上的绿色完全变黄的时候，香味扑满了整个卧室，甚至长上了翅膀似的，飞出我的卧室，每当我从外面回来，刚刚打开房间的门，香味就像家里有条宠物狗一样扑了过来，毛茸茸的感觉，萦绕在身旁。我相信世界上所有的水果都没有它这种独特的香味。在水果里，只有菲律宾的菠萝才可以和它相比，但那种菠萝香味清新倒是清新，没有它的浓郁；有的水果，倒是很浓郁，比如榴梿，却有些浓郁得刺鼻。它的香味，真的是少一分欠缺，多一分则过了界，拿捏得那样恰到好处，仿佛妙手天成，是上天的赐予，称它为佛手，确为得天独厚，别无二致，只有天国境界，才会有如此如梵乐清音一般的香味。西方是将亨德尔宗教色彩浓郁的清唱剧《弥赛亚》中那段清澈透明、高蹈如云的

《哈利路亚》，视为天国的国歌的，我想我们东方可以把佛手之香，称之为天国之香的。这样说，也许并非没有道理，过去文字中常见珠玉成诗，兰露滋香，我想，香与花的供奉是佛教的一种虔诚的仪式，那种仪式中所供奉的香所散发的香味，大概就是这样的吧？《金刚经》里所说的处处花香散处的香味大概也就是这样的吧？

它的香味那样持久，也是我所料未及。一个多月过去了，房间里还是香飘不断，可以说没有一朵花的香味能够存留的如此长久，越是花香浓郁的花，凋零得越快，香味便也随之玉殒色残了。它却还像当初一样，依旧香如故。但看看它的皮，已经从青绿到鹅黄到柠檬黄到芥末黄到土黄，到如今黄中带黑的斑斑点点了，而且它的皮已经发干发皱，萎缩了，像是瘦筋筋的，只剩下了皮包骨。想想刚买回它时那丰满妖娆的样子，但让我感到的却不是美人迟暮的感觉，而是和日子一起变老的沧桑。

它已经老了，却还是把香味散发给我，虽然没有最初那样浓郁了，依然那样的清新沁人。那一刻，我忽然觉得它老的像母亲。是的，我想起了母亲，四十多年前，我第一次见到佛手的时候，母亲还不老。

蓝围巾

不知为什么，最近一些日子总想起那条蓝围巾。我怎么也想不起来，是在什么时候什么地方，怎么把它弄丢了。只记得，那时候，我在北大荒，收到这条蓝围巾，打开包裹，抖搂出来一看，足有一米四长，逶迤在炕上，拖到地上，像一条蓝色的蛇，明显是一条女式的围巾。心里想，我妈也真是的，怎么买了一条女式的围巾。尽管是纯毛的，花了20元，我还是把它丢到一旁，一天也没有戴过。那时候，20元对于一般家庭不是一笔小数目。父亲退休后，每月的工资只有42元，也就是说，这条围巾花了父亲近一半的工资。

那应该是1970年或者是1971年的事。那时候，北大荒的冬天大烟炮一刮，冷得刀割一般难受。是我写信向家里要一条围巾。当然，也是为了臭美。那时候，知青不讲究穿，但就像当年时兴假领子一样，戴一条好看点儿的围巾，不显山显水，却成为我们的一种暗暗的时尚。

就像我妈一直不知道我竟然是如此对待她寄给我的这条蓝围巾一样，我也不知道我妈寄我这条蓝围巾时所经历的心酸。一直到父亲去世，我从北大荒困退回北京，和我妈相依为命好几年之后，才在一次偶然的聊天中知道，原来这条蓝围巾上还有我妈的眼泪。

我妈是在王府井百货大楼买的这条蓝围巾。一辈子从来没有戴过围巾，甚至连一件毛线织的任何衣物都没有穿戴过的我妈，哪里懂得围巾的品种起码是要分男女的。她只想买最长最厚最贵的，认为那样才是最好，最能抵挡北大荒的风寒。

买好围巾，正好有一位我们队上的北京知青从北大荒回家探亲，我写信时告诉家里，如果围巾买好，就让他帮我带回北大荒。在信的末尾，我写上了这位知青家里的地址。他家离我家不远，也在前门附近的一条胡同里。但是，我只重视了知青身份的相同，却忽略了他家与我家的不同。我家只是普通人家，我父亲只是税务局的一个小职员，住在一个大杂院两间窄小的东房里，他家住一个独门独户的小四合院。大户人家很有气势。我和我妈都以为是举手之劳的事情，竟然到了那个四合院里，成了令人皱眉头的恼人的事情。因为我妈按照地址把围巾给人家送去的时候，人家没让给带，说是孩子带的东西已经很多了，行李包里放不下了。

怪我除了围巾还买了点儿六必居的咸菜，包好，夹在围巾里。可能是人家嫌沉。我妈这样对我说。

我说是，你让人家带围巾就带围巾，干吗还非要带咸菜。我这样附和着我妈的话说，是想安慰她。我知道，我妈是想让我冬天吃饭时候有点儿就着下饭的东西，她从回家探亲的知青的口中知道，到了冬天，我们吃的菜只有老三样：土豆、白菜、胡萝卜，还都是冻的。经常的菜，就是炖一锅这样的冻菜汤，最后用淀粉勾上芡，稠糊糊的，我们管它叫"塑料汤"。

我不知道，我妈对我这样说，是为了安慰我。人家没有带给我那条蓝围巾，其实，并不是因为咸菜。

那天，我们队上的那位知青没在家，我妈见到的是他妈。他妈根本没有让我妈进屋，只是在院子里说了几句话，就把我妈打发回来了。

我妈虽然出身贫寒，又没有文化，但看人多了，也知道眉眼高低，但从人家细致的衣服白嫩的皮肤和飘忽的眼神，也看得出来，人家是在嫌弃自己呢。我妈听完人家这番话后，把围巾和咸菜包裹好，说了句那就不麻烦你了，便离开了那个小四合院。

那天，是腊月天，天寒地冻。而我妈是缠足，抱着围巾和咸菜，踩着小脚，一步步走到他们的那个小四合院的。那天的情景，总让我觉得像是电影《青春之歌》里的余永泽，没让乡下来的亲戚进屋，也是冷漠地让人家站在风雪之中的院子里。

那天，我妈没有回家，直接到了邮局。因为包围巾和咸菜的包上有我父亲写的我的名字和地址，我妈就求别人按照上面的字写在包裹单上，把围巾和咸菜寄给了我。

这件事，一直到我妈去世之后，听我弟弟讲，才知道全部真实的过程。那一年，我弟弟从青海探亲回北京，他的一个同事的妈妈带着十几斤香肠到我家，让我弟弟帮助带回青海，我弟弟面有难色，他自己这么多东西，这十几斤香肠不轻呢，便想只带其中一部分，让我妈给拦下了。等人家走后，我妈对我弟弟说，都知道你们青海那里一年四季难得有肉吃，人家才会让你带这么多，人家让你带，是对你的信任，别伤人家的心。然后，我妈对我弟弟说了让人家帮我带那条蓝围巾被拒的事情。

在我妈的一生中，蓝围巾只是一件小事。不知为什么，却总让我想起。在一个还有出身地位和财富不对等的社会里，人和人之间，不平等是存在的，不经意之间对于他人自尊的伤害是存在的。我们要努力去做的是，居高不自矜，位卑不屈辱，在任何时候，对任何人，要有最起码的尊重，而努力避免不经意的伤害。

只要想起那条蓝围巾时候，我就会在想，如果在收到我妈寄给我那条蓝围巾的当时,知道了事情的真实原委,也许,我会好好珍惜那条蓝围巾,而不至于让它那么轻易丢失。

但也没准儿,那时还年轻,年轻时的心,没有经历过多世事沧桑和人生况味,很多事情不会真正明白。

前些天,我路过前门,发现我家原来住的大院已经拆除,不由想起我们队上那个知青家的小四合院,便又拐个弯儿,上前多走了几步,那一整条胡同都拆干净了,变成了宽阔的马路。想想,是应该料到的。那个小四合院,我曾经去过两次。刚开始返城回京的时候,那个知青邀请我到他家去过。见到他妈时,我不知道由于蓝围巾我妈受辱的事情,否则,我不会去的,去了,也会很尴尬。只记得正是秋天,长得很富态的他妈,大概早忘记了蓝围巾的事,兴致勃勃地对我说,秋天到了,要贴秋膘,哪怕是袜子露脚后跟了,借钱也得吃顿涮羊肉。可那时我和我妈还从来没有吃过涮羊肉。

正是秋风起时,落叶萧萧,我想起了我妈。那天去他家见她妈之前,中午刚吃完炸酱面,就了几瓣蒜,怕嘴里有蒜味,让人家闻见了不高兴,妈妈临出门前特意嚼了嚼泡好的茶叶。这是当年我妈对弟弟讲的。我知道,这是我妈的老习惯,她说茶叶可以去味儿。可是,去味儿的茶叶,没能帮助得了我妈。我妈的精心,抵不住他妈的轻心。

已经是四十多年前的事情了。我妈已经去世二十六年,他妈也肯定早不在了,世事沧桑和人生况味都经历了,世事沧桑和人生况味却依然还在,磨出的老茧一样,轮回在新的一代和新的世风中。

母亲三帖

荔　枝

我第一次吃荔枝，是 28 岁的时候。那时，我刚从北大荒回到北京，家中只有孤零零的老母。站在荔枝摊前，脚挪不动步。那时，北京很少见到这种南国水果，时令一过，不消几日，再想买就买不到了。想想活到 28 岁，居然没有尝过荔枝的滋味，再想想母亲快 70 岁的人了，也从来没有吃过荔枝呢！虽然一斤要好几元，挺贵的，咬咬牙，还是掏出钱买上一斤。那时，我刚在郊区谋上中学老师的职，衣袋里正有当月 42 元半的工资，硬邦邦的，鼓起几分胆气。我想让母亲尝尝鲜，她一定会高兴的。

回到家，还没容我从书包里掏出荔枝，母亲先端出一盘沙果。这是一种比海棠大不了多少的小果子，居然每个都长着疤，有的还烂了皮，只是让母亲一一剜去了疤，洗得干干净净。每个沙果都显得晶光透亮，沾着晶莹的水珠，果皮上红的纹络显得格外清晰。不知老人家洗了几遍才洗成这般模样。我知道这一定是母亲买的处理水果，每斤顶多 5 分或者 1 角。居家过日子，老人就这样一辈子过来了。不知怎么搞的，我一时竟不敢掏出荔枝，生怕母亲骂我大手大脚，毕竟这是那一年里我买的最昂贵的东西了。

我拿了一个沙果塞进嘴里，连声说真好吃，又明知故问多少钱一斤,然后不住口说真便宜——其实,母亲知道那是我在安慰她而已,但这样的把戏每次依然让她高兴。趁着她高兴的劲儿,我掏出荔枝:"妈! 今儿我给您也买了好东西。"母亲一见荔枝,脸立刻沉了下来:"你财主了怎么着? 这么贵的东西,你……"我打断母亲的话:"这么贵的东西,不兴咱们尝尝鲜!"母亲扑哧一声笑了,筋脉突兀的手不停地抚摸着荔枝,然后用小拇指甲盖划破荔枝皮,小心翼翼地剥开皮又不让皮掉下,手心托着荔枝,像是托着一只刚刚啄破蛋壳的小鸡,那样爱怜地望着舍不得吞下,嘴里不住地对我说:"你说它是怎么长的? 怎么红皮里就长着这么白的肉?"毕竟是第一次吃,毕竟是好吃! 母亲竟像孩子一样高兴。

那一晚,正巧有位老师带着几个学生突然到我家做客,望着桌上这两盘水果有些奇怪。也是,一盘沙果伤痕累累,一盘荔枝玲珑剔透,对比过于鲜明。说实话,自尊心与虚荣心齐头并进,我觉得自己仿佛是那盘丑小鸭般的沙果,真恨不得变戏法一样把它一下子变走。母亲端上茶来,笑吟吟顺手把沙果端走,那般不经意,然后回过头对客人说:"快尝尝荔枝吧!"说得那般自然、妥帖。

母亲很喜欢吃荔枝,但是她舍不得吃,每次都把大个的荔枝给我吃。以后每年的夏天,不管荔枝多贵,我总要买上一两斤,让母亲尝尝鲜。荔枝成了我家一年一度的保留节目,一直延续到母亲去世。

母亲去世前是夏天,正赶上荔枝刚上市。我买了好多新鲜的荔枝,皮薄核小,鲜红的皮一剥掉,白中泛青的肉蒙着一层细细的水珠,仿佛跑了多远的路,累得张着一张张汗津津的小脸。是啊,它们整整跑了一年的长路,才又和我们阔别重逢。我感到慰藉的是,母亲临终前一天还吃到了水灵灵的荔枝,我一直认为是天命,是母亲善良忠厚一生的报偿。如果荔枝晚几天上市,我迟几天才买,那该是何等的遗憾,会让我产生多少无法弥补的痛楚。

其实,我错了。自从家里添了小孙子,母亲便把原来给儿子的爱分给孙子一部分。我忽略了身旁小馋猫的存在,他再不用熬到 28 岁才能尝到荔枝,他还不懂得什么叫珍贵,什么叫舍不得,只知道想吃便张开嘴巴。母亲去世很久,我才知道母亲临终前一直舍不得吃一颗荔枝,都给了她心爱的太馋嘴的小孙子吃了。

而今,荔枝依旧年年红。

苦 瓜

原来我家有个小院,院里可以种些花草和蔬菜。这些活儿,都是母亲特别喜欢做的。把那些花草蔬菜侍弄得姹紫嫣红,像是给自己的儿女收拾得眉清目秀,招人眼目,母亲的心里很舒坦。

那时,母亲每年都特别喜欢种苦瓜。其实这么说并不准确,是我特别喜欢苦瓜。刚开始,是我从别人家里要回苦瓜籽,给母亲种,并对她:"这玩意儿特别好玩,皮是绿的,里面的瓤和籽是红的!"我之所以喜欢苦瓜,最初的原因是它里面的瓤和籽格外吸引我。苦瓜结在架上,母亲一直不摘,就让它们那么老着,一直挂到秋风起时,越老,它们里面的瓤和籽越红,红得像玛瑙、像热血、像燃烧了一天的落日。当我掰开苦瓜,兴奋地将这两片像船一样而盛满了鲜红欲滴的瓤和籽的瓜时,母亲总要眯缝起昏花的老眼看着,露出和我一样喜出望外的神情,仿佛那是她的杰作,是她才能给予我的欧·亨利式的意外结尾,让我看到苦瓜最终具有了这一朝阳般的血红和辉煌。

以后,我发现苦瓜做菜其实很好吃。无论做汤,还是炒肉,都有一种清苦味。那苦味,格外别致,既不会传染给肉或别的菜,又有一种苦中蕴含的清香和苦味淡去的清新。

像喜欢院子里母亲种的苦瓜一样，我喜欢上了苦瓜这道菜。每年夏天，母亲经常都会从小院里摘下沾着露水珠的鲜嫩的苦瓜，给我炒一盘苦瓜青椒肉丝。它成了我家夏日饭桌上一道经久不衰的家常菜。

自从这之后，再见不到苦瓜瓤和籽鲜红欲滴的时候，是因为再等不到那个时候了。

这样的菜，一直吃到我离开了小院，搬进了楼房。住进楼房，依然爱吃这样的菜，只是再吃不到母亲亲手种、亲手摘的苦瓜了，只能吃母亲亲手炒的苦瓜了。

一直吃到母亲去世。

如今，依然爱吃这样的菜，只是母亲再也不能为我亲手到厨房去将青嫩的苦瓜切成丝，再掂起炒锅亲手将它炒熟，端上自家的餐桌了。

因为常吃苦瓜，便常想起母亲。其实，母亲并不爱吃苦瓜。除了头几次，在我一再地怂恿下，勉强动了几筷子，皱起眉头，便不再问津。母亲实在忍受不了那股异样的苦味。她说过，苦瓜还是留着看红瓤红籽好。可是，每年夏天当苦瓜爬满架时，她依然为我炒一盘我特别喜欢吃的苦瓜肉丝。

最近，看了一则介绍苦瓜的短文，上面有这样一段文字："苦瓜味苦，但它从不把苦味传给其他食物。用苦瓜炒肉、焖肉、炖肉，其肉丝毫不沾苦味，故而人们美其名曰，'君子菜'。"

不知怎么搞的，看完这段话，让我想起母亲。

花边饺

　　小时候，包饺子是我家的一桩大事。那时候，家里生活拮据，吃饺子当然只能等到年节。平常的日子，破天荒包上一顿饺子，自然就成了全家的节日。这时候，妈妈威风凛凛，最为得意，一手和面，一手调馅，馅调得又香又绵，面和得软硬适度，最后盆手两净，不沾一星面粉。然后妈妈指挥爸爸、弟弟和我，看火的看火、擀皮的擀皮、送皮的送皮，颇似沙场点兵。

　　一般，妈妈总要包两种馅的饺子，一种肉一种素。这时候，圆圆的盖帘上分两头码上不同馅的饺子，像是两军对弈，隔着楚河汉界。我和弟弟常捣乱，把饺子弄混，但妈妈不生气，用手指捅捅我和弟弟的脑瓜儿说："来，妈教你们包花边饺！"我和弟弟好奇地看妈妈将包了的饺子沿儿用手轻轻一捏，捏出一圈穗状的花边，煞是好看，像小姑娘头上戴了一圈花环。我们却不知道妈妈耍了一个小小的花招儿，她把肉馅的饺子都捏上花边，让我和弟弟连吃带玩地吞进肚里，自己和爸爸却吃那些素馅的饺子。

　　那段艰苦的岁月，妈妈的花边饺，给了我们难忘的记忆。但是，这些记忆，都是长到自己做了父亲的时候，才开始清晰起来，仿佛它一直沉睡着，必须让我们用经历的代价才可以把它唤醒。

　　自从我能写几本书以后，家里的经济状况好转，饺子不再是什么圣餐。想起那些个辛酸和我不懂事的日子，想起妈妈自父亲去世后独自一人艰难度日的情景，我想起码不能再让妈妈吃的再受委屈了。我曾拉妈妈到外面的餐馆开开洋荤，她连连摇头："妈老了，腿脚不利索，懒得下楼啦！"我曾在菜市场买来新鲜的鱼肉或时令蔬菜，回到家里自己做，妈妈并不那么爱吃，只是尝几口便放下筷子。我便笑妈妈:"您呀,真是享不了福!"

后来,我明白了,尽管世上食品名目繁多,人的胃口花样翻新,妈妈雷打不动只爱吃饺子。那是她老人家几十年一贯历久常新的最佳食谱。我知道唯一的方法是常包饺子。每逢我买回肉馅,妈妈看出要包饺子了,立刻麻利地系上围裙,先去和面,再去调馅,绝对不让别人插手。那精神气儿,又回到我们小时候。

那一年大年初二,全家又包饺子。我要给妈妈一个意外的惊喜,因为这一天是她老人家的生日。我包了一个带糖馅的饺子,放进盖帘上一圈圈饺子之中,然后对妈妈说:"今儿您要吃着这个带糖馅的饺子,您一准儿是大吉大利!"

妈妈连连摇头笑着说:"这么一大堆饺子,我哪儿那么巧能有福气吃到?"说着,她亲自把饺子下进锅里。饺子如一尾尾小银鱼在翻滚的水花中上下翻腾,充满生趣。望着妈妈昏花的老眼,我看出来她是想吃到那个糖馅饺子呢!

热腾腾的饺子盛上盘,端上桌,我往妈妈的碟中先拨上三个饺子。第二个饺子妈妈就咬着了糖馅,惊喜地叫了起来:"哟!我真的吃到了!"我说:"要不怎么说您有福气呢?"妈妈的眼睛笑得眯成了一条缝。

其实,妈妈的眼睛实在是太昏花了。她不知道我耍了一个小小的花招,用糖馅包了一个有记号的花边饺。

那曾是她老人家教我包过的花边饺。

生命不仅属于自己

母亲已经去世十几年了，怪得很，还是在梦中常常见到，而且是那样清晰，母亲一如既往地绽开着皱纹纵横的笑容向我说着什么。一个人与一个人的生命就是这样系在一起，并不因为生命的结束而终止。

在母亲的晚年，曾经得过一场幻听式的精神分裂症的大病，折腾得她和我都不轻。记得那一年母亲终于大病初愈了，那时，我刚刚大学毕业留在学校里教书。好几年一直躺在病床上，母亲消瘦了许多，体力明显不支，但总算可以不再吃药了，我和母亲都舒了一口气。记不得是从哪一天的清早开始，我忽然被外屋的动静弄醒，忽然有些害怕。因为母亲以前得的是幻听式的精神分裂症，常常就是这样在半夜和清晨时突然醒来跳下床，我真是生怕她的旧病复发，一颗心禁不住一下子提到嗓子眼儿。我悄悄地爬起来往外看，只见母亲穿好了衣服，站在地上甩胳臂伸腿弯腰的，有规律地反复地动作着，那动作有些笨拙和呆滞，却很认真，看得出，显然是她自己编出来的早操，只管自己去练就是，根本不管也没有想到会被人看见。我的心里一下子静了下来，母亲知道练身体了，这是好事，再老的人对生命也有着本能的向往。

大概母亲后来发现了她每早的锻炼吵醒了我的懒觉，便到外面的院子里去练她自己杜撰的那一套早操，她的胳膊腿比以前有劲多了,饭量也好多了,蓬乱的头发也梳理得整齐得多了。正是冬天,清晨的天气很冷,我对母亲说:"妈,您就在屋子里练吧,不碍事的,我睡觉死。"母亲却说:"外面的空气好。"

也许到这时我也没能明白母亲坚持每早的锻炼是为了什么,以为仅仅是为了她自己大病痊愈后生命的延续。后来,有一次我开玩笑说她:"妈,您可真行,这么冷,天天都能坚持!"她说:"哎,练练吧,我身子骨硬朗点儿,省得以后给你们添累赘。"这话说得我的心头一沉,我才知母亲所做的一切是为了孩子,她把生命的意义看得是这样的直接和明了。在以后的很多日子里,我常常想起母亲的这话和她每天清早锻炼身体的情景,便常让我感动不已。一直到母亲去世的那一天,她都是没有给孩子添一点累赘。母亲是无疾而终,临终的那一天,她如同预先感知即将到来的一切似的,将自己的衣服包括袜子和手绢都洗得干干净净,整齐地叠放在柜门里。她连一件脏衣服都没有给孩子留下来。

也许,只有母亲才会这样对待生命。她将生命不仅仅看成自己的,而是关系着每一个孩子,她就是这样将她的爱通过生命的方式传递着。

我们常说一个人和一个人的感情是可以相通的,其实,一个人和一个人的生命更是可以相连的。

父亲和信

初三毕业的那年暑假,一天晚上,我已经躺在床上睡下了。父亲走进来,轻轻地把我叫醒。睁开惺忪的睡眼,望着父亲,不知有什么事情,都已经这么晚了。父亲只是很平淡地说了句:外面有人找你。就又走出房间。

我大了以后,父亲不再像我小时候那样砸姜磨蒜一样絮絮叨叨地教育我,他知道我不怎么爱听,和我讲话越来越少。初三那一年,我正在积极地争取入团,和他更是注意划清阶级界限,因为他参加过国民党。父亲显然感觉得出来,更是明显的和我拉开距离,不想让自己当成我批判的靶子,当然,更不想影响我的进步。因此,他和我讲话的时候,显得十分犹豫,不知该说什么才好。最后,索性少说,或者不说。

我穿好衣服,走出家门,看见门口站着一个女同学。起初,没有认出是谁,定睛一看,是我的小学同学小奇。她笑着和我打着招呼。我们是小学同学,她是上四年级的时候,从南京来到北京,转到我们学校的。我们同年级,不同班。第一次见面的情景,立刻在她向我挥手打招呼的瞬间闪现。我们学校有几台乒乓球案子,课间十分钟,是同学们抢占案子的时候,每人打两个球,谁输谁下台,让另一个同学上来打。那时候,我乒乓球打得不错,常常能占着台子打好多个回合。那一天,上来的同学,劈头盖脸就抽了我一板球,让我猝不及防,我忍不住叫了声:够厉害的呀! 抬头一看,是个女同学,就是小奇。

小学毕业，我们考入不同的中学，初中三年，再也没有见过面。突然间，她出现在我家的门前。这让我感到奇怪，也让我感到惊喜。看她明显长高了许多，亭亭玉立的，是少女时最漂亮的样子。

她是来我们大院找她的一个同学，没有找到，忽然想起了我也住在这个院子里，便来找我，纯属于挂角一将。但那一夜，我们聊得很愉快。坐在我家旁边的老槐树下，她谈兴甚浓，五十多年过去了，谈的别的什么都记不得了，唯独记得的是，她说暑假跟她妈妈一起回了一趟南京，看到了流星雨。我当时连流星雨这个词都没有听说过，很好奇问她什么是流星雨。她很得意地向我描述流星雨的壮观。那一夜，月亮很好，星光璀璨，我望着夜空，想象着她描述的壮观夜空，有些发呆，对她刮目相看。

谈不上阔别重逢，但是，少年时期的三年，正是人的模样、身材和心理、生理迅速变化的三年，时间过得很快，回想起来却显得很长。意外的重逢，让我们彼此都有一种异样的感觉。我们就是这样接上火，令我们没有想到的是，我们的友谊，从那一夜蔓延到整个青春期。

从那个夜晚开始，几乎每个星期天的下午，她都会到我家找我，我们坐在我家外屋那张破旧的方桌前聊天，天马行空，海阔天空，好像有说不完的话，窄小的房间，被一波又一波的话语涨满。一直到黄昏时分，她才会起身告别。那时，她考上北京航空学院附中，住校，每星期回家一次，她要在晚饭前返回学校。我送她走出家门，因为我家住在大院最里面，一路要逶迤走过一条长长的甬道，几乎所有人家的窗前都会趴有人头的影子，好奇地望着我们两人，那眼光芒刺般落在我们的身上。我和她都会低着头，把脚步加快，可那甬道却显得像是几何题上加长的延长线。我害怕那样的时刻，又渴望那样的时刻。落在身上的目光,既像芒刺,也像花开。

我送她到前门22路公共汽车站,看着她坐上车远去。每个星期天的下午,由于她的到来,变得格外美好,而让我期待。那个时候,我沉浸在少男少女朦胧的情感梦幻中,忽略了周围的世界,尤其忽略了身边父亲和母亲的存在。

所有这一切,父亲是看在眼睛里的,他当然明白自己的儿子正在发生了什么事情,又在经历着什么事情。以他过来人的眼光看,他当然知道应该在这个时候需要提醒我一些什么。因为他知道,小奇的家就住在我们同一条街上,和我们大院相距不远,也是一个很深的大院。但是,那个大院和我们大院完全不同,不同的原因,从外表就可以看得出来,它是拉花水泥墙,红漆木大门,门的上方,有一个浮雕大大的五角星。这便和我所居住的那种广亮式带门簪和门墩的黑色老门老会馆,拉开了不止一个时代的距离。

其实,这一点,我是知道的,每天上学下学,都要路过那里。但是,当时的我对这一点却根本忽略不计。对于父亲而言,这一点,是表面,却是直通本质的。因为居住在那个大院里的人,全部都是解放北京城之后进城的解放军的军官或复员军人和他们的家属。那个被称作乡村饭店的大院,是中华人民共和国成立之后拆除了那里的破旧房屋后,新盖起来的,从新老年限看,和我们的老会馆相距有一两百年的历史。在父亲的眼里,这样距离是不可逾越的。不可逾越,从各自居住不同的大院就已经命定。我发现,每一次我送小奇到前门回到家,父亲都好像要对我说什么,却又都欲言又止。从那时我的年龄和阅历来讲,我无法明白父亲曾经沧海的忧虑。我和父亲也隔着一道无法逾越的距离。

那时候,我喜欢文学,她喜欢物理,我梦想当一名作家,她梦想当一名科学家。她对我的欣赏，给我的鼓励，表露于我的友谊和感情，伴随我度过青春期。

说心里话，我对她一直充满似是而非的感情，那真的是人生中最纯真而美好的感情。每个星期天她的到来，成为我最欢乐的日子；每个星期见不到她的日子，我会给她写信，她也会给我写信。整整高中三年，我们的通信，有厚厚的一摞。我把它们夹在日记本里，涨得日记本快要撑破了肚子。父亲看到了这一切，但是，他从来没有看过其中的一封信。

寒暑假的时候，小奇来我家找我的次数会多些。有时候，我们会聊到很晚，送她走出我们大院的大门了，我们站在大门口外的街头，还接着在聊，恋恋不舍，谁也不肯说再见。那时候，不知道我们怎么会总有说不完的话，长长的流水一般汩汩不断，扯出一个线头，就能引出无数条大路小道，逶迤迷离，曲径通幽，能够到达很远很远未知却充满魅力的地方。

路灯昏暗，夜风习习，街上已经没有一个行人，安静的像是睡着了一样。只有我们俩人还在聊。一直到不得不分手，望着她向她家住的乡村饭店的大院里走去的背影消失在夜幕中，我回身迈上台阶要回我们大院的时候，才蓦然心惊，忽然想到，大门这时候要关上了。因为每天晚上都会有人负责关上大门。那样的话，可就麻烦了，门道很长，院子很深，想叫开大门，不是件容易的事情。很有可能，我得在大门外站一宿了。

当我走到大门前，抱着侥幸的心理，想试一试，兴许没有关上。没有想到，刚刚轻轻一推，大门就开了。我庆幸自己的好运气，大门真的还没有关闭。我走进大门，更没有想到的是，父亲就站在大门后面的阴影里。我的心里漾起一阵感动。但是，我没有说话，父亲也没有说话,就转身往院里走。我跟在父亲的背后,走在长长的甬道上,只听见我和父亲咚咚的脚步声。月光把父亲瘦削的身影拉得很长。

很多个夜晚,我和小奇在街头聊到很晚,回来时候,生怕大院的大门被关闭的时候,总能够轻轻地把大门推开,看见父亲站在门后的阴影里。

那一幕情景,定格在我的青春时代,成了一幅永不褪色的画面。在我也当上了父亲之后,我曾经想,并不是每一个父亲都能做到这样的。其实,对于我和小奇的交往,父亲从内心是担忧的,甚至是不赞成的。因为在那讲究阶级讲究出身的年代,注定他们的后代命运的结局。年轻的我吃凉不管酸,父亲却已是老眼看尽南北人。

只是,他不说什么,任我任性地往前走。因为他不知道该如何说,他怕说不好,引起我的误解,伤了我的自尊心,更引起我对他的批判。更重要的是,他知道说了也不起什么作用。两代不同生活经历与成长背景的人,代沟是无法填平弥合的。在那些个深夜为我等门守候在院门后面的父亲,当时,我不会明白他这样复杂曲折的心理。只有我现在到了比父亲的当时年龄还要大的时候,才会在蓦然回首中,看清一些父亲对孩子疼爱有加又小心翼翼地心理波动的涟漪。

1973年的秋天,父亲脑溢血去世。那时,我在北大荒插队,赶回北京奔丧。父亲的后事料理停妥之后,我打开我家那个黄色的小牛皮箱。那里藏装着我的看家宝贝,父亲的工资、所有的粮票布票邮票等等。我想会不会有父亲留给我的信,哪怕是只写几个字的纸条也好。在小牛皮箱子的最底部,有厚厚的一摞子信。我翻看一看,竟然是我去北大荒之前没有带走的小奇写给我的信,是整整高中三年写给我所有的信。

望着这一切,我无言以对,眼前泪水如雾,一片模糊。

清 明 忆

好多童年的事情，过去了那么多年，却依然恍若眼前，连一些细枝末节，都记得特别清楚。记得父亲为我买的第一支笛子，是1角2分钱；买的第一本《少年文艺》，是1角7分钱；买的第一把京胡，是2元2角钱……那时候，家里生活不富裕，一家五口全靠父亲微薄的工资维持，为了给我买这些东西，父亲掏出这些钱来，是咬着牙的。因为那时买一斤棒子面才几分钱，花这么多钱买这些东西，特别是花两块多钱买一把胡琴，显得有些奢侈。

读初二的那一年，我爱上了读书，特别是从同学那里借了一本《千家诗》之后，我对古诗更是着迷。那时候，我家住在前门，离大栅栏不远，大栅栏路北有一家挺大的新华书店，我常常在放学之后到那里看书。多次的翻看，从那书架上琳琅满目的唐诗宋词里，我看中其中四本，最为心仪，总是爱不释手，拿起来，又放下，恋恋不舍。一本是复旦大学中文系编选的《李白诗选》，一本是冯至编选的《杜甫诗选》，一本是游国恩编选的《陆游诗选》，一本是胡云翼编选的《宋词选》。

每一次，翻完这四本书后，总要忍不住看看书后面的定价，《李白诗选》定价是1元5分；《杜甫诗选》定价是7角5分；《陆游诗选》定价是8角；《宋词选》定价是1元3角。四本书加起来，总共要小5元钱呢。那时候的5元钱，正好是我上学在学校里的一个月午饭的饭费。每一次看完书后面的定价，心里都隐隐地叹口气，这么多钱，和父亲要，父亲不会答应的。所以，每次翻完书，心里都对自己说，算了，不买了，到学校借吧。可是，每次到新华书店里来，总忍不住还要踮着脚尖，把这四本书从架上拿下来，总忍不住翻完书后还要看看后面的定价，似乎希望这一次看到的定价，会比上一次看到的要便宜了似的。

那时候，姐姐为了帮助父亲分担家的负担，不到 18 岁就去了包头，到正在新建的京包铁路线上工作，从她的工资里拿出大部分，开始每月给家里寄 20 元钱。那一天放学之后，母亲刚刚从邮局里取回姐姐寄来的 20 元钱，我清清楚楚地看见母亲把那 4 张 5 元钱的票子，放进了我家放"金银细软"的小箱子里。母亲出去之后，我立刻打开小箱子，从那 4 张票子里抽出一张，揣进衣兜，飞也似的跑出家门，跑到大栅栏，跑进新华书店，不由分说地，几乎是比售货员还要业务熟练地从书架上抽出那四本书，交到柜台上，然后从衣兜里掏出那张 5 元钱的票子，骄傲地买下了那四本书。终于，李白、杜甫和陆游，还有宋代那么多有名的词人，都属于我了，可以天天陪伴我一起吟风弄月，说山论河了。

回到家，我放下那四本书，心情非常愉快，就跑出去到胡同里和小伙伴们玩了。黄昏的时候，看见刚下班的父亲一脸铁青地向我走来，然后把我领回家，回到家，把我摁在床板上，用鞋底子打了我屁股一顿。我没有反抗，没有哭，什么话也没有说，因为我一眼看到了床头上放着那四本书，知道父亲一定知道了小箱子里少了一张 5 元钱的票子是干什么去了。我知道，是我错了，我不该心血来潮私自拿钱去买书，5 元钱对于一个贫寒的家庭来说是笔不小的数目。

挨完打后，我没有吃饭，拿着那四本书，跑回大栅栏的新华书店,好说歹说,求人家退了书。我把拿回来的钱放在父亲的面前,父亲抬头看了我一眼,什么话也没说。

第二天晚上,父亲回来晚了,天完全黑了下来。母亲已经把饭菜盛好,放在桌子上,我们一家正等他吃饭。父亲坐在饭桌前,没有先端饭碗,而是从他的破提包里拿出了几本书,我一眼就看见,就是那四本书,《李白诗选》《杜甫诗选》《陆游诗选》和《宋词选》。父亲对我说:"爱看书是好事,我不是不让你买书,是不让你私自拿家里的钱。"

将今五十年的光阴过去了,我还记得父亲讲过的这句话和讲这句话的样子。那四本书,跟随我从北京到北大荒,又从北大荒到北京,几经颠簸,几经搬家,一直都还在我的身旁。大栅栏里的那家新华书店,奇迹般地也还在那里。一切都好像和童年时一样,只是父亲已经去世三十八年了。

娘的四扇屏

这一次来呼和浩特姐姐家，发现客厅的墙上多了两幅国画，一幅童子和牛，一幅展翅的飞鹰，都裱成立轴，尤其是牵牛的两个古代童子，面容清纯，憨态可掬，很是不错。一问，才知道是姐姐的大女儿退休之后上老年大学学的。然后，姐姐又说：这点随咱娘，咱娘手就巧，能描会画。说着她指指客厅的另一面墙，对我说，你看，那就是咱娘绣的。

我一看，墙上挂着四扇屏。屏中是四面四季内容的传统丝绣，一看年代就够久远了，缎面已经显旧，颜色有些暗淡。但是，丝线的质量很好，依然透着光泽，比一般的墨色和油画色还能保鲜。

春绣的是凤凰戏牡丹。牡丹的枝叶，像被风吹动，蜿蜒伸展自如，柔若无骨；有趣的是凤凰凌空展翅，多情又有些俏皮地伸着嘴，衔着牡丹上面探出的一根枝条，像是用力要把这一株牡丹都衔走，飞上天空。右上方用红丝线绣着两行小字：牡丹古人称花王。

夏绣的是映日荷花。绿绿的荷叶亭亭，粉红色的荷花格外婀娜，还横刺出一支绿莲蓬。荷花上有一只蜜蜂飞舞，水草中有一只螃蟹戏水，有意思的是，最下面的浪花全绣成了红色。右上方也是用红丝线绣着两行小字：夏月荷花阵阵香。

秋绣的是菊花烹酒。没有酒，只有一大一小，一上一下，两朵金菊盛开，几瓣花骨朵点缀其间，颜色很是跳跃。上面还有一只蝴蝶在花叶间翻飞,下面有一只七星瓢虫,倒挂金钟般在花枝下,像荡秋千。最底下的水里,有一条大眼睛的游鱼,有一只探出触角来小蜗牛,充满童趣。左上方用墨绿色的丝线绣着两行小字:菊花烹酒月中香。

冬绣的是传统的喜鹊登梅。五瓣梅花,绣成了粉红色、淡紫色和豆青色,点点未开的梅萼,红的,粉的,深浅不一,散落在疏枝之间,如小星星一样闪闪烁烁。喜鹊的长尾巴绣成紫色,翅膀黑色的羽毛下藏着几缕苹果绿,肚皮绣成了蛋青色。最下面的几块镂空的上水石,则被完全抽象化,绣成五彩斑斓的绣球模样了。依然是为了左右对称,在左上方用墨绿色的丝线绣着两行小字:梅萼出放人咸爱。

绣得真是清秀可爱。心里暗想,或许是"出"字绣错了,应该是"初"字。我知道娘的文化水平不高,好多字是结婚以后父亲教她的。

我问姐姐:这个四扇屏,以前我来过你家那么多次,怎么从来没有见过?

姐姐说,这也是前些日子她刚拿出来的,然后做了四个框,才挂在墙上的。然后,姐姐告诉我,这是娘做姑娘时候绣的呢。

姐姐从来称母亲做娘。或是母亲去世后,父亲从老家为我和弟弟娶回来继母的缘故吧,为了区别,我们都管继母叫妈,管生母叫娘。

我是第一次见到我娘的这个四扇屏。我娘死得早,37岁就突然病故,那一年,我才5岁。我没有见过娘留下的任何遗物。在家里,只存有娘的一张照片,那是葬礼上的一幅遗照,成为联系我和娘生命与情感的唯一凭证。

说实在的,由于那时候年龄小,我的脑海和记忆里,娘的印象是极其模糊的。突然见到这四扇屏,心里有些激动,禁不住贴近墙面,想仔细看，忽然有种感觉，好像不知是这面墙热，还是四扇屏有了热度，一下子觉得有了一种温暖的感觉，好像就贴在娘的身边。

这面墙正对着阳台的玻璃窗，四扇屏上反光很厉害，跳跃着的光点，晃着我的泪花闪烁的眼睛，一时光斑碰撞在一起，斑驳迷离。春夏秋冬的风景，仿佛晃动交错在一起，很多记忆，蜂拥而至，随四季变幻而缤纷起来。而且，本来似是而非早已经模糊的娘的影子，似乎也水落石出一般，在四扇屏上清晰地浮现出来。

从北京来呼和浩特之前，我已经在心里算过了，如果娘活着，今年整整一百岁。我对姐姐说了这话之后，姐姐一愣，然后说，可不是怎么着，娘二十岁生下的我。我今年都八十了。说完，姐姐又望望墙上的四扇屏。她没有想到娘的一百岁，却正好赶上了自己的八十岁。不是心里的情分，不是命运的缘分，又是什么？

亏了姐姐的心细，将这个四扇屏珍藏了近八十年。四扇屏是娘留下来唯一的遗物了。我才忽然发现，遗物对于人尤其是亲人的价值。它不仅是留给后人的一点仅存的念想，同时也是情感传递和复活的见证。

我想起去年夏天曾经读过徐渭的一首七绝诗，当时觉得写得好，抄了下来："箧里残花色尚明，分明世事隔前生。坐来不觉西窗暗，飞尽寒梅雪未晴。"他是写给自己亡妻的，看到箧里妻子旧衣上的残花而心生的感受与感喟，却是和我此时的心情那样的相同。有时候，真的会觉得冥冥之中的心理感应，莫非去年此时，徐渭的诗就已经昭示了今天我要像他在偶然之间看到亡妻的遗物一样，在突然之间和娘的遗物相遇？让相隔世事的前生，特别在娘一百岁的时候，和我有一个意外的邂逅？

只是，和姐姐相对而坐，面临的不是西窗，而是南窗；飞落的不是梅花和雪花,而是一春以来难得的细雨潇潇。

我想,娘一定在四扇屏上看着我们。那上面有她绣的牡丹、荷花、菊花和梅花,簇拥着她,也簇拥着我们。

姐 姐

这个世界上最先让我感觉到至为圣洁而宽厚的爱，而值得好好活下去的，一个是母亲，一个是姐姐。

一

年轻时，姐姐很漂亮，只是脾气不好，这一点儿随娘。在我和弟弟落生的时候，娘都把姐姐赶出家门远远的到城外去，说她命硬，会冲了我们降生的喜气。我和弟弟都是姐姐抱大的，只要我们一哭，娘常常不问青红皂白先要把姐姐骂上一顿，或者打上几下。可以说，为了我和弟弟，姐姐没少受气，脾气渐渐变得躁而格外拧。

可是，姐姐从来没对我和弟弟发过一次脾气。即使现在我们已经长大成人，在她眼里依然还像依偎在她怀中的小孩。

姐姐的脾气使得她主意格外大，什么事都敢自己做主。娘去世的那一年，她偷偷报名去了内蒙古。那时，正修京包铁路线，需要人。那时，家里生活愈发拮据，娘去世后一大笔亏空，父亲瘦削的肩已力不可支。临行前，姐姐特地在大栅栏为我和弟弟买了双白力士鞋，算是再为娘戴一次孝，带我们到劝业场照了张照片。带着这张照片，姐姐走了，独自一人走向风沙弥漫的内蒙古，虽未有昭君出塞那样重大的责任，但一样心事重重地为了我们而离开了北京。我和弟弟过早尝到了离别的滋味,它使我们过早品尝人生的苍凉而早熟。从此,火车站灯光凄迷的月台,便和我们命运相交无法分割。

那一年,姐姐17岁。第二年,姐姐结婚了。她再一次自作主张让父亲很是惊奇得无奈。春节前夕,她和姐夫从内蒙古回到北京,然后回姐夫的家乡任丘。姐夫就是从那里怀揣着一本孙犁的《白洋淀纪事》参加革命的,人脾气很好,正好和姐姐成了鲜明的对比。

之后,我和弟弟便盼姐姐回来。因为每次姐姐回来,都会给我们带回许多好吃的、好玩的。我们还是不懂事的小馋猫呀!记得困难时期,姐姐到武汉出差,想买些香蕉带给我们,跑遍武汉三镇,只买回两挂芭蕉。那是我第一次吃芭蕉,短短的,粗粗的,口感虽没有香蕉细腻,却让我难忘。望着我和弟弟贪婪地吃着芭蕉的样子,姐姐悄悄落泪。那时,我不明白姐姐为什么要落泪。

那一次,姐姐和姐夫一起来北京,看见我和弟弟如狼似虎贪吃的样子,没说什么。正是我们长身体的时候,肚子却空空的像无底洞,家里粮食总是不够吃……父亲念叨着。姐姐掏出一些全国粮票给父亲,第二天一清早便和姐夫早早去前门大街全聚德烤鸭店排队。那时,排队的人多得不亚于现在办出国签证。我不知道姐姐、姐夫排了多长时间的队,当我和弟弟放学回家时,见到桌上已经摆放着烤鸭和薄饼。那是我们第一次吃烤鸭,以为该是世界上最好吃的东西了。望着我们一嘴油一手油可笑的样子,姐姐苦涩地笑了。

盼望姐姐回家,成了我和弟弟重要的生活内容。于是,我们尝到了思念的滋味。思念有时是很苦的,却让我们的情感丰富而成熟起来。

姐姐生了孩子以后,回家探亲的日子越来越少。她便常寄些钱来,父亲拿这些钱照样可以买各种各样的东西给我们,我却感到越发思念姐姐了。我们盼望姐姐归来已经不仅仅为了馋嘴，一股浓浓依恋的情感已经长成枝繁叶茂的大树，即使无风依然要婆娑摇曳。

终于，又盼到姐姐回来了，领着她的女儿。好日子太不禁过，像块糖越化越小，即使再精心地含着。既然已经是渴望中的重逢，命中必有一别。姐姐说什么也不要我和弟弟送，因为姐姐来的第二天，正是少先队宣传活动，我逃了活动挨了大队辅导员的批评。那一天中午，姐姐带我们到家附近的鲜鱼口联友照相馆。照相前，她没带眉笔，划着几根火柴，用火柴上烧后的可怜的一点点如笔尖上点金一样的炭，分别在我和弟弟眉毛上描了描，想把我们打扮得漂亮些。照完相回到家整理好行装，我和弟弟送姐姐她们娘儿俩到大院门口，姐姐不让送了，执意自己上火车站，走了几步，回头看我们还站在那里，便招招手说："快回去上学吧！"我和弟弟谁也没动，谁也没说话，就那样呆呆站着望着姐姐的身影消失在胡同尽头。当我们看到姐姐真的走了，一去不返了，才感到那样悲恸，依依难舍又无可奈何。我和弟弟悄悄回到大院，一时不敢回家，一人伏在一棵丁香树旁默默地擦眼泪。

我们不知在那里站了多久，一直到一种梦一样的声音突然在耳边响起，抬头一看，竟不敢相信：姐姐领着女儿再次出现在我们的面前，仿佛她早已料到会有这样的场面一样。她摸摸我们的头说："我今儿不走了！你们快上学吧！"我们破涕为笑。那一天过得格外长！我真希望它能够永远"定格"！

二

在一次次分离与重逢中，我和弟弟长大了。1967年年底，弟弟不满 17 岁，像姐姐当年赴内蒙古一样自作主张报名去青海支援三线建设，一腔天涯何处无芳草的慷慨豪壮。姐姐以为他去西宁一定要走京包线的，就在呼和浩特铁路站一连等了他三天。姐姐等不及了，一脚踏上火车直奔北京，弟弟却已走郑州直插陇海线，远走高飞了。姐姐不胜悲恸，把原本带给弟弟的棉衣给了我，又带我跑到前门买了顶皮帽，仿佛她已经有了我也要走的先见之明一样。我只是把她本来送弟弟的那一份挚爱与牵挂通通收下了。执手相对，无语凝噎，我才知道弟弟这次没有告别的分手，对姐姐的刺激是多么大。天涯羁旅，茫茫戈壁，会时时跳跃着姐姐一颗不安的心。

　　就在姐姐临走那天夜里，我隐隐听到一阵微微的哭泣声，禁不住惊醒一看，姐姐正伏在床上，为我赶缝一件棉坎肩。那是用她的一件外衣做面、衬衣做里的坎肩。泪花迷住她的眼，她不时要用手背擦擦，不时拆下缝歪的针脚重新抖起沾满棉絮的针线……

　　我不敢惊动她，藏在棉被里不敢动窝，眯着眼悄悄看她缝针、掉泪。一直到她缝完，轻轻地将棉坎肩放在我的枕边，转身要去的时候，我怎么也忍不住了，一把伸出手，紧紧抓住她的胳膊。我本以为我一定控制不住，会大哭起来，可我竟一声没哭，只是一句话也说不出来，喉咙和胸腔里像有一股火在冲，在拱，在涌动……

　　我就是穿着姐姐亲手缝制的棉坎肩，带着她的棉衣、皮帽以及绵绵无尽的情意和牵挂，踏上北去的列车到北大荒去的。那是弟弟走后不到一年的事。从此，我们姐仨一个东北、一个西北、一个内蒙古，离得那么远那么远，仿佛都到了天尽头。我知道以往月台凄迷灯光下含泪的别离，即使是痛苦的，也难再有了，而只会在我们各自迷蒙的梦中。

　　我和弟弟两个男子汉把业已年老的父母孤零零甩在北京。就在这一年元旦前夕,姐姐、姐夫来到北京开会。他们本可以住到招待所,但是,他们住在窄小的家里,陪爸爸妈妈住了几天。姐姐、姐夫临走的那一天清早,买了许多元宵,煮熟吃时,姐姐、姐夫和父亲却谁也吃不下。元宵本该团圆之际吃,而我和弟弟却远走天涯。她回内蒙古后不时给父亲寄些钱来,其实那本该是我和弟弟的责任。姐姐也常给我和弟弟分别寄些衣物食品,她把她的以及远逝的那一份母爱一并密密缝进包裹之中。她只要我常常给她写信、寄照片。

当我有一次颇为自得地写信告诉她我能扛起九十公斤重的大豆踩着颤悠悠三级跳板入囤时,姐姐吓坏了,写信告诉我她一夜未睡,叮嘱我一定小心,千万别跌下来,让姐一辈子难得安宁。

又一次她看见我寄去的照片,穿着临走时她给我的那件已经破得不成样子的棉衣,补着我那针脚粗粗拉拉实在难看的补丁,又腰扎一根草绳时,她哭了,哭得那样伤心,以致姐夫不知该怎么劝才好……

三

当我像只飞得疲倦的鸟又飞回北京,北京没有如当年扯旗放炮欢送我一样欢迎我。可怜巴巴的我像条乞讨的狗一样,连一份工作都没有,只好待业在家,才知道无论什么时候只有家才是憩息地。

从我回北京那一月起,姐姐每月寄来三十元钱,一直寄到我考入大学。似乎我理所应当从她那里领取这份"工资"。她已经有3个孩子,一大家子人。而那年我已经27岁!每月邮递员呼喊我的名字,递给我这份寄款单时,我的手心都会发热发颤。仿佛长这么大了,我还是个嗷嗷待哺的孩子,三十元可以派些大的用场。脆薄的自尊与虚荣,常在这几张票子面前无地自容,又无法弥补。幸亏待业时间不长,一年多后,我找到了工作,在郊区一所中学教书。我把消息写信告诉姐姐,要她不要再寄钱理论,我已经有了每月四十二元半的工资。谁知,姐姐不仅依然按月寄来三十元钱,而且寄来一辆自行车,告诉我"车是你姐夫的,你到郊区上班远,骑车方便些,也可以省点儿汽车钱……"

我从火车货运站取出自行车,心一阵阵发紧。这辆银色的自行车跟随姐夫十几年。我感到车上有姐姐和姐夫的殷殷心意,只觉得太对不起他们,不知要长到多大才不要他们再操心!

我盼望着姐姐能再来北京,机会却如北方的春雨难得了。只是有一次姐姐突然来到北京,让我喜出望外。那是单位组织她到北戴河疗养。她在铁路局房建段当管理员,平凡的工作,却坚持天天不迟到、不请假、坚守岗位,因此年年评什么先进工作者都要评上她。这次到北戴河便是对她的奖励,第一次,也是最后一次。十几年没见面了,姐姐明显老了许多,更让我惊奇的是大热的天,她还穿着棉毛裤。我问她怎么啦?她说早就得了风湿性关节炎。其实,我们小时候,她的腿就已经坏了,那时候我没注意罢了。我们长大了,姐姐老了,花白的头发飘飞在两鬓。她把她的青春献给了内蒙古,也融入了我和弟弟的血肉之躯!

我和弟弟都十分想念姐姐。想想,以往都是她千里奔波来看我们,这次,我大学毕业,弟弟考取大学研究生,利用暑假,我们各自带着孩子专程去看望姐姐!这突然的举动,好让姐姐高兴一下!是的,姐姐、姐夫异常高兴,看见了我们,又看见了和我们当年一般大的两个孩子,生命的延续让人感到生命的力量。临离开北京前,我特意买了两把厄瓜多尔进口大香蕉,那曾是小时候姐姐和我们最爱吃的。

我想让姐姐吃个够！谁知，姐姐看着这样橙黄、硕大的香蕉，不舍得吃，非让我们吃。我和弟弟不吃，她又让两个孩子吃。两个孩子真懂事，也不吃。直至香蕉一个个变软、变黑，最后快要烂了，还是没人吃。没人吃，也让人高兴！姐姐只好先掰开一只香蕉送进嘴里："好！我先吃！都快吃吧，要不浪费了多可惜！"我从来没有吃过这样美味的香蕉！悄悄地，我想起小时候姐姐从武汉买回的那把芭蕉。人生的滋味真正品味到了，是我们以全部青春作为代价。

昭君墓就在呼和浩特近郊，姐姐在这里生活了这么长时间，却从来没有去过一次。我们撺掇姐姐去玩一次。她说："我老了，腿也不行，你们去吧！"一想到她的老关节炎腿，也就不再劝，我们去的兴头也不大，便带着孩子到城里附近的人民公园去玩。不想那天玩到快出公园大门，天突然浓云密布，雷雨大作。塞外的豪雨莽撞如牛，铺天盖地而来，那阵势惊人，不知何时才能停下来。我们只好躲在走廊里避雨，待雨稍稍小下来，望望天依然沉沉的，索性不再等雨过天晴，领着孩子向公园门口跑去。刚跑到门口，就听前面传来呼唤我和弟弟的声音。真没有想到，是姐姐穿着雨衣，推着车，站在路旁招呼着我们，后车座上夹满雨具，不知她在这里等了多久！雨珠一串串从打湿的头发梢上滚下来，雨衣挡不住雨水的冲击，姐姐的衣服已经湿漉漉一片，裤子已经完全湿透，紧紧包裹在腿上……

姐姐！无论风中、雨中，无论今天、明天，无论离你多近、多远，我会永远这样呼唤你，姐姐！

独草莓

　　姐姐家在呼和浩特,她住一楼,房前有块空地,种着一株香椿树、一株杏树和一株苹果树。退休之后,姐姐把这块空地开辟成了菜园。翻土,播种,浇水,施肥……每天乐此不疲。姐姐一辈子在铁路局工作,年年的劳动模范,局里新盖了高层楼,分她新房,面积多出三十多平方米。她不去,舍不得她的这片菜园。孩子们都说她,如今,一平方米房子值多少钱?你那破菜园能值几个钱?却谁也拗不过她,只好随了她。

　　我已经好多年没有见到姐姐了。今年,是姐姐的八十大寿,说什么也要来看看姐姐。想想六十三年前,1952年,姐姐17岁,就只身一人来到内蒙古,修新建的京包线铁路。那时候,我才5岁,弟弟2岁,母亲突然逝去,姐姐是为了帮助父亲扛起家庭的担子,才选择来到了塞外。姐姐每月往家里寄三十元钱,一直寄到我21岁到北大荒插队。那时候,姐姐每月的工资才有几十元钱呀。姐姐说起来当年她要来内蒙古前离开家时,我和弟弟舍不得她走,抱着她的大腿哭的情景,仿佛岁月没有流逝,一切都恍若目前。

　　来到姐姐家,先看姐姐的菜园。菜园不大,却是她的天堂,那里种着她的宝贝。特别是姐夫前几年病逝之后,那里更是她打发时光消除寂寞的好场所。菜园被姐姐收拾得井井有条。丝瓜扁豆满架,倭瓜满地爬,小葱棵棵似剑,韭菜根根如阵,西红柿、黄瓜和青椒,在架子上红的红，青的青，弯的弯，尖的尖……忍不住想起中学里学过吴伯箫的课文《菜园小记》里说的，真的是姹紫嫣红。这么多的菜，吃不完，送给邻居，成了姐姐最开心的事情。

菜园旁，立着一个大水缸，每天洗米洗菜的水，姐姐从厨房里一桶一桶拎出来，穿过客厅和阳台，走进菜园，把水倒进水缸，备用浇菜。节省一辈子的姐姐，常被孩子们嘲笑，而且，劝她说现在菜好买，什么菜都有，就别整天忙乎这个了，好好养老不好吗？姐姐会说，劳动一辈子了，不干点儿活儿难受。想想，在风沙弥漫的京包铁路线上餐风饮露，这是她念了一辈子的经文，笃信难舍。再想想，人老了，其实不是享清闲，而是怕闲着，能有点儿事干，而且，这事干着又是快乐的，便是养老的最好境界了。姐姐种的那些菜，便有她自己的心情浸透，有她往事的回忆，是孩子都上班上学去之后孤独时的伙伴，她可以一边侍弄着它们，一边和它们说说话。

夸她的菜园，就像夸她的孩子一样的高兴。我对她的菜园赞不绝口。姐姐指着菜园前面绿葱葱的植物，我没认出是什么。她对我说，这里原来种的是生菜和小水萝卜，今年闹虫灾，我把它们都给拔了，改种了草莓。不知怎么闹的，也可能是我不会种这玩意儿，你看，一春天都过去了，只结了一颗草莓。

我跟着她走过去，伏下身子仔细看，才看见偌大的草莓丛中，果然只有一颗草莓，个头儿不大，颜色却很红，小小的红宝石一样，孤独地藏在叶子下面，好像害羞似的怕人看见。

孩子们看着它好玩，都想摘了吃，我没让摘。姐姐说。我问她，干吗不摘，时间久，回头再烂了，多可惜。姐姐笑着说，我心里盼望着有这么一个伴儿在这儿等着，兴许还能再结几个草莓！

相见时难别亦难，和姐姐分手的日子到了，离开呼和浩特回北京的前一天的晚上,姐姐蒸的米饭,我炒的香椿鸡蛋,做的西红柿汤,菜都来自姐姐的菜园。晚饭后,姐姐出屋去了一趟菜园,然后又去了一趟厨房,背着手,笑眯眯地走到我的面前,像变戏法一样,还没等我猜,就伸出手张开来让我看,原来是那颗草莓。你尝尝,看味儿怎么样?姐姐对我说。

我接过草莓,小小的,鲜红鲜红的,还沾着刚刚冲洗过的水珠儿,真不忍心下嘴吃。姐姐催促着,快尝尝!我尝了一口,真甜,更难得的是,有一股在市场买的和采摘园里摘的少有的草莓味儿。这是一种久违的味儿。

今朝有酒

我家以往并没有嗜酒如命的人。细想一下，也就是父亲在世的时候爱喝两口酒，不过是两瓶二锅头要喝上一个月，八钱的小盅，每次倒上大半盅，用开水温着，慢慢地啜饮，绝不多喝。

如今，弟弟却迷上了酒。几乎不可一日无酒，而且常醉，醉得将胆汁都吐出来，他依然喝。命中注定，他这一辈子难以离开酒。辛弃疾词云："我饮不须劝，正怕酒樽空。"说他丝毫不差。家中并无此遗传因素，真不知他这酒是从何染上瘾的。

想想，该怨父亲。弟弟在家里属老小，小时候，一家人围在桌前吃饭，父亲常娇惯他，用筷子尖蘸一点儿酒，伸进他的嘴里，辣得弟弟直流泪。每次饭桌前这项保留节目，增添全家的欢乐，却渐渐让弟弟染上酒瘾。那时候，他才三四岁，还太小呀！

不满十七岁，弟弟只身一人报名到青海高原，说是支援三线建设，说是志在天涯战恶风，一派慷慨激昂。那一天，他到学校找我，我知道一切是板上钉钉，无可挽回了。我们两人没有坐公共汽车，沿着夕阳铺满的马路默默地走回家，一路谁也没有讲话。那天晚上，母亲蒸的豆包，是我们兄弟俩最爱吃的。父亲烫了酒，一家人默默地喝。我记不得那晚究竟喝了多少酒，不过，我敢肯定，父亲喝得多，而弟弟喝得并不多。他还是个孩子，白酒辛辣的刺激，对于他过早些，滋味并不那么好受。

三年后,我们分别从青海和北大荒第一次回家探亲,他长高了我半头,酒量增加得让我吃惊。我们来到王府井,那时北口往西拐一点儿,有家小酒馆,店铺不大,却琳琅满目,各种名酒,应有尽有。弟弟要我坐下,自己跑到柜台前,汾酒、董酒、西凤、洋河、五粮液、竹叶青……一样要了一两,足足十几杯子,满满一大盘端将上来,吓了我一跳。我的脸立刻拉了下来:"酒有这么喝的吗? 喝这么多? 喝得了吗?"弟弟笑着说:"难得我们聚一次,多喝点儿! 以前,咱们不挣钱,现在我工资不少,尝尝这些咱们没喝过的名酒,也是享受! "

　　我看着他慢慢地喝。秋日的阳光暖洋洋、懒洋洋地洒进窗来,注满酒杯,闪着柔和的光泽。他将这一杯杯热辣辣的阳光一口一口地抿进嘴里,咽进肚里,脸上泛起红光和一层细细的汗珠,惬意的劲儿,难以言传。我知道,确如他说的那样,喝酒对于他已经是一种享受。三年的时光,水滴也能石穿,酒不知多少次穿肠而过,已经和他成为难舍难分的朋友。

　　想起他孤独一人,远离家乡,在茫茫戈壁滩上的艰苦情景,再硬的心也软下来。还是个没长大的孩子,就爬上高高的井架,井喷时喷得浑身是油,连内裤都油浸浸的。扛着百斤多重的油管,踩在滚烫的戈壁石子上,滋味并不好受。除了井架和土坯的工房,四周便是戈壁滩。除了芨芨草、无遮无挡的狂风,四周只是一片荒凉。没有一点儿业余生活,甚至连青菜和猪肉都没有。只有酒。下班之后,便是以酒为友,流淌不尽地诉说着绵绵无尽的衷肠。第一次和老工人喝酒,师傅把满满一茶缸白酒递给了他。他知道青海人的豪爽,却不知道青海人的酒量。他不能推脱,一饮而尽,便醉倒,整整睡了一夜。从那时候起,他换了一个人。他的酒量出奇的大起来。他常醉常饮。他把一切苦楚与不如意,吞进肚里,迷迷糊糊进入昏天黑地的梦乡。他在麻醉着自己。其实，这是对自己命运无奈的消极。但想想他那样小而且远在天涯，那样孤独无助，又如何要他不喝两口酒解解忧愁呢？"人间路窄酒杯宽"，一想到这儿，便不再阻拦他喝酒。世道不好或在世道突然变化的时候，酒都是格外畅销的。

这几年，弟弟先是调到报社，然后升入大学、考上研究生。可是，"文章为命酒为魂"，他的酒依然有增无减。

他照样喝，时有小醉或大醉，甚至住过医院。家里最怕来客人，因为他往往会热情得过分，借此大喝一通，不管人家爱喝不爱喝，他非要把一瓶瓶手榴弹排成一列的啤酒喝光、再把白酒喝得底朝天，直至不知东方之既白。我最担心过春节，因为那是他喝酒的节日，从初一喝到十五，天天酡颜四起、酒气弥漫，让家人不知所从，似乎跟着他一起天天泡在酒缸里一般。有几次，从朋友家喝完酒归家，醉意蒙眬，骑车带着儿子，儿子迷迷糊糊睡着了，他竟将儿子摔下去，自己却全然不知，独一人一摇三晃风摆杨柳一样骑回家。有一次，和头头脑脑聚餐，喝得兴起胆壮，酒后吐真言，将人家狗血淋头一通痛骂，最后又如电影里赴宴的人一样，义愤填膺将酒桌掀翻……

这样的事虽只是偶尔发生，却让人提心吊胆。他妻子便给我写信求救。虽远水解不了近火，我依然消防队员般扑救。只是我一次次做着无用功，他一次次依然喝。我唯一能够做的，是他回北京住我这里，控制他的酒量。但是，晚上酒未喝足，见他躺在床上辗转反侧、半宿半宿亮着灯光看书那痛苦的样子，心里常动恻隐之情。他无法离开酒，就让他喝吧！喝痛快之后，他倒头就睡，宠辱皆失、物我两忘的样子，让人心里还好受些。不过，我常将这涌起的恻隐之情斩断在摇篮中。我实在不愿意他成为不可救药的酒鬼。我希望帮他克制这个液体魔鬼！

我发现我这一切都落空。弟弟不和我争执，任我老太婆一样絮絮叨叨数落，任我狠着心就不把他的酒杯斟满。他的心磁针一样依然顽强指向酒，万难更易。实在馋得要命，他便带上我的孩子，到外面餐馆里痛痛快快喝一顿，喝完之后嘱咐孩子："千万别告诉你爸爸！"和我一起外出，他说他渴了，我说那就喝汽水吧，他说汽水不解渴。我知道他在馋酒，只好让他喝。一大杯啤酒饮马一样咕咚咚下肚，他回去退杯时趁我未注意，偷偷回头瞧我一眼，匆忙再要半升一饮而尽，方才心满意足退出酒铺。

去年，我和他一起到新疆采访，开着会却找不见他。不一会儿，他手拎着个酒瓶，站在会议室的门前，实在是立在一幅画框里，让人哭笑不得。我们到野外钻井队采访，那里不许喝酒，三天下来可把他憋坏了，刚出井队便跑进商店，不管什么酒先买上一瓶再说。钻进越野车，酒却找不见了。看他麻了爪一样在座椅上下前后翻找的样子，真有些好笑，仿佛守财奴找他的钱包、贵妇人找她的钻戒、当官的找他丢失的大印……他那样子引起大家一阵笑。说心里话，我心里很不是滋味。

我的孩子曾颇为好奇地问他："叔叔，喝醉了以后是什么感觉呀？"他说："有人醉后打架骂人，有人醉后睡大觉，而我醉后是进入仙境！"

他这样对我说："我喜欢林则徐这样一句话：'诗无定律须是将，醉到真乡始是侯'。"

我不知醉到真乡究竟是什么样子，便也难以进入他的仙境之中。或许，人和人的心真是难以沟通，即便是亲兄弟也如此。我知道他生性狷介，与世无争，心折寸断或柔肠百结时愿意喝喝酒；萍水相逢或阔别重逢时也愿意喝喝酒；独坐四壁或置身喧嚣时还愿意喝喝酒……我并不反对他喝酒，只是希望他少喝，尤其不要喝醉。这要求多低、这希望多薄,他却只是对我笑,竖起一对早磨起茧子的耳朵,雷打不透,滴水不进。

从小失去父母,那么小独自一人漂泊天涯,怎不让人牵挂? 记着弟弟喝酒成了我的一块心病。虽明知说也无用,偏还要唠叨不已。外出见到那些醉酒的人,总不由得想起弟弟。前年路过莫斯科,见到那么多酗酒的人被抬上警车狼狈的样子;今年在巴塞罗那,遇到醉酒的摩洛哥人拉着我的胳膊云山雾罩要和我攀谈的样子;都让我想起弟弟,莫非这便是醉到真乡? 醉入仙境? 我相信弟弟绝不至如此,他的真乡与仙境或许更妙、或许是一种解脱和升华,但我宁愿他不要这一切,而只像平常人一样将酒喝得适可而止,将酒视为一种普普通通的饮料。

今年秋天,弟弟千里迢迢来北京出差,虽长途跋涉,又几处换乘颇为不便。没带别的,竟带回一瓶瓷瓶的互助大曲。他掏出几经颠簸却保存完好的酒对我说:"这是青稞酒,青海最好的酒! "我哭笑不得。

我们已经不再年轻。十七岁的少年痛饮只是往昔的一场梦。这次回家,我发现弟弟明显苍老许多,酒量已不如以前,往往几杯酒下肚,话稠语多,眼睛泛红而浑浊,肩膀倾斜,手臂也不时隐隐发抖。我真担心这样喝下去待他年老时会突然支撑不住的。他却一如既往,高声呼道:"来,干杯! "

我无法干杯。虽然,我知道弟弟无限情感寄托于此。"功名万里外,心事一杯中。"是他曾经抄给我的一句唐诗。但是,我依然不能干。弟弟,我劝你也不要干,而放下你手中的酒杯。尽管这番话也许打不起一点儿分量,尽管这番话已经讲了一万遍,我仍然要对你再讲第一万零一遍!

你听到了吗?

冷湖之春

车过当金山,看见前两天刚落的雪,哈达一样飘在山上和路旁。到冷湖,迎接我的首先是风,足有八九级,刮得戈壁滩一片昏黄,正午的太阳仿佛被刮得醉汉一样摇摇晃晃。

这是我第四次到冷湖。

1967年的冬天,我唯一的弟弟,不到十七岁,毅然决然地志愿报名,顶着纷飞的大雪从北京来到了这里,当一名石油修井工人。他寄回家的第一张照片,头戴铝盔身穿厚厚的轧满方格的棉工作服,登上高高的石油井架,仿佛要摸着蓝天白云。他在信中告诉我的第一件事,是井喷抢险,原油如雨一样喷湿了他的全身,连里面的裤衩都浇得透透的。冷湖,就这样的从那遥远的地方闯进了我的视线,变得含温带热,可触可摸,富于生命,富于情感,让我的心充满着的牵挂、悬想和担忧。

1981年,我在中央戏剧学院读书的最后一年,学院组织毕业实习。那时,是金山先生当院长,开明得很。让我们自己选择地方,只要不出国,哪里都行。我毫不犹豫地选择了冷湖。它是那样的遥远,从北京坐了三天两夜的火车,到达甘肃的柳园,弟弟早早等在了那个沙漠中孤零零的小站接我。又坐上一辆五十铃大卡车奔波了二百五十多公里,翻过祁连山和阿尔金山交界海拔3680米高的当金山口,进入柴达木盆地再行驶130公里,才到达了冷湖。这380公里蜿蜒而漫长公路的四周，是一眼望不到边的瀚海戈壁，除了星星点点的芨芨草、骆驼刺和红柳有些灰绿色外，黄色，黄色，扑入眼帘的便都是起伏连绵平铺天边的沙丘单调的黄色。冷湖，是在这无边黄色沙丘包围中的一个小镇。

那一次，我在冷湖住了一个半月，走遍了冷湖的角角落落。我首先来到了被称之为冷湖这个地名的发源地，那是一片远没有青海湖大、也赶不上苏干湖和尕斯库勒湖宽阔的高原湖，是阿尔金山的千年积雪融化流下来而形成的湖泊。我去的时候是初秋，正是好季节，湖面上漂浮着蓝天白云，将一湖清新的绿都沉淀在了湖底。谁也不知道这片湖水在柴达木沉睡有多少年，一直到了1956年，新中国的第一批女子勘探队闯进了柴达木，勘探到了这里，才发现了它。只不过她们发现它的时候，赶上的是数九寒冬，风沙呼啸，湖水给予她们的是凛冽，她们便给它起了这样一个写实并且有些情绪化的名字：冷湖。这个名字冷冰冰的，多少有些不吉利，谁想到，第三年，1958年9月13日，就在它旁边不远的五号构造区的地中四井喷油了，喷得冲天的黑色油柱，落在井架四周不一会儿便成了一片汪洋油海，飞来的野鸭子误以为这里是冷湖呢，纷纷落下来，就被油粘住再也飞不起来了。地中四井是柴达木打出的第一口油井，年产量32万吨，现在看来并不多，但在当时石油年产量只有百万吨的中国来说，贡献是极大的。青海石油局浩浩荡荡地迁到了这里，给这里起个地名吧，冷湖就这样第一次画在祖国的版图上！冷湖，就是这样才渐渐平地起高楼在一片荒沙戈壁上建设起来了，石油局的职工家属从全国各地拥来，最多时达到了六万多人，最多时井架达到1011个，其中726口井出了油。说那时井架林立，炊烟缭绕，人气大震，生气勃勃，冷湖再不是寒冷袭人的湖，而是一片沸腾的油海，并不夸张。可以说,冷湖是新中国建设初期生产力和生产关系以及国家与人的精神风貌的一面旗帜,一种象征。我曾多次对弟弟讲,冷湖就是一部史,你应该为冷湖写史。

岁月如流,人生如流,三十一年过去了。我第四次来到冷湖。却是捧着弟弟的骨灰盒来到了冷湖。去年年底,弟弟病逝前嘱咐家人,一定要把他的骨灰撒回柴达木。赶在清明节,我来到冷湖。

首先来到采油五队,弟弟最早就是在这里工作、结婚、生子的。第一次来到这里时,采油树高高矗立,我还曾经和他一起爬上去,他告诉我那一年井架上的卡瓦落下来,正好砸在他的头顶,幸好戴着头盔。调回北京时,他把这顶砸裂的头盔带回,一直放在他家的书柜上。

弟弟结婚时住的房子剩下了一面墙,透过凋败的窗框,可以看到不远处一座废墟,那是当年的注水站,旁边就是他和他的师傅,和他的徒弟经常爬上爬下的井架。厚厚的黄沙中,埋有小孩的鞋,大人的毡靴,旧报纸,破碎的酒瓶和罐头瓶盖。我还捡起几枚乳白色的鹅卵石,不是戈壁滩的前世大海留下的遗迹,就是当年弟弟他们一帮工人苦中作乐的装饰品,成了这里曾经有过生命和生活的历史物证。

风和阳光是向导,带我走进烈士陵园。它坐落在起伏的沙丘上,沙子已经掩埋了坟茔的一部分,有的坟前的墓碑已经残缺凋落,有的墓碑里镶嵌的烈士的照片被风沙吞噬。每一次来冷湖,我都要来这里,为了拜谒一位前辈。

他是石油部总地质师黄先训。作为总地质师,他跑遍了全国所有的油田,唯独没有来过青海油田。谁想到已经买好了去青海的火车票,却突然一病不起,查出是癌症晚期。临终之前,他摇着苍老瘦弱的手臂,要求将他的尸体埋藏在冷湖这座沙丘之下。

那是1980年,弟弟在采油队,在报纸上看到了黄先训先生这个要求,当晚写了一首诗《冷湖的上空多了一颗星》,寄给了《青海湖》杂志。稿子恰巧落在是刚刚落实政策后的诗人昌耀的手中,很快就发表了。那是弟弟发表的第一篇作品。冥冥之中,他们仁人之间有了默契的感应,弟弟在冷湖的每一年清明节,都会到这来为黄先生扫墓。这一次,弟弟来不了了,站在黄先生的墓前,我和远在北京的黄先生的女儿通了电话。风非常大,纸怎么也烧不着,最后是把打火机和纸一起塞进皮夹克里面,才点着,差点连皮夹克一起烧着。风立刻把纸吹跑,燃起火焰的黄纸像是火中的涅槃的鸟。

我最后要求去原来的学校看看。学校门前的一片空场上,曾经种着上百棵白杨树。那是一片不同寻常的白杨树。1970年前,这片空场只是一片戈壁滩。学生们到了冬天用水把它浇成宽阔的溜冰场,是它唯一的用场。也曾有一年的春天在它的四周栽上一圈白杨树的小树苗,但在干旱缺水的戈壁滩都枯死了。1970年的夏天,一个叫陈炎可的男人来到了这片空场上,他被委派的任务是给这片早已经枯死的树苗浇水。

他是广州人,21岁就自愿到这里当一名老师,面对着这一片枯死的树苗,像面对着自己枯死的心,真有一份同命相怜的象征意味。干完了所有要干的活,就到了晚上,挖好壕沟,接通学校里面的水源,让水流到这里,他计算好了时间大约要半小时,这段时间他才可以回去稍作喘息。半小时过后再回来,如果水未放满,他便打着手电接着放水。本来就是无用功,他和树都无动于衷,完全是一种机械作业。就在这时候,他读起了外语,也许这就是一份冥冥中的缘分,将他和树和外语一下子迅速地连接起来。他只是觉得和枯树苗天天夜晚相对实在无聊,为打发时间拿起了外语——是一本英文版的《毛主席语录》。谁想到大漠冷月,枯树孤魂,一一在清水中流淌起来了,奇迹便也在这清水中出现了。一个夏天和秋天过去了,他忽然发现那枯树苗的树根居然湿漉漉有了生机。他赶紧在入冬前给树苗浇了封冻水,他忽然对这片树苗对自己荡漾起了信心。

四年过去了,浇了四年的水,读了四年的外语。日子像凝结住了一样,仿佛只成了一片空白。忽然有一天,他在水沟边读的外语,在一辆德国奔驰车出现故障,从车上跳下的人,翻出外语说明书谁也看不懂的时候派上了用场,命运发生了转折,他被调到局里当翻译。有意思的是,就在这一年的春天,他浇灌的那一片树苗终于绽开了生命的绿叶。在冷湖,在方圆几百里一直被黄色统治的戈壁滩,这是第一抹也是唯一一抹新绿。

第一次到冷湖。是弟弟带我见到陈炎可,那时候,他已经五十岁了。他带我到学校前看那片白杨树。上百棵白杨绿荫蒙蒙,阔大的绿叶迎风飒飒细语。他告诉我这里已经成了石油局的公园,晚上或假日,人们常到这里来。如今,学校已经是一片废墟,上百棵的白杨树大多枯死,但左右对称似的,一边剩下 8 棵,一边剩下 6 棵,还顽强地活着。人们在两边各砌起水泥台,为了浇水时防止水流失,保护着冷湖生命的遗存。大概戈壁环境所致,这 14 棵白杨长得和内地的白杨不一样,长得和我前三次见到的也不一样,树干越发的骨节突兀沧桑,像胡杨。

只可惜,这一次,我没有见到陈炎可,他早已经调回广州了。而弟弟也只能隐约站在那白杨树的枝干后面,等待着四月枝条上即将萌发的绿意。

冷湖! 我第四次来,我相信以后还会再来,因为弟弟还在这里。

临离开冷湖前的那一夜，我怎么也睡不着，走出屋子，来到外面，冷湖已经变得面目皆非，曾经热闹的街市变得空旷得寂静无声，戈壁的夜色显得格外沉郁幽美，星星低垂，仿佛触手可掬。我不禁想起六十年前，冷湖刚刚开发时作家李若冰对冷湖夜色第一次诗情浓意的描写："冷湖之夜，确实美极了。当你走出帐房，在探区走着的时候，天上布满了星座，大地上布满了星塔。天上地上，星星相互辉映，连成一片，组成一幅奇异绚丽的夜景……我觉得出现在大戈壁滩上的冷湖的星塔，是特别壮丽的，迷人的。冷湖的星塔，在我的记忆里永远光明，难以忘却……"

是的，曾经发生过的和经历过的一切，都将永远难以被人们忘却！

在这世界上，有的城市在地图上消逝了，比如特洛伊；比如庞贝；它们是因为战争和灾害而彻底没有了生命。如果冷湖有一天也在地图上消失了，它是因为发展和前进，它的生命还在。

回北京的列车上，写了一首小诗，记录我此次冷湖四月春行的心情和感情：

清明无雨送归人，千里黄沙黯白云。

大漠孤烟烟作梦，长河落日日为魂。

青杨正忆冷湖在，红柳犹诗苦意存。

回首当金山上望，声声车笛雪纷纷。

拥你入睡

儿子上初一以后，忽然一下子长大了。换内裤，要躲在被子里换;洗澡，再也不用妈妈帮助洗，连我帮他搓搓后背都不用了。

我知道，儿子长大了，像日子一样无可奈何地长大了。原来拥有的天然的肌肤之亲和无所顾忌的亲昵，都被儿子这长大拉开了距离，变得有些羞涩了。任何事物都有一些失去，才有一些得到吧。

有一大卜午，儿子复习功课，累了便躺在我的床上看电视。实在是太累，刚看了一会儿眼皮就打架了。他忽然翻了一个身，倚在我的怀里，让我搂着他睡上一觉，迷迷糊糊中嘱咐我一句:"一小时后叫我,我还得复习呢!"

我有些受宠若惊。许久，许久，儿子没有这种亲昵的动作了。以前，就是一早睡醒了，他还要光着小屁股钻进你的被窝里，和你腻乎腻乎。现在，让你搂着他像搂着只小猫一样入睡，简直类似天方夜谭了。

莫非懵懵懂懂中，睡意蒙眬中，儿子一下失去了现实，跌进了逝去的童年，记忆深处掀起了清新动人的一角。让他情不自禁地拾蘑菇一样拾起他现在并不想拒绝的往日温馨。

儿子确实像小猫一样睡在我的怀里，均匀的呼吸，胸脯和鼻翼轻轻起伏着，像春天小河里升起又降落的暖洋洋的气泡。

我想起他小时候，妈妈上班，家又拥挤，他在一边玩，我在一边写东西,玩着玩腻了,他要喊"爸爸,你什么时候写完呀? 陪我玩玩儿不行吗? "我说:"快啦! 快啦! "却永远快不了,心和笔被拽走得远远的。他等不及了, 就跑过来跳进我的怀里带有几分央求的口吻说:"爸爸! 我不捣乱,我就坐这儿,看你写行吗? "我怎么能说不行? 已经把儿子孤零零地抛到一边寂寞了那么长时光! 我搂着他,腾出一只手接着写。

那时候,好多东西都是这样搂着儿子写出来的。他给我安详,给我亲情,给我灵感。他一点儿也不闹,一句话也不讲,就那么安安静静倚在我的怀里,像落在我身上的一只小鸟,看我写,仿佛看懂了我写的那些或哭或笑或哭笑交加的故事。其实,那时他认识不了几个字。有好几次,他倚在我的怀里睡着了,睡得那么香那么甜,我都没有发现……

以后我常常想起那段艰辛却温馨的写作日子,想起儿子倚在我怀中小鸟一样静谧睡着的情景。我觉得我的那些东西里有儿子的影子、呼吸、甚至睡着之后做的那些个灿若星花的梦境……

儿子长大了。纵使我又写了很多比那时要好的故事,却再也寻不回那时的感觉、那一份梦境。因为儿子再不会像鸟儿一样蹦上你的枝头,那么纯真天籁般倚在你的怀里睡着了。

如今,儿子居然缩小了一圈,岁月居然回溯几年。他倚在我的怀里睡得那么香甜、恬静。我的胳膊被他枕麻了,我不敢动,我怕弄醒他,我知道这样的机会不会很多甚至不会再有,我要珍惜。我格外小心翼翼地拥着他,像拥着一支又轻又软又薄又透明的羽毛,生怕稍稍一失手,羽毛就会袅袅飞去……

并不是我太娇贵儿子,实在是他不会轻易地让你拥他入睡。他已经长大,嘴唇上方已经展起一层细细的绒毛,喉结也已经像要啄破壳的小鸟一样在蠕动。用不了多久,他会长得比我还要高,这张床将伸不开他的四肢……

蓦地,我忽然想起儿子小时候曾经抄过的诗人傅天琳的一首诗,其中有这样几句:

> 你在梦中呼唤我呼唤我
>
> 孩子你是要我和你一起到公园去
>
> 我守候你从滑梯上一次次摔下
>
> 一次次摔下你一次次长高
>
> 如果有一天你梦中不再呼唤妈妈
>
> 而呼唤一个陌生的年轻的名字
>
> 那是妈妈的期待妈妈的期待
>
> 妈妈的期待是惊喜和忧伤

我禁不住望望儿子,他睡得那么沉稳,没有梦话,我不知他在睡梦中此刻是不是在呼唤着我?我却知道会有这么一天,拥他入睡的再不是我,而在他的睡梦中更会"呼唤一个陌生的年轻的名字"。亲爱的儿子,那将如诗人所写的,是爸爸的期待,爸爸的期待是惊喜又是忧伤。哦,我亲爱的儿子,你懂吗?此刻的睡梦中,你梦见爸爸这一份温馨而矛盾的心思了吗?

一个小时过去了,我没有舍得叫醒儿子。

年轻时去远方漂泊

寒假的时候，儿子从美国发来一封 E-mail，告诉我利用这个假期，他要开车从他所在的北方出发到南方去，并画出了一共要穿越 11 个州的路线图。刚刚出发的第三天，他在得克萨斯州的首府奥斯汀打来电话，兴奋地对我说这里有写过《最后一片叶子》的作家欧·亨利博物馆，而在昨天经过孟菲斯城时，他参谒了摇滚歌星猫王的故居。

我羡慕他，也支持他，年轻时就应该去远方漂泊。漂泊，会让他见识到他没有见到过的东西，让他的人生半径像水一样漫延得更宽更远。

我想起有一年初春的深夜，我独自一人在西柏林火车站等候换乘的火车，寂静的站台上只有寥落的几个候车的人，其中一个像是中国人，我走过去一问，果然是，他是来接人。我们闲谈起来，知道了他是从天津大学毕业到这里学电子的留学生。他说了这样的一句话，虽然已经过去了十多年，我依然记忆犹新："我刚到柏林的时候，兜里只剩下了 10 美元。"就是怀揣着仅有的 10 美元，他也敢于出来闯荡，我猜想得到他为此所付出的代价，异国他乡，举目无亲，风餐露宿，漂泊是他的命运，也成了他的性格。

我也想起我自己，比儿子还要小的年纪，驱车北上，跑到了北大荒。自然吃了不少的苦，北大荒的大烟炮儿一刮，就先给了我一个下马威,天寒地冻,路远心迷,仿佛已经到了天外,漂泊的心如同断线的风筝,不知会飘落在哪里。但是,它让我见识到了那么多的痛苦与残酷的同时,也让我触摸到了那么多美好的乡情与故人,而这一切不仅谱就了我当初青春的谱线,也成了我今天难忘的回忆。

没错,年轻时心不安分,不知天高地厚,想入非非,把远方想象得那样好,才敢于外出漂泊。而漂泊不是旅游,肯定是要付出代价的,品尝多一些的人生滋味,也绝不是如同冬天坐在暖烘烘的星巴克里啜饮咖啡的一种味道。但是,也只有年轻时才有可能去漂泊,漂泊,需要勇气,也需要年轻的身体和想象力,便收获了只有在年轻时才能够拥有的收获,和以后你年老时的回忆。人的一生,如果真的有什么事情叫作无愧无悔的话,在我看来,就是你的童年有游戏的欢乐,你的青春有漂泊的经历,你的老年有难忘的回忆。

一辈子总是待在舒适的温室里,再是宝鼎香浮、锦衣玉食,也会弱不禁风,消化不良的;一辈子总是离不开家的一步之遥,再是严父慈母、娇妻美妾,也会目光短浅,膝软面薄的。青春时节,更不应该将自己的心锚一样过早地沉入窄小而琐碎的泥沼里,沉船一样跌倒在温柔之乡,在网络的虚拟中和在甜蜜蜜的小巢中,酿造自己龙须面一样细腻而细长的日子,消耗着自己的生命,让自己未老先衰变成了一只蜗牛,只能够在雨后的瞬间从沉重的躯壳里探出头来,望一眼灰蒙蒙的天空,便以为天空只是那样的大,那样的脏兮兮。

青春,就应该像春天里的蒲公英,即使力气单薄、个头又小、还没有能力长出飞天的翅膀,借着风力也要吹向远方;哪怕是飘落在你所不知道的地方,也要去闯一闯未开垦的处女地。这样,你才会知道世界不再只是一扇好看的玻璃窗,你才会看见眼前不再只是一堵堵心的墙。你也才能够品味出,日子不再只是白日里没完没了的堵车、夜晚时没完没了的电视剧和家里不断升级的鸡吵鹅斗、单位里波澜不惊的明争暗斗。

意大利尽人皆知探险家马可·波罗,17岁就曾经随其父亲和叔叔远行到小亚细亚,21岁独自一人漂泊整个中国。美国著名的航海家库克船长,21岁在北海的航程中第一次实现了他野心勃勃的漂泊梦。奥地利的音乐家舒伯特,20岁那年离开家乡,开始了他维也纳的贫寒的艺术漂泊。我国的徐霞客,22岁开始了他历尽艰险的漂泊,行万里路,读万卷书……当然,我还可以举出如今被称之为"北漂一族"——那些生活在北京农村简陋住所的人们,也都是在年轻的时候开始了他们最初的漂泊。年轻,就是漂泊的资本,是漂泊的通行证,是漂泊的护身符。而漂泊,则是年轻的梦的张扬,是年轻的心的开放,是年轻的处女作的书写。那么,哪怕那漂泊是如同舒伯特的《冬之旅》一样,茫茫一片,天地悠悠,前无来路,后无归途,铺就着未曾料到的艰辛与磨难,也是值得去尝试一下的。

我想起泰戈尔在《新月集》里写过的诗句:"只要他肯把他的船借给我,我就给它安装一百支桨,扬起五个或六个或七个布帆来。我绝不把它驾驶到愚蠢的市场上去……我将带我的朋友阿细和我做伴。我们要快快乐乐地航行于仙人世界里的七个大海和十三条河道。我将在绝早的晨光里扬帆航行。中午,你正在池塘洗澡的时候,我们将在一个陌生的国王的国土上了。"那么,就把自己放逐一次吧,就借来别人的船扬帆出发吧,就别到愚蠢的市场去,而先去漂泊远航吧。只有年轻时去远方漂泊,才会拥有这样充满泰戈尔童话般的经历和收益,那不仅是他书写在心灵中的诗句,也是你镌刻在生命里的年轮。

蒙德里安玻璃杯

在中国,知道凡·高的人很多,知道蒙德里安的人少。几年前,我就属于后者,对蒙德里安一无所知。如今,不仅在中国,凡·高已成为时髦的符号,他的杰作《向日葵》,克隆得到处都是,被炒成"傻子瓜子"或"正林瓜子"一般,消费在街头,装点于客厅。其实,蒙德里安和凡·高是老乡,都是荷兰人。但那时,提起荷兰,我只知道凡·高,再有就是风车和郁金香。

那是好多年前,儿子读大学的时候,一个星期天,他拿回来几幅印刷品的油画,画面上全是直线构成几何图案的色块,那些完全是由水平和垂直线条构成的图案,红、黑、黄、蓝和灰五种颜色分别涂抹在线条组合而成的大小不一的矩形中,有些像是马赛克的感觉,也有些像是拼贴画的感觉。这样的油画,似乎谁都可以画,只要有一把三角板和一个调色盘就行了,并不需要任何的技巧和手法。

那时候,我不知道这就是蒙德里安的作品。无技巧,恰恰是最大的技巧,所谓大味必淡。那种简单而规矩的线条,明快而干净的色块,呈现出来的高度单纯化和抽象化的风格,完全是和他的老乡凡·高不一样的艺术。一种尘埃落定的宁静舒缓的节奏,沉淀在心头,有一种明月松间照,清泉石上流的感觉。

是儿子告诉我,他就是蒙德里安,和凡·高一样的荷兰伟大的画家。他是特意拿回来给我看的,在他的学校里,常常可以接触到一些新鲜的东西，我明白他的意思，不仅让好东西和我一起分享，也希望我不要落伍，只知道凡·高和那臭了街的《向日葵》。

以后，我和儿子一起在书店里买到了河北教育出版社出版的蒙德里安的画册。蒙德里安，像是我们家里一位新朋友，渐渐成了老朋友。

四年前，儿子到美国留学，寒假里，他来了一封信，特别高兴地告诉我，他去芝加哥美术馆看到了蒙德里安的真画作了。他知道，蒙德里安是我们共同的喜爱，他乡遇故知的那种意外感觉，总愿意告诉我，就像他向我第一次拿回家蒙德里安的印刷品油画一样，仿佛蒙德里安真的是我们家什么熟人或亲戚。

那年暑假，儿子回家探亲，飞回北京已经是夜晚，回到家，第一件事，是迫不及待地打开行李箱。一层层细细包裹的衣服里面，像是剥开一层层卷心菜的菜叶，露出里面的菜心，是一只宽口玻璃杯。那么远的路途奔波，还要中途在东京转机，带回一只玻璃杯，磕磕碰碰的，不怕碎了吗？我刚要责怪儿子，玻璃杯已经如一只漂亮的小鸟，小心翼翼地托在儿子的手心里，端在我的眼前。我看清了，原来是蒙德里安，玻璃杯的四周是蒙德里安那再熟悉不过的图案。

那是他前些日子到纽约美术馆，特意买的，带回学校，又特意带给我的。由水平和垂直线条以及红、黑、黄、蓝和灰五种颜色构成的那图案，曾经在我们家里，是那样的亲切、亲近，交织着过去的那一段难忘的日子，那一段日子是儿子读大学的日子，是每个星期天回到家里和我们在一起的日子。蒙德里安，用他那独特的线条和色彩充实着那些日子，让那些日子有了骨架的支撑和色彩的滋润。玻璃杯上的图案，就是蒙德里安一幅题名为《红、黑、黄、蓝、灰构成》作品的一部分，那是蒙德里安1920年的作品，在画册上，我们早已和它相遇过。

　　暑假过后,儿子又回美国上学去了。这只蒙德里安玻璃杯一直在家里的茶盘里。蒙德里安便一直在我的身边,儿子便也一直在我的身边。蒙德里安那独特的线条和色彩,曾经充实过儿子思念我们的那些日子,现在,开始充实着我们思念儿子的日子。

　　今年春天,我去美国看望儿子,利用春假,儿子带我去纽约,在大都市美术馆里,知道一定能够看到蒙德里安的作品,却没有想到有满满一间展室,陈列的都是蒙德里安的作品。看到的是蒙德里安的真迹,再不是在画册上,仿佛蒙德里安就在面前,真的是老朋友似的,让我涌出一种意外的激动。而在美术馆的商店里,摆着上下好几摞玻璃杯,上面都是蒙德里安那独特的图案。儿子就是从这里买给我的那个玻璃杯,从这个柜台前带到北京,送到我的手里。遥远的距离就是这样在一霎间被跨越,蒙德里安带我们一起漂洋过海,我们也带蒙德里安一起回家。

搬 家 记

日子过得真快,一转眼,小铁去美国已经十年了。在这十年时间里,他搬了七次家。

他的第一个家是还没有去美国的时候,在北京从网上预订的,说好一人一间房间,房租一人一半。室友是他北大的校友,虽然从未谋面,却应该算作他的师哥。师哥在麦迪逊机场接的他,帮助他把行李搬到家,是位于麦迪逊市区靠近体育场的旁边,离他就读的大学很近。到了那里的时候已经是半夜,他的住处却是客厅,并不是一个独立的房间,师哥自己住的一个房间。到美国的第一夜,小铁失眠了,心里很不舒服,觉得有些受骗的感觉。在经济压力的面前,都是穷留学生,但已经顾不上什么校友,面子是赶不上"美金"实用的。

这件事,他一直没有对我讲。一直到那年我第一次去美国看他,他特意带我看这间房子,才对我说起往事。这是个坐落在小山坡上木质的二层小楼,在我们这里要被尊称独栋别墅。但是,这一带都是这样的房子,也都大多租给了在附近读书的大学生。小铁就住在了二层,正是黄昏,夕阳明亮地辉映在他曾经睡过的窗口。望着这扇窗口,我想起他来到这里第一次做饭,是煮面条,他往锅里放的水不多,却把整整一包面条都扔进锅里,怎么也无法煮熟。那天,他打电话给家里,问面条应该怎么煮? 一个孩子,只有走出家门,离开父母,才会真正长大。总和父母在一起囚着,是不会长大的。

他告诉我住进这里没几天，他向室友提出，他愿意多付一些钱，从客厅搬进了里面的房间。很快，他就搬进另一处住所。那该算作他第二次搬家。是学校的公寓。环境幽静，房子也宽敞了许多，每个学生有自己独立的房间，房间前是宽敞的草坪，可以在那里打球和烧烤，草坪紧靠着麦迪逊漂亮的湖。只是这里比他原来的住所远了许多，学校在湖的对岸。每天学校有班车运送他们往来。

那年看小铁的时候，我也来到这里看过，湖畔起伏的坡地上，星罗棋布地散落着二层小楼，掩映在枫树和橡树之间。环境和房间都无可挑剔，就是买东西不大方便，需要下山到几公里以外的超市去。那时，小铁没有车，只好搭一位韩国同学的一辆"现代"一起去超市，采购一次，对付好长时间的吃用。老麻烦同学，他心里有些过意不去。第一年春节回家探亲，他对我说起这事，想买一辆二手车。我问他需要多少钱？他说美国的二手车很便宜，一般的车，车况比较好的跑得年头不长的，五千美元左右，差一点的只有一两千美元。他返校后，我给他汇寄了五千美元，他买了一辆丰田佳美，是辆跑了三年的旧车，但车不错，一直开到了现在。

两年后，他开着这辆车从麦迪逊来到芝加哥。他考入了芝加哥大学读博，这是他第三次搬家。还是事先在网上预订的房子，不过，他多少有了经验，找的是学校管理的学生公寓。位于53街边的一个U字形的三层楼，三个大门，每个大门进去，每层楼里有各带厨房和卫生间的6个房间，每个房间有二三十平方米不等，分别住着6个学生。小铁在宜家买了一个床垫，下面放几块木板，权且住了下来。虽然木板硌得他浑身难受，却还可以忍受。他住在二楼临街的一个房间，街对面有一个小广场，是个商业中心。他的楼下是底商，是一家咖啡馆。每天有咖啡的香味飘进窗来，也有震耳欲聋的音乐闯进窗来,那都是黑人停靠在街边汽车里的音响肆无忌惮的摇滚乐。黑人开车愿意敞开车窗,让摇滚乐尽情摇荡。小铁基本白天不在家,即使晚上也到学校里的图书馆。但是,有时半夜里也会奔驰过黑人开的车,依然有这样的音乐冲天回荡。这让爱好摇滚乐的他都有些受不了。他酝酿着再次搬家。

这次他找的还是学校的公寓,隔两条街的 51 街。因为 53 街有超市,是周围的小中心,所以比较热闹,51 街没这么多店铺,相对清静一些。这是一处一室一厅的房子,连接客厅和卧室之间还有一条走廊,几乎比原来的房子大出将近一倍,每月房租却只多一百美元。关键是不临街。他可以独享一下清静了。最有意思是,他刚刚搬到这里来没几天,下楼看见一套八成新的三人沙发扔在街上,他捡了回来,正好放在客厅里,来个同学借宿可以暂时在那里栖身。

总算安定下来,他对我说,再也不搬家了,太累了,所有的家具都是那个韩国同学和他的女友一起帮助他搬。最沉的是书,可学生哪能没有书呢? 一箱子一箱子的书,就这样搬来搬去,越搬越多,越搬越沉。搬家让他感受到生活沉重和孤独的一面,如果是北京,可以有那么多的亲人帮忙,在异国他乡,只有靠自己。他说他就像小时候看过的一部日本电影《狐狸的故事》里被老狐狸扔到野外的小狐狸,必须咬牙忍受并顶住面临的一切。

比孤独和沉重更厉害的是漂泊的感觉,总觉得在一次搬家中如同迁徙的鸟一样,没有自己落栖之枝。在这样漂泊不定的生活中,他的心情和心理常常会出现一些焦躁和焦虑的波动。我发现这一点,我并没有意识到这是一个问题。

我说这是你必须付出的代价。比起你的前辈出国留学的人,你的条件好多了,如果和我年轻时在北大荒艰苦插队相比,就更是天壤之别。可是,这样的说教是难以说服并打动他的,比起他的前辈和我们这一代来,青春期成长的时代背景和心理背景,都是那样的不同,这个不同,主要体现他和他的同学是属于独生子女的特殊一代。

独生子女一代已经长大了,而真正成为新的一代。他们再不是孩子那样充满天真和可爱,那样笔管条直地听话了。这样的一点事实,让我有些触目惊心,让我有些准备不足,甚至有些力不从心。

我知道,作为国策,独生子女最早始于二十世纪七十年代末。其中最大年龄者,恰恰是小铁这样大的孩子。他们很快到了而立之年,三十年过去了,新的一代随日子一起长大,成了不可回避而必须正视的现实。独生子女一代,改变了我国的人口结构,由此也使得社会的构架、心理和性格以及流通的血脉同时产生了潜移默化的变动。更为重要的是,独生子女一代是和社会变革的新时代几乎同步伴生的,独生子女一代是和商业时代的到来一起成长的。他们和他们的父母一代成长的背景,是那么的不同,在社会和时代动荡、激烈碰撞的重要转折时刻,他们如种子播撒在了中国新翻耕的土壤中。命中注定,独生子女一代的成长,在拥有得天独厚的优越的生活和教育条件的同时,其自身的心理也容易产生新的种种问题,是他们也是他们的父母乃至全社会无可预料的,缺少准备的,却又是必须面对的。

这样,就不仅需要作为家长的我们和孩子,也需要新的时代和全社会的调试、适应和引导,偏偏商业社会的到来使得原有的价值系统得以颠覆,他们的上一代正处于摸着石头过河的迷茫和探索之中,代际之间的隔阂与矛盾便由此而越发隔膜和加深。由于上一代对独生子女的望子成龙期望值超重,也由于独生子女自身无根感的迷茫与失重,两代之间,都会出现种种或深或浅的矛盾冲突与分裂。

面对独生子女所出现的整体一代的心理与性格问题，作为家长确实缺乏足够的研究与应对措施。所以，人们曾说这是"孩子的青春期遇上了父母的更年期"，是"老革命遇到了新问题"。应该说，代际矛盾每个时代都普遍存在，但面对中国社会崭新的独生子女一代，却是开天辟地的头一次，其矛盾的深刻而独特，可以说是世界独具。如何化解这种矛盾，解决两代人彼此的心理问题，沟通两代人之间的关系与情感，已经成了刻不容缓的课题。

几次在美国看望小铁的时候，我常常和他进行这样的交流，有时是争执。有时，我会反思自己，也许我并不真正理解孩子在异国他乡求学的苦处，他有奖学金，经济上并没有困难，但是更为重要的离开家那么遥远的精神上的痛苦和心理上的苦闷，我无法设身处地想象，也缺少足够的理解。作为家长，也许更多地为他出国留学并在一所不错的大学里读书而骄傲，而多出一些虚荣心。

五年之后，小铁开始第五次搬家。因为学习和工作关系，他要在普林斯顿住一段时间。事先，利用假期，他先从芝加哥飞到普林斯顿，在靠近普林斯顿大学的附近看了一圈房子，最后预定下一处，是一幢独栋的二层小楼，每层住有四户，每户一室一厅一卫。他选择的东南角，卧室窗户面南，客厅窗户面东，应该是最好的位置了，可以尽情享受阳光。还有一个宽敞的阳台，阳台前是开阔的草坪和雪松，再前面是一条清澈的小河。环境和居住的条件，比在芝加哥强多了。我对他说你要知足常乐！

寒假，他开车从芝加哥出发，向普林斯顿进行长途跋涉。等于从美国的中部向东海岸横穿半个美国。满车塞满了行李和书籍。而此时普林斯顿租的房间里还空空如也，什么东西也没有呢。临出发前打电话的时候，我问他连张床都没有，到了那儿睡什么地方？他说带了个充气的气垫床。这个充气床垫是他在美国旅行时常带的东西，说起它，我想起有一次他去纽约玩住在长岛同学家，带去了这个床垫，却忘了带充气口的塞子，没法子用了。我嘱咐他别再忘了那个塞子。

到达匹兹堡，他住了两天，在那里参观了匹兹堡大学和美术馆。从匹兹堡到普林斯顿大约有 6 个小时的车程。早晨，离开匹兹堡前，他在网上查到普林斯顿正好有个人要卖一张床，便立刻联系好，到达普林斯顿先去看床。到达普林斯顿是黄昏，见到的是位在普林斯顿一家公司工作的非洲女子，公司要派她回非洲分公司工作，床很不错，当场买下，非洲人把她的所有餐具和灯具一起送给了小铁。睡觉的问题，那么容易就解决了。带来的充气床垫没有了用场。只是发愁这张大床可怎么运回家，一个瘦弱的非洲女子，手无缚鸡之力，显然帮不了他的忙。

非常巧，那天是当地的搬家日，很多人家都在卖东西，因为周围居住的大多是在附近公司工作的人员和大学生，都来自世界各地，流动性很大，卖各种家用品的很多，小铁快就从一个日本人那里买了一台电视机和 DVD 机，又从一个印度人那里买了一个真皮沙发和桌子。包括床在内的所有东西一共花了一千多美元，居家过日子的日常用品，一天之内都制备齐全了。我对他说比在国内还方便、便宜。

下面他要想办法怎么把这些家伙带回家。在镇中心吃晚饭的时候，顺便打听到这里有一家汽车租赁公司，专门可以租大型汽车，按所跑的公里收费。他找到这家租赁公司，只是这种没鼻子的大型汽车他从来没开过，愣是坐上去，看了看仪表盘，一咬牙豁出去了，便也把车开走，把这些家具都运回家。如果在家里，一切都需要家里帮忙了，但是，在美国，现实生活磨炼了他，他必须面对。他知道，不会有人帮助他。

晚上运送家具的时候，普林斯顿下起了雨，说心里话，我挺担心的，毕竟他头一次开着那么个大家伙，路滑天黑的，生怕出什么意外。不过，这种担心起不到一点作用，相反只会增加他的负担，不如把担心变为鼓励，让他鼓足勇气去应对一切意想不到的困难。对于独生子女，家长容易事无巨细的担心，和事必躬亲的越俎代庖，有时不是爱孩子，相反容易让孩子弱不禁风，缺乏了生活和生存的能力。我很高兴小铁有能力独自去应对这一切，想象着雨刷在车窗前挥洒，车灯穿透雨雾，小铁开着笨重的大车行驶在普林斯顿的林荫道的时候，心里感到孩子真的长大了。

第二年的春天，我再次去美国看望小铁，有一天，他特意开车带我看当年搬家时租车的那家汽车租赁公司。它离普林斯顿的中心不远，门口停放着几辆大货车，不知哪辆曾经是小铁租过的车。

日子过得飞快，他在普林斯顿度过了整整5年的时光。在这5年中，他又搬过一次家，不过，不远，是一套两居室，有宽敞的客厅，还有一个阁楼。他住得宽敞多了，因为他已经新添了孩子。

我离开美国不久，今年刚入冬，小铁第7次搬家。他在印第安纳大学教书，全家要搬到布鲁明顿大学城。这一次，联系好了搬家公司，定好了日期，把家里东西包括车，通通都交给了搬家公司负责，一切都比以前几次搬家简单了许多。谁想到，这时候，赶上了纽约和新泽西州遇到百年不遇的"桑迪"飓风，一下子遭遇停电，所有的店铺关门，搬家公司也联系不上。眼瞅着搬家的日子到了，眼前却是一抹黑，让人忧心忡忡。谁想到，就在搬家的日子的前一天，电来了，搬家公司联系上了，天也晴了。一切如约进行，有惊无险，和风暴擦肩而过。

如今，小铁在布鲁明顿的新居已经住了两年。今年夏天，我来这里看他。新居比以前所有的住处都要宽敞明亮，房前屋后还有开阔的草坪。有意思的是，好像小铁并没有把这里当成自己最后的安营扎寨之地。那天，他请来工人帮他彻底修窗户查房顶，我问他干吗这样兴师动众？他说得修好，要不以后房子不好卖。刚刚两年，他就想着卖房子了。不过想想，也很正常，在美国，工作的流动性很大，搬家成为很多人的常事。流水不腐，生命就像水一样，在流动中流逝；人生就像水一样，在流动中成长。真的是所谓岁月如流，人生如流。

重游土城公园

　　门口变得很窄,为防止自行车进入,曲形铁栏杆的入口只能容一个人进出。迎面原来是一片地柏,已经没有了,右手一侧的土高坡还在,那就是元大都的城墙,土城因此得名。三十二年前,我家住在土城旁边,走路两分钟就到。这一道土城如蛇自东向西逶迤而来,上面只有稀疏零落的树木和荆棘,风一刮,暴土扬尘,名副其实的土城。四围正在修路,土城公园也在绿化布局。那时候,我的孩子才四岁多一点,土城公园成了他的乐园,几乎天天到那里疯玩。一直到他读小学四年级,全家搬家,他转学,离开了这片他儿时的乐园。

　　今年夏天,孩子从美国回来,想去看看他的这片儿时的乐园。他自己的孩子都到了当年他自己最初见到土城公园的年龄,直让人感慨流年暗换之中人生的轮回。

　　我陪孩子重回土城公园,正是合欢花盛开的时节。记得那时候进得公园穿过土城,下坡处的一片空地上,便栽有好几株合欢,这是土城公园留给我最深的记忆。合欢盛开的夏天,我曾经指着开满一片绯红云彩的合欢树,对刚刚读小学的孩子说:这树的叶子像含羞草,到了晚上就闭合,第二天白天自己又会张开。孩子眨眨眼睛,不信,晚上一个人从家里悄悄跑出来,看到满树那两片穗状的叶子果真闭合了,兴奋异常,像发现了新大陆。

　　从四岁多到十一岁读四年级时转学,孩子不到土城公园已经二十六年。我也二十六年未到土城公园了。对于孩子，成长的背景中，土城公园是浓墨重彩的一笔；对于我，因对于孩子曾经的重要性而连带得成为我人生之书一页色彩浓郁的插图。

有时候，大人其实是很难理解孩子的心。对于事物的好与坏、高级与低级、好玩与不好玩、平常与不平常、丰富与简陋……孩子的价值标准和家长的并不一样。孩子大学毕业离开北京到美国读书后，我曾经翻看他留下的日记和作文，那里有许多地方不厌其烦地记述着、诉说着、倾吐着、回忆着、留恋着土城公园那一片他童年的天地，令我格外惊讶，没有想到家楼后面这座普通的土城公园，对于一个小孩子的成长，居然作用如此巨大。对于一个独生子女，土城公园，不仅成为陪伴他玩耍的伙伴，也成为伴随他成长的一位长者或老师，甚至像童话里的魔术师，可以点石成金，瞬间怒放能装满衣袋他正渴望的满天星斗。

小时候，我家楼后便是元大都遗址，虽也算是文化古迹，其实没什么可以游览的，只有一座不高的山坡和树木了。但那里昆虫特别多，也就成了我的乐园。童年像梦一样，我的童年是这大自然中和小动物和昆虫一起度过的。夏天，是我最快乐的时候。因为昆虫在这时候特别多。

雨前捉蜻蜓、午后粘知了、趴在草丛里逮蚂蚱、找来桑叶喂蚕宝宝……最有趣要算是捉瓢虫了。我钻进铁栏杆，就来到的元大都遗址的后山，树荫下是一片小草，草尖是青的，草根是绿的，草中夹杂着蒲公英，黄色的小花像米罗随意撒了几点黄。远远的，就能看见在那绿和黄中间零星的几点红，走近了，这就是瓢虫，像玩魔术一样和我捉迷藏。蹲下身，睁开眼，啊，就在身边的花上、草上呢！瓢虫的壳大多是红色的，但壳上的星的多少却不同，有一星、二星、七星、二十八星的，星数决定了它们的种类。小时候，富于正义感，这片草地就是我伸张正义的舞台。小心地把瓢虫从草叶山和花中挑出来，仔细地数它们背上的星。小孩的心总是更善良，生怕害了好人，如果是二十八星的，我就就地处决，攥起小拳头狠狠地说："让你吃小草！"心里轻松极了，像做了一件大好事，大快我心。有一次错害了七星的，心里真实难过了好几日，发誓下次要再认真数星星。如果是七星的，我就一只只捉来，攒到一大把，张开手向天空一扔，就像放了星星，放飞了一颗颗红色太阳。天便红了，脸也红了，我便醉了，醉在漫天飞舞的瓢虫之中了……

这是孩子初三时的日记。说实话，看完之后，我很感动。只有孩子才会有这种感情。我们大人还能有这种心境吗？我会精心去数二十八星的瓢虫然后把它们就地处决吗？我能放飞那一只只七星瓢虫而感觉出是在放飞一颗颗红太阳吗？在孩子童年那些岁月里，我和孩子其实是一样天天也从那片土城公园走过，我却从未看见过一只瓢虫，自然也就看不见漫天飞舞的红太阳的童话世界了。

小时候，家里没什么玩具，更没什么游戏机。和我相伴最多的也是我最爱的就是楼后元大都土坡上的树、草和树间草间的小生命了。或许，小孩都是爱小动物的，望着、捉着那些小生命，总让我想起普里什文和列那尔的写过的树林和动物的文字，幻想着身边的这个废弃的小土坡会不会变成文中写的那种样子呢？晚上会不会也"没来由地飘下几片雪花，像是从星星上飘下来的,落在地上,被电灯一照,也像星星一般闪亮"?晚上十点左右,会不会"所有的白睡莲也会各个争炫斗巧,河上的舞会就开始了"呢?……那里不高的山坡,山上那一片浓郁的树林和山下几丛常绿的地柏,以及藏在草丛里那些小生命,就是我童年全部美好的回忆了。它影响我整个的审美情趣和对人生理想的探求方向。我认为我童年美好的一切都在那一片不大的公园、一座不高的山上山下了。

这两段日记,给我留下很深的印象,在去土城公园的路上,再一次想起。我和孩子一路都没有说话,不知道他的心里是否也想起了他自己写过的话?只看见他带着他的孩子跑进公园,先爬上了土城墙,像风一样,从这头一直跑到了那头,然后,从那头走下来。公园里的树木都长高了,长密了,浓荫匝地,将燥热的阳光都挡在外面,偶尔从树叶缝隙晒下来几缕阳光,也变成绿色,如水轻轻荡漾,显得格外轻柔凉爽。远远的,看着他领着孩子,从浓密的树荫下一步三跳地向我走过来的情景,仿佛走来的是我领着读小学的他。人生场景的似曾相识,在重游故地时会格外凸显,仿佛真的可以是昔日重现,却已经是人事有代谢,往来成古今。不过,土城公园,确实对于孩子不可取代,起到了家里父母和学校老师起不到的作用。是它让孩子能够学会听得懂小虫子的语言,看得懂花的舞蹈,嗅得到树木的呼吸,和七星瓢虫对话,幻想着树林中童话和河上的舞会……

可惜,孩子没有找到他童年最心爱的七星瓢虫,他带着他的孩子在他童年曾经非常熟悉的草丛中仔细寻找了好多遍,都没有找到。

我也没有看到一株合欢树。公园入门后下坡处那一片空地上,没有了。我沿着公园找了一圈,没有找到。

剪　纸

　　那天,我带孙子高高去美术馆看马蒂斯的剪纸。这个题名为"马蒂斯剪纸:'爵士'"的展览,是马蒂斯的一组剪纸画,共有 20 幅。这是 1942 年时马蒂斯的作品,那时,马蒂斯 73 岁,信手拿起了剪刀和纸。剪刀在他的手中,鬼魂附体一般,灵动如仙;鲜艳的色块和诡异的线条,充满难得的童趣,让我看到了他绘画艺术的另一面。

　　我指着马蒂斯的剪纸,问高高:好看吗? 他回答我说:挺好玩的!高高只有四岁半,他的这个回答,让我高兴,因为他没有顺着我的问话回答说好看,而是说好玩。剪纸和正儿八经的油画不同,正在于好玩。油画需要画笔、颜料、画布和画架;剪纸,只要一把剪刀和一张纸就可以了。所以,剪纸来自民间,而不像油画来自宫廷和学院。

　　我和高高说话的时候,高高的爸爸正在前面,俯身趴在马蒂斯的一张剪纸前观看,不知道他看出了什么,又会想起什么。那一刻,我想起了他小时候,和高高差不多大的年纪,有一天,我和他妈妈有事外出,把他丢给奶奶照看。小孩子,没有一盏省油的灯,他开始磨着奶奶,和他一起玩,玩他的积木、魔方、变形金刚和电动火车。那时候,奶奶已经七十多岁了,哪里会玩他的这些新式玩具,便总在玩的时候出差错,不是积木坍塌,就是火车出轨。他玩的兴趣锐减,开始磨着奶奶要找爸爸妈妈。奶奶没有办法,从针线笸箩里拿出一把剪刀,让他找张纸,说奶奶教你剪纸吧!

孙子眨巴着眼睛,望着奶奶,有些奇怪,但听说剪纸,还是来了兴趣,飞快地跑走找纸去了。那时,我家里有很多杂志,花花绿绿的封面,正好成了剪纸的好材料。不一会儿,他抱来一摞杂志,递给奶奶说,你教我剪纸吧!

其实,奶奶哪里会什么剪纸!除了鞋样,她老人家一辈子也没有剪过一回纸,实在是被这个磨人精的小孙子磨得没招儿了。年轻时候,在农村生活,她看过村里人剪纸,是过年的时候剪出的窗花和吊钱,贴在窗户上,挂在窗棂前,红红火火的,吉祥又好看。那些窗花里有很多如喜鹊登梅等好看却又复杂的图案,那些吊钱里有元宝和福禄寿喜更复杂的图案,奶奶哪里会剪呀!奶奶是被赶上架,只好拿起剪刀,冲着杂志封面开剪了,完全是有枣一棒子,没枣一棒子,剪刀没有任何章法地随意游走。彩色的纸屑抖落在奶奶的衣襟上之后,剪出来的剪纸,虽然祖孙俩谁也认不出是什么花样,却都很开心。孙子说了句:真好玩,便从奶奶的手里拿过剪刀,冲着另一本杂志的封面下笊篱。他觉得原来剪纸这么简单,一点儿都不难。

我回家的时候,看见床上和地上都是彩色的纸屑,桌上铺满祖孙俩的杰作。他跑过来对我说,全是我和奶奶剪的,好看吗?我连说好看,那一幅幅剪纸,是比马蒂斯的剪纸还要抽象和野兽派,完全看不出来剪出来的是什么东西。但是,随意甚至肆意的线条,如水如风,在彩色的纸上游龙戏凤,留下了祖孙俩心情和想象的痕迹。这些剪纸,让我第一次真正地意识到,包括剪纸和绘画在内的艺术,不见得都具象得让人看懂,关键是里面要有你的心情、想象和真挚的情感。

从此,很长一段时间,我家总会是一地彩色纸屑,如同开春后的五花草地。奶奶成了孙子的剪纸老师,祖孙俩让家里的那些杂志变废为宝。我从他们两人的剪纸里各挑出一张,夹在我的笔记本里,成为一段美好的记忆。

一晃,三十多年过去了,儿子长到我当年的年龄,而孙子和他当年一样大了。生命的循环,是以日子的逝去为代价的。那天,从美术馆回到家中,我拿出剪刀,对高高说:去,看看你爸爸那里有没有废杂志,爷爷教你剪纸!高高眨动着眼睛,好奇地问我:你会剪纸?像马蒂斯一样的剪纸?我信心满满地对他说:对,比马蒂斯还要好看好玩的剪纸!

又是一地彩色的纸屑。

落叶的生命

想找树叶做手工,已是入冬。几场冷风冷雨,树上的叶子凋零无几,大多落在地上。不过,由于雨水频繁,落在地上的叶子湿润,还散发着树枝的气息,呼应着残存在枝头上的叶子,做最后的告别,虽有几分凄婉,却也十分动人。

放学的时候,在路口等候校车,看见小孙子从车上跳下来,见到我的第一句话就是:咱们找树叶去吧! 便先不回家,沿着落叶缤纷的小路找树叶。这时候,才会发现,秋末时分枝头上的树叶,或金黄,或红火一片,在秋风的吹拂下,是那样的灿烂炫目;落在地上的叶子却有别样的形状、色彩和风情。

形状不一样了。由于距离的变化,拿在手中,近在眼前,才发现同样都是枫树,有三角枫、五角枫和七角枫的区别。而且,不同的枫叶,像伸出不同的触角,活了一般,让那红色的叶脉弯弯曲曲像是真的有血液在流动。不同流向的叶脉,让叶子的触角有了不同的弧度,那弧度像是舞蹈演员柔软而变幻无穷的手臂,富有韵律,让我们充满想象,便也成为我们做手工最佳的选择。我和小孙子用这样红色和黄色的枫叶,做成的金孔雀和红孔雀,让我们自己都惊讶那一片片枫叶怎么那么像孔雀开屏时漂亮的羽毛呢? 好像它们就是特意落在地上,等着我们弯腰拾起,去做孔雀那五彩洒金的尾巴呢。

还有那槭树和石楠的叶子,椭圆形,粗看起来大同小异,细看大有玄机。石楠叶小,槭树叶大,小的小巧玲珑,像童话里的小姑娘,大的像大姐姐一样温柔敦厚。石楠叶薄,薄得几乎透明,红红的颜色像是过滤了一样,淡淡的胭脂似的,可以随风起舞蹁跹。槭树叶厚,且有光亮的釉色,像穿着盔甲的武士,似乎能够听到风声雨声;又像天鹅绒的幕布,拉开来,舞台上就可以上演有趣的戏剧。槭树叶和石楠叶最好找,几乎遍地都是,我们常常会如进山寻宝的人,总有些贪婪,弯腰拾起了这片,又抬头看见了那片,捧在手里一大捧,反复权衡,恋恋不舍,好像它们都是我们的至爱亲朋。我们用不同的槭树叶做成了不同形状的鱼,用不同的石楠叶做成了莲花,五片石楠叶错落在一起,就是一朵盛开的莲花;大小两片石楠叶合在一起,就是一朵含苞待放的娇羞的莲花;再找两片小小的黄栌,要找那种还能顽强保持着绿色的叶子,放在莲花下面,就是莲叶田田了。

当然,色彩也不一样了呢。别看落叶没有了在枝头连成一片的金黄和火红耀眼的阵势,但落叶不是落花顷刻辗转成泥,溃不成军。落叶区别于树上叶子的重要之处,在于树上的叶子连成一片的金黄和火红,让所有的叶子变成了一种颜色,湮没在相同的色彩之中,很像当年见过的"红海洋"和如今已经泛滥的凡·高向日葵的金黄色。落叶散落在草丛中,灌木间,或泥土里,却是色彩不尽相同,彰显每一片叶子舒展的个性,甚至色彩渗进叶脉,都让我们看得须眉毕现,触目惊心,也赏心悦目。

同样是杜梨树上落下的叶子,经霜和被雨水反复打湿后,每一片叶子上的红色已经相同,那种沁入红色深处的黑色光晕,浸淫红色四周的褐色斑点,像磨出的铁锈,溅上的离人泪,似乎让每一片落叶都有了专属于自己前世的故事似的,更让每一片落叶都成为一幅绝妙而无法复制的图画。由于杜梨叶比较厚实,叶子上面有一层釉色,显得很是油亮,每一片落叶都像是一幅精致的油画小品。那些随心所欲而富有才华的大色块渲染,毕加索未见得能够胜上一筹;那些飞溅而落的斑斑点点,西尔斯拿手的点彩也未见得能够如此五彩缤纷。

杜梨叶,是我们最喜欢的,我们常常在地上仔细寻找,不放过任何一片闯入眼帘的叶子,常常会有美丽的邂逅而让我们赏心悦目,便常常会听见小孙子的大呼小叫:爷爷,快看,这里有一片好看的树叶!

找到的最好看最别致的一片杜梨叶,竟然是黑色的。那种黑,不是被污染的乌黑,也不是姑娘劣质眉笔的那种漆黑,而是油亮油亮的黑,叶子的边缘有一层浅浅的灰色,像黑色的火焰燃尽之后吐出的一抹余韵;像淡出画面之外的空镜头里的远天远水,让叶子的黑色充满想象的韵味。

这片黑色的杜梨叶,一直没有舍得用。也不是真的舍不得,是不知道用在哪里恰到好处。我们用别的杜梨叶做的热带鱼或大公鸡,都让不同色彩的杜梨叶尽显各自的英雄本色,让那种不同的红色交织成一曲红色的交响。只是这片黑杜梨叶,一直夹在书本里。曾经想用它做成一只海龟,它黑亮黑亮的釉色和粗粗的叶脉,还真有几分海龟的意思。也曾经想把它一剪两半,做成两条木船,在上面用银杏叶和红枫叶做成它们各自的风帆。但是,都觉得不是最佳选择。它暂时还沉睡在我们的书本里,它的生命跃动,在我们的想象中,也在它自己的梦中。

真的,别以为落叶就是死掉的树叶,落叶离开树枝,不过是生命另一种形式的转移。龚自珍诗曾说:"落红不是无情物,化作春泥更护花。"不仅是落花,落叶更是如此,更具有化为泥土中腐殖质的营养作用,来年新一轮春花的盛开,是落叶生命的一种呈现。如今,落叶生命的另一种呈现,在我和小孙子的手工中,它们存活在我们的册页里和记忆中。

辑四

发小儿就是那把
老红木椅子

发小儿就是那把老红木椅子

　　发小儿，是地道的北京话，特别是后面的尾音"儿"，透着亲切的劲儿，只可意会。发小儿，指从小在一起的小学同学。但是，发小儿比起同学来说，更多了一层友谊的意思在内。也就是说，同学之间，可能只是同过学而已，没有那么多的交情可言；而发小儿是在摸爬滚打一起长大的年月中有着深厚友谊一说的。比起一般拥有友谊的朋友而言，发小儿又多了悠长时光的浸透，因为很多朋友，没有发小儿从童年到老年一直在一起那样漫长时间的。从这一点讲，发小儿和你在一起的时间，可能会比你和父母和妻子、孩子在一起的时间还要长久。

　　正是因为了有了时间这样的维度，童年的友谊，虽然天真幼稚，却也最牢靠，如同老红木椅子，年头再老，也那么结实，耐磨耐碰，漆色总还是那么鲜亮如昨，而且，有了岁月打磨过的厚重包浆，看着亮眼，摸着光滑，使着牢靠。事过经年之后，发小儿就是那把老红木椅子。

　　黄德智就是我这样的一个发小儿，不能和一般的小学同学同日而语。小学同学有很多，可以称之为发小儿的，只能有一位或两位。我和黄德智从小一起长大，有六十多年的友谊。小时候，他家境殷实，住处宽敞，住在前门外草厂三条一个独门独户的小四合院里，在整个一条胡同里，那是非常漂亮的一个院子，大门的门楣上有镂空带花的砖雕，大门上有一副精美的门联：林花经雨香犹在，芳草留人意自闲。虽然看不大懂，但觉得词儿很华丽。

我家住西打磨厂，离他不远，穿过墙缝胡同就到。为了放学之后学生写作业便于监督管理，老师把就近住的学生分配到一个学习小组，我和黄德智在一个小组，学习的地方就在他家，学习小组的组长，老师就指定他当。几乎每天放学之后，我都要上他家写作业，顺便一起疯玩。天棚鱼缸石榴树，他家样样东西都足够让我新奇。我第一次才有了这样的感觉，同样都是过日子，各家的日子是不一样的。

到他们家那么多次，我从来没有见过他的爸爸，可能他爸爸一直在外面忙工作吧。每一次，出来迎接我们的都是他的妈妈。他妈妈长得娇小玲珑，面容姣好，皮肤尤其白皙，像剥了壳的鸡蛋。后来，我知道了，她是旗人，当年也是个格格呢。她没有工作，料理家里的一切。她说一口地道的北京话，很和蔼客气，看我们一帮小孩子在院子里疯跑，没有什么不耐烦，相反夏天的时候，还给我们酸梅汤喝。那是我第一次喝酸梅汤，是她自己熬制的，酸梅汤放了好多桂花，上面还浮着一层碎冰碴儿，非常凉爽，好喝。

黄德智长得没有他妈妈好看，但是，和他妈妈一样白皙。和我们这些爱好玩爱闹的男孩子不大一样，他好静不好动。他没有别的爱好，就是喜欢练书法，这是他从小的爱好。他家有一个老式的大书桌，大概是红木的，反正我也不认识，只觉得油漆很亮，像涂了一层油似的，即使阴天里也有反光。

那是我第一次见到书桌，因为我家只有一个饭桌，吃饭写作业都在这个饭桌上。他家的书桌上常摆放着文房四宝，还有那么多支大小不一的毛笔悬挂在笔架上，也是我第一次见到。每一次写完作业，我们这些同学回家，可以在街上疯跑，或踢球打蛋，或去小人书铺借书看,他不能出来,被他那个长得秀气的妈妈留在屋子里,拿起毛笔写他的书法。

在学校里,黄德智不爱说话,默默地,像一只躲在树叶后面的麻雀,不显山不显水。但他的毛笔字常常得到教我们大字课的老师的表扬,这是让他最露脸的时候,我特别为他感到骄傲。我的大字写得很一般,他曾经送过一支毛笔和一本颜真卿的字帖,让我照着字帖写,他对我说,他很小就开始临帖了。

有一次,在少年宫举办全区中小学生书法展览,他写的一幅书法在那里展览了。我记得很清楚,是写得很大的一幅横幅,用楷书写的六个大字:风景这边独好。展览会开幕那天,我和他一起去少年宫,其实,我不懂书法,对书法也没有什么兴趣,黄德智送我的那支毛笔和那本字帖,我根本就没有动过。但是,有黄德智的书法在那里展览,我当然要去捧场。所以,去那里,主要是看黄德智这六个楷书大字。

那天的展览,我们班上的同学一个也没有去,常到他家写作业的学习小组里的人,一个也没有去。我挺不高兴的,替黄德智愤愤不平。他却说:你来了,就挺好的了!这话,让我听后挺感动,我知道,这就是我和他发小儿之间的友谊。

看完展览回去的路上,天上忽然下起雨来,开始雨不大,谁想不大一会儿工夫,雨越下越大,我们两人谁也不想找个地方躲雨,一直往前跑。少年宫在芦草园,靠近草厂三条南口,便都觉得离黄德智家不远了,想赶紧跑到他家再说。但是,就这样不远的路,跑到他家的时候,我们都已经被淋得浑身湿透,像落汤鸡了。

他妈妈看见我们两人狼狈的样子,忙去找来黄德智的衣服,非让我换上不可。然后,又跑到厨房去熬红糖姜汤水,热腾腾地端上来,让我们一口不剩的喝光。

雨停了下来,我穿着黄德智的衣服走出他家的大门,黄德智送我到了胡同口,我又想起了刚才喝的那碗红糖姜汤水,问他:都说红糖水是给生孩子的妈妈喝的,你妈妈怎么给咱们喝这个呀?他笑着说:谁告诉你红糖水只能是生孩子的妈妈喝?我们两人都忍不住咯咯地笑起来。我从来没有看到过他这样开心的笑呢。

高中毕业,我去了北大荒插队,黄德智留在北京肉联厂炸丸子,一口足有一间小屋子那么大的大锅,哪吒闹海一般翻滚着沸腾的丸子,是他每天要对付的活儿。我插队回来探亲时候到肉联厂找他,指着这一锅丸子说:你多美呀,天天能吃炸丸子!他说:美?天天闻这味儿,我都想吐。

可是,他一直坚持练书法,始终没有放弃。

我从北大荒刚调回北京那年,跑到他家找他叙旧,他确实没有放弃,白天炸他的丸子,晚上练他的书法。没过几天,他抱着厚厚一摞书来到我家,说是送我的,我打开一看,是人民文学出版社1957年版的十卷本《鲁迅全集》。他说,路过前门旧书店看到的,想我喜欢读书,喜欢写作,就买下了。我问他多少钱,他说22元。那时候,他每月的工资才四十多元,我刚要说话,他马上又对我说,接着写你的东西,别放弃!

如今,黄德智已经成为一名不错的书法家,他的作品获过不少的奖,陈列在展室里,悬挂在牌匾上,印制在画册中。前几年,黄德智乔迁新居,我去他新家为他稳居。奇怪的是他的房间里没有看见他的一幅书法作品,我问他,他说觉得自己的字还不行。他的作品一包包卷起来都打成捆,从柜子的顶部一直挤满到了房顶。他打开他的柜子,所有的柜门里挤满了他用过的毛笔。打开一个个盛放毛笔的盒子,一支支用秃的笔堆在一起,如同一座小山。他说起那些笔里面的沧桑,胜似他的作品,就如同树下的根,比不上枝头的花叶漂亮,却是树的生命所系,盘根错节着日子的回忆。其中一段,属于我和他的小学回忆。

一个人,经历了人生种种,会有很多回忆,但发小儿这一段回忆,无与伦比。我说过,发小儿就是那把老红木椅子。一个人,如果老了之后,还能和一个或几个发小儿保持联系,是极其难得的。哪怕你老得走不动道了,有发小儿在,你就有了一把这样的结实可靠的老红木椅子,可以安心舒心的靠靠,聊聊天,品品茶,还可以品出人生别样的滋味。

窗上的哈气

　　在我们大院里,小玉应该算是我的朋友,如果算作女朋友的话,小玉是我人生的第一个女朋友。尽管我知道她是不会承认的。

　　小玉的爸爸开一个早点摊,他炸的油条在我们那一条街上有名。她爸爸长得不高,小玉却长着一条大长腿,小学五年级时,个子已经超过她爸,被选入业余体校练短跑。

　　我和小玉的关系一直不错,从小学三年级到六年级,我们两人都是同桌,那时,我的学习成绩一直很好,特别是四年级有了作文课,我的作文常常被老师拿来当作范文,在全班同学面前宣讲,可能是这一点儿吧,我看得出来,她挺佩服我的。

　　但是,那时候,我特别贪玩,爱打乒乓球,爱打篮球,爱踢足球。五年级那个冬天,我在学校里踢球,踢碎了教室的玻璃,老师找家长,吓得我没敢回家,大半夜了还在大街上转悠,饿得够呛。做梦也没有想到,小玉突然出现在我的面前。小玉拉着我先到前门的夜宵店吃了一大碗馄饨、几个火烧,可能看我狼吞虎咽的劲儿,让她忍不住直笑,笑得我有点儿不好意思。

　　小玉发现了,说你快吃吧,我不看你了!便自己对着玻璃窗吹着哈气,用细长细长的小手,在哈气上画着小猫小狗的图案。画得可滑稽了,她吹着哈气的样子也滑稽得很,鼓着小嘴像小鱼,逗得我一时忘了自己惹的祸,忍不住望着玻璃窗笑,小玉便也笑,我们两个人咯咯都笑起来,此起彼伏的,惹得四周的人都不住看我们,看玻璃窗上的哈气。

然后,小玉陪我回家,要不那一晚上爸爸的鞋底子肯定挨上了。可是,小玉却为此挨了她爸的一顿骂。

那晚上的事,一直到现在记忆犹新。小学时的友情,纯真得像婴儿的眼泪一样透明。

上中学之后,我和小玉不在一所学校,不怎么常见面。小学时候短暂的友谊,像一支烟花,只有瞬间的光亮明艳。

我考入了一所男校,她考入一所女校。特别是她参加业余体校之后,放了学就去体校训练,寒暑假还要集训,我们见面的机会就更少了。在我的印象中,上小学的时候,小玉的个子虽然已经不矮,但真正蹿起个头儿来,是上了中学之后,仿佛女生中学的大门有着无比神奇的魔力,让她一夜恨不得高千尺的蹿个儿,上初一的时候,她已经高过我小半头了。

大概是初三有一天放学,鬼使神差,我乘坐 23 路回家,因为一般我是坐 8 路汽车回家的,23 路在我们学校的后面,走的路长点儿。大概是想找我的发小儿黄德智有事,坐 23 路到他家近便,反正我去坐 23 路。23 路车路过一站,离小玉的学校不远,她们学校的学生上学放学,在这站下车上车。车停在这一站的时候,她们学校在这里候车的学生黑压压的很多,车门打开,这帮疯丫头蜂拥上车,劲头儿一点不比男生差。

从后车窗我看见一个人影闪出校门,拼命朝着车站跑了过来,显然是想追上这辆车。可是,车停靠的时间,就是人上人下一会儿的工夫,时间很短,是不会等人的,况且人离车有几十米的距离,那么远,司机从反光镜里根本看不见。我以为这个人肯定追不上车了。谁想到，一眨眼的工夫，人跑得像一阵风似的，人影越跑越大，越跑越近，就在车门要关上的那一刹那，人已经扶着车门，一个健步跨进车厢。我这才看清，原来是小玉，第一次见识了她跑步的速度。

那天，我们两人难得一起同路回家。黄德智家，我也不去了。路上，我和她东一句西一句的闲聊。她告诉我她现在一门心思就是练跑，她已经是三级运动员了，如果能够练到二级，她就能够进北京市的专业运动队，不仅再也不用自己花钱买回力牌的球鞋，还可以吃住在先农坛，彻底离开家。她早闻腻了每天炸油条的味道了。这最后一句话她没说，但是，我猜得出是她心里的潜台词。

我忽然对她说起五年级那个冬天我踢球把教室的玻璃踢碎的事情，她睁大一双眼睛问我：有这样的事情吗？你学习那么好，又那么老实听话的一个好学生，能干出这样的事来吗？我又说起那天晚上，她带我到夜宵店，她在夜宵店的窗户玻璃上吹哈气的事情，她摇摇头，更是不记得了。

被雨打湿的杜甫

初三那一年的暑假，我们都是十五岁的少年。那一年的暑假，雨下得格外勤。哪儿也去不了，只好窝在家里，望着窗外发呆，看着大雨如注，顺着房檐倾泻如瀑；或看着小雨淅沥，在院子的地上溅起像鱼嘴里吐出的细细的水泡。

那时候，我最盼望着就是雨赶紧停下来，我就可以出去找朋友玩。当然，这个朋友，指的是她。那时候，她住在我们大院斜对门的另一座大院里，走不了几步就到，但是，雨阻隔了我们。冒着大雨出现在一个不是自己的大院里，找一个女孩子，总是招人耳目的。尤其是她那个大院，住的全是军人或干部的人家，和住着贫民人家的我们大院相比，是两个阶层。在旁人看来，我和她，像是童话里说的公主与贫儿。

那时候，我真的不如她的胆子大。整个暑假，她常常跑到我们院子里找我。在我家窄小的桌前，一聊聊上半天，海阔天空，什么都聊。那时候，她喜欢物理，她梦想当一个科学家。我爱上文学，梦想当一个作家。我们聊得最多的，是物理和文学，是居里夫人，是契诃夫与冰心。显然，我的文学常会战胜她的物理。我常会对她讲起我刚刚读过的小说，朗读我新看的诗歌，看到她睁大眼睛望着我，专心的听我讲话的时候，我特别的自以为是，洋洋自得，常常会在这种时刻舒展了一下腰身。

不知什么时候,屋子里光线变暗,父亲或母亲将灯点亮。黄昏到了,她才会离开我家。我起身送她,因为我家住在大院里最里面,一路要逶迤走过一条长长的甬道,几乎所有人家的窗前都会趴有人头的影子,好奇地望着我们两人,那眼光芒刺般落在我们的身上。我和她都会低着头,把脚步加快,可那甬道却显得像是几何题上加长的延长线。我害怕那样的时刻,又渴望那样的时刻。落在身上的目光,既像芒刺,也像花开。

雨下得由大变小的时候,我常常会产生一种幻想:她撑着一把雨伞,突然走进我们大院,走过那条长长的甬道,走到我家的窗前。那种幻觉,就像刚刚读过的戴望舒的《雨巷》,她就是那个紫丁香的姑娘。少年的心思,是多么的可笑,又是多么的美好。

下雨之前,她刚从我这里拿走一本长篇小说《晋阳秋》。现在,我已经完全忘记了这本书是谁写的,写的内容又是什么了。但是,我清楚地记得,是《晋阳秋》。《晋阳秋》是那个雨季里出现的意外信使,是那个从少年到青春季里灵光一现的象征物。

这场一连下了好几天的雨,终于停了。蜗牛和太阳一起出来,爬上我们大院的墙头。她却没有出现在我们大院里。我想,可能还要等一天吧,女孩子矜持。可是等了两天,她还没有来。我想,可能还要再等几天吧,《晋阳秋》这本书挺厚的,她还没有看完。可是,又等了好几天,她还是没有来。

我有些着急了。倒不仅仅是《晋阳秋》是我借来的,该到了还人家的时候。而是,为什么这么多天过去了,她还没有出现在我们大院里?雨,早停了。

我很想找她,几次走到她家大院的大门前,又止住了脚步。浅薄的自尊心和虚荣心,比雨还要厉害地阻止了我的脚步。我生自己的气,也生她的气,甚至小心眼儿的觉得,我们的友谊可能到这里就结束了。

直到暑假快要结束的前一天的下午,她才出现在我的家里。那天,天又下起了雨,不大,如丝似缕,却很密,没有一点儿停的意思。她撑着一把伞,走到我家的门前。那时,我正坐在我家门前的马扎上,就着外面的光亮,往笔记本上抄诗,没有想到会是她,这么多天对她的埋怨,立刻一扫而空。我站起来,看见她的手里拿着那本《晋阳秋》,伸出手要拿过来那本书,她却没有给我。这让我有些奇怪。她不好意思地对我说:真对不起,我把书弄湿了,你还能还给人家吗?这几天,我本想买一本新书的,可是,我到了好几家新华书店,都没有买到这本书。

原来是这样,她一直不好意思来找我。是下雨天,她坐在走廊前看这本书,不小心,书掉在地上,正好落在院子里的雨水里。书真的弄湿得挺狼狈的,书页湿了又干,都打了卷。

我拿过书,对她说:这你得受罚!

她望着我问:怎么个罚法?

我把手中的笔记本递给她,罚她帮我抄一首诗。

她笑了,坐在马扎上,问我抄什么诗? 我回身递给她一本《杜甫诗选》,对她说就抄杜甫的,随便你选。她说了句:我可没有你的字写得好看,就开始在笔记本上抄诗。她抄的是《登高》。抄完了之后,她忙着起身站起来,笔记本掉在门外的地上,幸亏雨不大,只打湿了"无边落木萧萧下,不尽长江滚滚来"的那句。她不好意思地对我说:你看我,在同一个地方摔倒了两次。

其实,我罚她抄诗,并不是一时的兴起。整个暑假,我都惦记着这个事,我很希望她在我的笔记本上抄下一首诗。那时候,我们没有通过信，我想留下她的字迹，留下一份纪念。那时候，小孩子的心思，就是这样的诡计多端。

读高中后，她住校，我和她开始通信，一直通到我们分别都去插队。字的留念，再不是诗的短短几行，而是如长长的流水，流过我们整个的青春岁月。只是，如今那些信都已经散失，一个字都没有保存下来。倒是这个笔记本幸运留到了现在。那首《登高》被雨打湿的痕迹清晰还在，好像五十多年的时间没有流逝，那个暑假的雨，依然扑打在我们的身上和杜甫的诗上。

每一首诗都是重构的时间

齐家三姐乔迁新居，一群老友前去为她温居。大家都是五十多年的老朋友，一晃到了人生的秋深时节，友情自然如同范石湖的诗："晚来拭净南窗纸，便觉斜阳一倍红。"能有一处舒心安稳的住处养老，大家都为她高兴，当然要为她好好庆贺一番，顺便美美地撮一顿。

在新居意外见到齐家小妹。肖大哥！进门来，第一声高叫的就是她。

齐家姐妹四人，原来住在天坛东侧路的简易楼里。她家三姐和我年龄相仿，又爱好文学，和我很熟悉，成为朋友，五十余年，一路迤逦而来。我先去北大荒，她后去通辽插队，是她为我到火车站送行。一别经年，二十世纪七十年代初，我从北大荒回来，她也从通辽回京，便又接上伙。我常到她家去，聊聊闲天，借本书看，也把当时写的一些歪诗拿给她看。那时，我们二十多岁，残酷而残存的青春期，处于尾巴阶段，便踩着这个尾巴自以为青春不老大树长青一般，还读诗、爱诗，并信奉诗，借诗行船，让自己能够滑行得远些，便惺惺相惜，在寒冷的暗夜里，相互给予一点儿萤火虫一般微弱亮光闪动的鼓励。

那时，齐家小妹很小，大概还在读初中，我几乎没有注意到她会躲在一旁悄悄听我们的交谈。

齐家三姐倒是还常见,齐家小妹,只是二十多年前偶尔见过一面,已经这么多年没有见了。她的模样变化不大,算一算也是六十出头的人了。岁月如梭,真的是如此,回忆中的一切,虽然都确确实实的经过,却显得不那么真实一样。我听她姐说过,时代转型期,企业纷纷凋零,她所在的木材厂倒闭后,她下岗,却没有像有些下岗职工一样,无所事事,天天到公园跳舞打牌,得过且过;或悲观丧气,天天闷在家里斗气。国家转型,她自己也转型,她自学财会,虽艰苦但咬牙坚持,很快找到了新的工作,如今成为独当一面的能人,想退休不干,人家都不让,拼命挽留。

　　齐家小妹上前来热情的一把握住我的手,依然高嗓门儿对大家说:这是我的男神!

　　这话说得完全是如今年轻人流行的语言,说得我很不好意思,连忙摆手说:什么男神,还门神呢!

　　大家都笑了。她却不笑,指着我对齐家三姐很严肃地说:是真的,是男神! 那时候,你忘了吗? 他总到咱家去,拿给你看他写的诗,他走后,好多诗我都偷偷地抄了下来。虽然那时我年龄小,有些看不大懂。但有一句诗:纵使生命之舟被浪打碎,我也要把命运的大海游渡。过去了快五十年了,我还记得清清楚楚,一直鼓励我,遇到什么困难,也有了勇气和信心,没有过不去的火焰山。我下岗那时候,就是这句诗鼓励了我,过去了这个坎儿!

　　她一口气水银泻地说了那么多,说得很真诚,我很感动。五十年前的一句诗,居然有这样大的魔力? 如今,我自己都有点儿不相信,但是,五十年前,一句诗,真的对于我们就有着这样的魔力,可以温暖我们,慰藉我们,鼓励我们,甚至激动着我们,可以像安徒生童话说的,如一只温暖的手,让冻僵了的玫瑰花重新绽放。如今,早不是诗的时代,诗已经被顺口溜儿和手机短信里的段子所代替。

分手之后,回到家里,我怎么想,也想不起这句诗来了。我手机微信询问齐家三姐,她问了她家小妹,回复我这句:

纵使生命之舟被浪打碎,我也要把命运的大海游渡。

我端详起这句诗来,怀疑它是不是我写的,如果真的是我写的,怎么连一点儿模糊的影子都不存在了呢?我再次手机微信询问齐家三姐:这是我写的吗?我觉得不是我写的。她再次问了她家小妹,回复我说:她说了,就是你写的,肯定是你写的!

我像突然领回一个失散近五十年的孩子。可是,它却曾经如一个弃妇,早被我抛落在遗忘的风中。

想起《布罗茨基谈话录》书中,布罗茨基说过的一句话:"每一首诗都是重构的时间。"这句诗,重构了五十年的昨天,也重构了五十年后的今天,前后两个时间是那样的不同,不同得连我们都有些不认识了。布罗茨基还说:"时间用各种不同的声音和个体交谈。时间有自己的高音,有自己的低音。"那么,哪个时间属于我自己的高音和低音呢?

我想了想,五十年前,写诗的时候,正是我在北大荒风雪弥漫前路渺茫的时候,应该是时间的低音。那么,五十年后,就应该是物极必反的高音了吗?但是,我却将这句诗忘得一干二净,连一点儿渣滓都不剩。其实,更应该是低音,难道不是吗?

所幸的是,齐家小妹让这句诗重构的时间,有了专属于她自己的高音和低音,便让这句拙劣的诗有了时间流逝瞬间留下的倒影。

地平线,遥远的地平线

在城市,已经看不到地平线。被高楼大厦遮挡,地平线在遥远的天边。地平线,对于人们似乎可有可无,没有什么价值和意义。

有时候,我会想,地平线,真的对于我们没有什么价值和意义吗? 如果说有,它的价值和意义,在哪里呢? 我说不清。我们现在所说的价值和意义,都是有非常明确指向的,大到历史与文化,小到每平方米建筑面积,以致更小到柴米油盐。地平线,看到看不到,不当吃不当穿的,又有什么关系呢?

是,关系不大。但不能说一点儿关系都没有。

对于我,看到地平线最多的时候,在北大荒。几乎每天都可以看到。无论出工到田野,或者垦荒到荒原,或者收秋在场院,都可以看到遥远的地平线,连接着田野荒原的尽头,和天边紧紧地镶嵌在一起。天气好的时候,地和天相连的那一线,是笔直的,是阔大的,像天和地在亲密的接吻。天气不好的时候,那一线的衔接是灰色的,是暗淡的,即使雷雨天,地平线有惊鸿一瞥的电闪,却也是平静的,安稳地等着电闪雷鸣消失,看不出它一点儿的情绪波动。这便是大自然,真正的宠辱不惊,不会像我们人一样,踩着尾巴头就会跟着摇晃,大惊小怪,或失魂落魄。

早晨或黄昏时候的地平线最为漂亮。有晨曦和晚霞,有朝阳和落日,地平线的色彩格外灿烂。而且,天空中呈现出所有的灿烂,都是从那里升起,在那里落幕的。有一年的麦收,我们打夜班,连夜把地里的麦子抢收,拉回到场院里来。坐在垛满高高的金色麦秸的马车上,迎着东方走,看见了地平线是怎么样一点点的由暗变青,怎么样由鱼肚白变成了玫瑰红的晨曦,那一刻的地平线,真的是诗情浓郁,像是变化万千的舞台,上演着魔术般的童话。

1974年的初春,我离开北大荒,队上派了辆牛车送我到农场的场部,赶车的是我的中学同学。黄昏时分,春雪还未化尽,牛车嘎嘎悠悠地走得很慢,似乎依依不舍。我不住地回头看着生活了整整六年的二队,忽然看见一轮橙红色的灯笼一样巨大的落日,在以很快的速度下沉,一直沉落在地平线之外,光芒还弥散在四围,我生活了六年的二队,就在这一片金黄色和橙红色的光晕包围之中。第一次感到,地平线离我竟是那样的近,近得是那样亲近。

第二天早晨,天气忽然变了,细碎的雪花飘飘洒洒。那一天,我的女朋友送我上了一辆敞篷的解放牌大卡车的后车兜里。分手在即,不知未来,来不及缠绵悱恻,甚至连挥一下手都没有来得及,车子已经驶动,而且吃凉不管酸的越开越快。很快,她的身影变小,和地平线融合一起。春雪似乎排着整齐的队伍,从地平线一点点的飘曳过来的。我看见,她顶着雪花在跑,一点一点地,变成了一片小雪花,湮没在茫茫的雪原之中。地平线,似乎在我的周围,像一个圆圈,像如来佛的一只巨手,紧紧地围裹着我,寒冷而凄切,不动声色,又幽深莫测。

离开了北大荒,回到了北京,我再也没有看见过这样开阔这样让我感慨又难忘的地平线。

再一次和地平线邂逅,是几十年之后,在遥远的戈壁滩。那一年的夏天,我去青海柴达木盆地的西部,寻访阿吉老人之墓。老人乌孜别克族，是第一位带领勘探队到青海寻找石油的向导。墓地在尕斯库勒湖畔，湖水全部来自昆仑山和阿尔金山融化的雪水，真的清澈如泪。湖水的尽头，便是地平线。站在湖边，遥望地平线，如同看大海和天相连，水天荡漾，天如水，水如天，是在别处不一样的感觉。

几十年前，一群和我年龄差不多的北京学生，也曾经来到这里。那时候，讲究上山下乡，他们支援三线建设，来到这里当石油工人。他们和我们一样，也是到这里来寻访阿吉老人。他们和我一样，也是站在尕斯库勒湖边，被那水天相连的地平线所吸引。和我不一样的是，他们竟然脱下鞋，挽起裤腿，走进湖水之中，向着那遥远的地平线走去。那个时代，对于我们这一代年轻人，拥有很多诱惑，膨胀着很多激情，便毫不犹豫的泼洒出很多最可宝贵的青春。这一群年轻人被地平线所诱惑。他们无一幸免的被地平线所吞没，全部沉没于尕斯库勒湖中。

想起这一切，地平线，给予我的感觉，竟是那样的复杂，一言难尽。

前些天，看到一篇文章，介绍画家何多苓的近况。何多苓的年龄，和我们这一代人差不多，经历过同样的岁月颠簸。谈到最近的画作时候，他说：以前风景画中要有地平线，必须要用地平线体现一种诗意。他说，现在不会了，不必怀念年轻的自己，现在他会更自由的画。

他的这番说辞，肯定有他的况味沧桑之后的感悟。我想起他的那幅有名的《春风已经苏醒》。在美术馆看到这幅油画的时候，很感动。那种忧郁的调子，那种迷茫又充满渴望的情感，那种时代交替之际的隐喻，觉得和同样出自四川罗中立的那幅名画《父亲》，决然不同。画中那个坐在草地上、咬着手指的小姑娘，望着画面之外的什么地方。什么地方呢？是遥远的地平线。

　　无论如何，我们经历了多少苦难，迷茫，失落，乃至整个青春与生命的代价，还是要相信，地平线是存在的。哪怕它在画面之外。

那一排钻天杨

四十多年前,走出我住过的地铁宿舍前的那条沙石小路,公交车站对面马路边有两间小平房,是一家小小的副食品商店,卖一些酱油醋之类的家常日用吃喝之类的东西,同时,兼管每天牛奶的发送。

买牛奶,需要事先缴纳一个月的牛奶钱,然后发一个证,每天黄昏到副食品店去凭证取奶。母亲那一阵子大病初愈,我订了一袋牛奶,让母亲喝。尽管母亲不爱喝牛奶,嫌有膻气味儿,但在我的坚持下,她还是每天像咽药一样,坚持在喝。脸上红扑扑的,渐渐恢复了生气。

由于每天到那里取奶,我和店里的售货员很熟。店里一共就两位售货员,都是女的,一个岁数大些,一个很年轻。年轻的那一位,刚来不久。她个子不太高,面容清秀,长得纤弱,人很直爽,快言快语。熟了之后,她曾经不好意思地告诉我:没考上大学,家里非催我赶紧找工作,只好到这里上班。

知道我在中学里当老师,她让我帮助她找一些高考复习的材料,她想明年接着考。又听说我爱看书,还写点儿东西在报刊上发表,对我另眼相看。每次去那里取奶或买东西,她都爱和我说话。

有一天,我去取奶,她特别兴奋,又有些神秘兮兮地问我:今天上午上班的时候,在虎坊桥倒车,看见路旁的宣传栏里,用毛笔抄着有两首诗,上面写着您的名字,那诗真的是您写的吗?

她说的那个宣传栏,是当时《诗刊》杂志社办的。那时候,《诗刊》社会从每一期新出的《诗刊》挑选一些诗,抄在大白纸上,贴在宣传栏里。这个宣传栏,和当时光明日报社前的报栏相隔不远,成为虎坊桥的两大景观,常会吸引过往的行人驻足观看。百废待兴的新时代,一切都让人感到有种生气氤氲在萌动。那是我发表的第一组诗,也是唯一的一组。没有想到,她居然看到,而且,比我还要兴奋。

她对我说:高中的时候,我要是遇到您当我们的语文老师就好了! 我觉得她的嘴巴挺甜,在有意地恭维我,但很受听。

那时候,买麻酱要证,买香油要票;买带鱼,只有过春节才有。打香油的时候,都得用一个老式的长把儿小吊勺作为量器,盛满之后,通过漏斗倒进瓶里,手不抖和稍微抖喽一下,动作的快和慢,盛的香油的分量大不相同。那时候,每月每家才只有二两香油,各家打香油的时候,不错眼珠儿地紧盯着,都看得格外仔细,生怕售货员手故意动作慢点儿,又那么一抖喽,自己吃了亏。每一次我去打香油,她都会满满打上来,屏住气,手很稳,动作很麻利。每一次我去买带鱼的时候,她会把早挑好的大个儿的带鱼,从台子底下拿出来给我。我感受到她的一番好意。那是那个时候她最大的能力了。

除了有些书和杂志,我无以相报。好在她爱看书,她说她以前是班上的语文课代表。我把看过的杂志和旧书借给她看,或者索性送给她。我很喜欢爱读书的年轻人,便常常取牛奶时候带一些杂志和看过的书给她,便和她越来越熟。她几乎比我教的学生大不了一两岁,所以,他见到我就叫我肖老师,我知道她姓冯,管她叫小冯同学。

有一次,她看完我借给她的一本契诃夫小说选,还书的时候对我说:以前我们语文课本学过他的《变色龙》和《万卡》。我问她读完这本书,最喜欢哪一篇?她笑了:这我说不上来,那篇《跳来跳去的女人》,我没看懂,但觉得特别有意思,和以前学的课文不大一样。

我妈管这个副食店叫小铺,这是上一辈人的老叫法。在以往老北京大一些的胡同里,都会有着一个或两个副食店,方便百姓买东西。没有小铺的街巷,会像缺了点儿什么,所以,小铺里的售货员和街里街坊很熟络,街坊们像我现在称呼小冯同学一样,也是对售货员直呼其名的。这是农耕时代的商业特点,小本小利,彼此依赖,亲切,又亲近。我们住的地铁宿舍刚建成不久,这个副食店相跟着就有了。年纪大的那位售货员指着年轻的售货员对我说,副食店刚建时候,我就来了,那时候和她年纪差不多。这一晃,十多年过去了。

日子真的不抗混,十多年,在老售货员眼里,弹指一挥间,在年轻的售货员眼里,却显得那么遥远。她曾经悄悄地对我说:您说要我也这样在这里待上十多年,可怎么个熬法儿?她不喜欢待在这么个小铺里卖一辈子香油麻酱和带鱼,她告诉我想复读,明年重新参加高考。

那一年,中断了整整十年高考刚刚恢复。因为母亲的病,我没有参加这第一次高考。她参加了,却没有考上。第二年,也就是1978年的夏天,我和她相互鼓励着,同时到木樨园中学一起参加高考的考试。记得考试的第一天,木樨园中学门口的人乌泱乌泱的,黑压压拥挤成一团。我去得很早,她比我去得更早,正站在一棵大槐树下,远远地冲我挥手。槐花落了一地,清晨的阳光透过密密的树叶,在她身上跳跃着,斑斑点点的光闪。

我走了过去,看得出来,她很兴奋,也很紧张。结果,我考上了,她没考上,差的分很多,比前一年还多。这是她第二次参加高考。从此以后,她不再提高考的事了,老老实实在副食店里上班。

我读大学四年期间,把病刚好的母亲送到姐姐家,自己住学院的宿舍,很少回家,和她见面少了,几乎断了音信。

六年过后,我搬家离开了地铁宿舍。那时候,正是文学复兴的时期,各地兴办的文学杂志风起云涌,这样的杂志,我家有很多,一期期的积累着,舍不得扔,搬家之前,收拾东西,才发现这些旧杂志拥挤在床铺底下满满当当。便想起了这位小冯同学,她爱看书,把这些杂志送给她好了。

捆好一摞杂志,心里想,都有六年没见她了,她会不会调走不在那儿了?抱着试一试的想法,我还是到副食店去找她,她还在,正坐在柜台里,看见我进来,忙站起来走了出来,笑吟吟地叫我肖老师,您可是有日子没来了!

我这才注意,她挺着个大肚子,小山包一样,起码有七八个月了。我惊讶地问道:这么快,你都结婚了?

她笑着说:还快呢? 我 25 岁都过了小半年! 我们同学有的都早有孩子了呢!

日子过得还不够快吗? 我大学毕业都两年多了,一天天过去的日子,磨炼着人,也改造着人,就像罗大佑歌里唱的那样:流水它带走光阴的故事,改变了一个人。

我把杂志给了她,问她:家里还有好多,本来想,你要是还想要的话,让你跟我回家去拿。看你这样子,还是我给你再送过来吧!

她摆摆手说:谢谢您了。不用了,您不知道,自打结婚以后,天天忙得后脚跟到后脑勺,哪还顾得上看书啊! 前两年,听说您出了第一本书,我还专门跑到书店里买了一本,不瞒您说,到现在还没看完呢! 说罢,她咯咯地笑了起来。

那天,她知道我要搬家,挺着大肚子,特意送我走出副食品店。

正是四月开春的季节,路旁边那一排钻天杨的枝头露出了鹅黄色的小叶子,迎风摇曳,格外明亮打眼。到这里住了小九年,我还是第一次看见路旁边这一排钻天杨,春天长出的小叶子这么清新,这么好看。

她见我看树,挺着肚子,伸出手臂,比画着高矮,对我说:我刚到副食店上班的时候,它们才这么高。我一蹦就能够着叶子,现在它们都长这么高了。

从那以后,我再没有见过小冯同学。

前些日子,我参加一个会议,到一座新建不几年的宾馆报到。新的宾馆,特别是大堂,设计和装潢都比老宾馆显得更现代堂皇。宽阔的大厅,从天而降的瀑布一般的吊灯,晶光闪烁。一位身穿藏蓝色职业西式裙装的女士,大老远挥着手臂径直向我走来。一直走到我的面前,伸出手来笑吟吟地问我:您是肖老师吧? 我点点头,握了握她的手。她又问我:您还认得出我来吗? 起初,我真的没有认出她,以为她是会议负责接待的人。她接着笑着说:我就知道您认不出我来了,我是小冯呀! 看我盯着她发愣,她补充道:地铁宿舍那个副食店的小冯,您忘了吗?

我忽然想起来了,但是,真的不敢认了,她似乎比以前更漂亮了,个子高了许多,也显得比实际年龄要年轻许多。那一刻的犹豫之间,她已经伸开双臂,紧紧地拥抱了我。

我对她说了第一眼见到她的感受,她咯咯笑了起来,说:还年轻呢? 明年就整六十了。个子还能长高? 您看看,我穿着多高的高跟鞋呢!

她还是那么直爽,言谈笑语的眉眼之间,恢复了以前的样子,仿佛岁月倒流,昔日重现。

她一直陪着我报了到,领取了会议文件和房间钥匙,又陪着我乘电梯上楼,找到住宿的房间。我一直都认为她是会议的接待者,正想问问她怎么想起又是什么时候从副食店跳槽的。她的手机响了。她接电话的时候,我听出来了,她不是会议的接待者,而是这家宾馆的一位副总。电话的那边在催她去开会。我忙对她说:快去忙你的吧!

她不好意思地说:您看,我是专门等您的。我在会议的名单上看到您的名字,就一直等着这一天呢!我和您又三十多年没有见了。今晚,我得请您吃饭!实话告诉您,你们会议上的自助餐不好吃。我已经订好了房间,请我们宾馆最好的厨师,为您做几道拿手的好菜!您可一定等着我呀!

晚餐确实非常丰盛又美味。晚餐中,我知道,生完孩子没多久,她就辞掉副食店的工作,在家带孩子,把孩子带到上幼儿园后,她不甘心总这么憋在家里,用她自己的话说"还不把我囚成甜面酱里的大尾巴蛆?"便和丈夫一起下海折腾,折腾得一溜儿够,赔了钱,也赚了钱,最后和几个人合伙投资承包了这个新建不几年的宾馆,她当这个宾馆的副总,忙里忙外,统管这里的一切。

听完她的讲述,我很佩服她的勇气。她说:您忘了您借给我那本契诃夫小说了吗?我像不像那个跳来跳去的女人?说完,她咯咯地笑了起来。

我也笑了。很多往事,借助于书本迅速复活。跳来跳去,可不是在水磨石的花砖上跳舞一样的跳来跳去。在生活尤其在商海中跳来跳去,是会要摔跤的,需要有能蹦能跳的勇气和活力。一个女人,如果在她年轻的时候没有了这种勇气和活力,到后来只能当一个黄脸婆。这是那天晚上她对我说过的话。

那天晚上分手的时候，我问她地铁宿舍前的那个小小的副食店，现在还有吗？

她笑着对我说：一看您就是好长时间没有到那边去过了。什么时候，我陪您回去看看，怀怀旧？

她告诉我，那一片地铁宿舍，二十年前就都拆平，盖起了高楼大厦，副食店早都湮没在那一片楼群里了。不过，副食店前路旁那一排钻天杨，倒是没有被砍掉，现在都长得有两三层楼高了，已经成了那一片的一个景儿了呢！

钻天杨，她居然还记得那一排钻天杨。

白葫芦花

从北大荒插队刚回北京的时候,我搬家到陶然亭南。那里新建一排排红砖房的宿舍,住着的都是修地铁复员转业落户在北京的铁道兵,住着来自全国四面八方的人。之所以从城里换房来到这里,因为这里很清静,而且,每户房前,有一个很宽敞的小院。母亲最喜欢这个小院,可以种些蔬菜吃。

那时候,我在中学里当老师,开始在报刊上发表文章,这里的街坊在报纸上看到,见到母亲时,常常夸我,让母亲很有面子。在这片地铁宿舍,我算是有点儿文化的人,颇受这些淳朴的街坊们尊重。

夏天一天晚饭过后,一位街坊来到我家拜访。是一个中年男人,很瘦,很黑,很客气。我第一次见到他,才知道他就住在我家后两排,姓陈,湖南人。落座之后,他直言相告,想求我帮他写个状子。我问他要告谁呀?他垂下了头,沉吟一会儿,才抬起头来告诉我,是要告他老婆。我问他为什么呀?一日夫妻百日恩,什么事情过不去?他对我说:哪天有工夫,你来我家一趟,我给你看看东西。然后,又对我说:我歇病假,哪天都在家,你什么时候去都行。

望着他拖着沉重的步子,离开我家的小院,我心想,什么东西,石头一样压得他这样喘不过气来?

第二天下午没课,我从学校回家早,去了他家。他见我就说:你来得正好,家里没人。说着,他趴在地上,从床铺底下拉出一个小木箱,在箱子里的一个土蓝色的包袱皮里,掏出一个大信封,递给我。是几封情书,另外一个男人写给他老婆的。他从中找到一封,对我说:你重点看看这封。我看后,明白他要告他老婆的最终原因了。这封信里白纸黑字说孩子是老婆和这个男人的。这是压倒骆驼的最后一根稻草。

他叹口气,瘫坐在床头,对我说:那时候,我在部队里当兵,她在村子闹出这样的事情,每次回家探亲,我都隐隐约约地感到有什么事情发生。这不,我和她闹离婚好几年了,她一直不同意,一口咬定孩子是我的。她不知道,这几封信我早都看到了。

我不知道该怎么安慰他。他是信任我,才找我帮助他写这状子,但我也不知道该不该帮助他写。我写过一些小说和散文,从来没像宋世杰一样给别人写过状子呀。

他看出了我的犹豫,接着对我说:我现在病了,不瞒你说,是肝病,挺严重的,说不准哪天就不行了。可越是病了,越觉得忍不下这口气。你说要是你,你忍得下吗?

我无言以对。就在这时候,院子里传来了孩子的笑声。他赶忙把信塞回包袱皮里,藏好在箱子里,把箱子推进床铺底下。

他送我走出屋门,我看见一个十来岁的小姑娘,叫着爸爸,蹦蹦跳跳的向他跑了过来;小姑娘的身后,站着一位不到四十岁的女人。我格外注意看了她一眼,长得挺俊俏的,是那种惹人怜爱的女人。她的头顶是一个铺满绿叶的木架子,午后的阳光,透过密密的叶子,在她的身上跳跃着斑斓的影子。她冲我笑笑,说:是肖老师来了,怎么不再坐会儿? 我挺尴尬的,有些做贼心虚地说:啊,坐半天了,老陈要找我下盘棋。

和她擦肩而过的时候,我忍不住又瞟了她一眼,不巧和她的目光撞在一起,她依然在笑,我却更有些尴尬,慌不择言地指着架子说:开这么多的白花,这种的是什么呀?

老陈走过来说:是葫芦。

那是我第一次见到葫芦开花。满架的绿叶间,白色的葫芦花开的像一层雪,风吹过来,像是一群翻飞的白蝴蝶。

在这一片宿舍前的小院里,住的都是勤俭持家的人,大多和我母亲一样,种蔬菜的多,种花草树木的少。大多人家栽的是一些扁豆、茄子、黄瓜、丝瓜和西红柿的架子。那时,我见识很少,以为种葫芦不能吃,只能看着玩,最多做成瓢。后来,我对老陈说过这话,老陈说:葫芦也能吃,到时候,长出青葫芦来,请你来吃清炒葫芦。

老陈又找过我好几次,在他的坚持下,我帮助他写成了一个状子,也不知道合格不合格,总觉得和我写的小说散文不是一路活儿,写得挺费劲。老陈把状子拿回家看后,又找到我,说我写得力度不够,这样到法院真的打起官司,赢的把握悬乎。

我趁机劝他,你自己都觉得悬乎,干吗非得要告你老婆? 一封信上说的话,就能证明那孩子不是你的? 人家法院就能信? 再说,你把孩子都养了十来年了,你舍得不要了,给别人? 接着,我又问他:你老婆对你好不好? 这么漂亮的老婆,你也舍得不要了,给别人?

他不说话了,我看得出,他犹豫,又不甘心。心里头在拉锯。

告状这事,老陈一会儿气哼哼的非告不成,一会儿又瘪茄子不吱声了。按下葫芦浮起瓢,就这么自己折磨自己,有时候摔盆摔碗和他老婆闹,常常是她的闺女跑来找我去他家劝架。一来二去,我和他家熟了,和他老婆也熟了。但他老婆见我话不多,任凭他怎么闹,坐在床头,一言不吭。孩子吓得哇哇直哭,她从来也不哭。就这样,好好坏坏,一直闹腾到了秋天。

一天傍晚放学回家,他的小闺女跑到我家对我说:我爸要你去我家! 我以为出了什么事,赶紧去了他家。老陈要请我吃清炒葫芦。是他老婆炒的,新下架的葫芦切成片,放了几片红辣椒,喷了点儿香醋,真的挺好吃的。清脆,有一股子清香味。我连连称赞,夸他老婆厨艺好。他老婆站在一边,微微笑着,不说话。

这是我有生以来第一次吃葫芦,回味不已。我不知道,那时候,老陈的肝病已经很严重,已经到了肝腹水的程度。他行动不便,很少出门,到医院去看病,都是他老婆蹬着平板三轮车,驮着他,穿过沙子口的粮库和地道,到永外医院,一路不近呢。有时候,半夜,老陈发病了,把孩子惊醒,她就让孩子和老陈一起坐在平板车上,蹬着车,到医院。

最后,他住在医院里,已经无法出院了,也是她老婆一夜一夜守着他。我去医院看过他,对他说:有这样一个女人,是你的福气,别再提离婚的事了! 他不说话。

那一年冬天,老陈病逝。他老婆料理完后事,准备离开北京回湖南老家。我问她还回北京吗? 她摇摇头。

临别的时候,她带着孩子来我家一趟,直杵杵地先对我说:我知道你帮我家老陈写状子告我的事情。

尽管我也劝老陈不要告她,不要离婚,但见她对我这样直面指陈,还是非常尴尬。

她接着说——我才发现,她比老陈能说多了:老陈的心情我理解,搁谁也都会和我离婚。

不过,这事你信吗? 然后,她这样反问我。

见我一时语噎。她接着又说:我来找你,不是来和你掰扯事情的来龙去脉和是非曲直的,是来给你送东西的。

送我的是用半拉葫芦做成的瓢。

她说：是老陈临走时嘱咐我做的,他说你稀罕这玩意儿!

她离开北京后,她家的房子换了主人。新搬来的人家,把葫芦架拆了,改栽一个葡萄架。偶尔路过时,我会想起老陈和他的老婆。我再也没见过白葫芦花,没吃过清炒葫芦,老陈老婆炒的确实挺好吃的。

老陈送我的那个葫芦瓢,一直在我家放了好长时间。那时候,自来水管在院子里,冬天冻了,得用开水浇一次水管,要接水存放一天。我家有一个水缸,那个葫芦瓢在水缸里漂着。

荷花塘

住陶然亭南地铁宿舍的时候，宿舍前有一条沙石小路，通往公交车站。上班或下班，走在那条小路上，我常会碰见一个年轻的姑娘。她长得很秀气，修长的身材，显得格外亭亭玉立，在那一带鹤立鸡群，很惹人注目。她很少和人打招呼，都是一个人低着头走路，似乎知道自己的身上落有很多人的目光，不愿意和这些目光相对。

后来，我知道，这个姑娘姓郑，正在读高中。那时候，我是高中的语文老师，只是，她不在我教书的学校里读书。她家就住在我家前排的一座院子里。那座院子，我从来没有去过，据说，是我们这一片住家最漂亮的一座院子。郑姑娘的爸爸很能干，院子都是他一手侍弄的，高墙围栏，红砖墁地，中间一条弯曲的小道通往房门，小路铺的是彩色的鹅卵石，小道两旁摆满花盆，四周种些花木，四季常绿，春夏花开，弄得跟小花园一般。很多街坊不止一次地对我啧啧赞赏郑家的小院。

我和郑姑娘的爸爸有过一次交往。

我刚搬来第二年的秋天，唐山地震余波影响到北京，我家后山墙被震得墙皮脱落，露出了红砖来。我笨，不会泥瓦匠的活儿，又不知道上哪儿能弄到沙子和水泥。那个年月，这都是紧俏的东西。我的邻居家的老大，是个热心肠的小伙子，他对我说：你这墙用不了多少沙子和水泥，我能帮你弄到，放心吧！

第二天晚上，不知道他从哪儿把半袋子水泥和沙子弄来了，搬到我家的院里，和我约好，星期天他休息帮我抹墙。

星期天一清早，小伙子就来了，跟在他后面的还有一个男人，手里拿着抹子铲子。这便是郑姑娘的爸爸，小伙子向我介绍是郑叔，我便称呼他老郑，谢谢他来帮忙。他笑笑摆摆手，说了句：街里街坊，别那么客套！便开始干活了。两人都不爱讲话，没有一上午，就默默无声的帮我把墙抹好了。我要请他们吃饭，老郑还是一摆手说：街里街坊，别那么客套！转身就出了屋，连手都没顾得上洗。

以后，我和老郑只是偶尔在路上碰面打个招呼。我倒是和他的闺女几乎每天上班的路上碰面，只是郑姑娘依旧低着头匆匆走路，没有和我说过一句话，打过一次招呼。

有一个星期天，在陶然亭公园的湖畔遛弯儿，我遇见了郑姑娘。她没有看见我，不仅是离的距离有些远，是她的身旁跟着一个小伙子，两个人正在叽叽咕咕的说话，很开心的样子，显得挺亲密。其实，最初，我也没注意是她，走近后，才发现是她，想避开，来不及了。这时候，她也看见了我，羞答答地叫了一声：肖老师！便和那个男孩子咯咯笑着跑走了。

第二天上班的时候，在小路的路口上，我看见了郑姑娘站在那儿，见我走来，迎了过来。显然，她是在等我。她见旁边没人，急匆匆的央求我说：肖老师，昨天陶然亭的事，您千万别对我爸说，行吗？

看她受惊的小鸟一样惊慌失措的样子，我有些奇怪。我教书的班上，不少男女同学也在悄悄甚至明目张胆的谈情说爱。那时候，正是禁锢时代的结束，百废俱兴时代的开始，刘心武的小说《爱情的位置》风靡一时，正处于青春期的孩子，好奇的心情和萌动的心理交织，走到一起，也没什么奇怪的。对于这样的学生，我是睁一眼闭一眼。郑姑娘,这么漂亮的一个姑娘,怎么会没有男孩子对她动心呢?她自己再是一株含羞草,也会有自己的心思,风不动,心也会动,这很正常,不奇怪。

奇怪的是,从那天以后,我好久都没有见过郑姑娘。

很久以后,我听街坊们议论,才知道,郑姑娘和那个男孩子的事,被她爸爸知道了,二话没说,买了两张火车票,带着她回老家了。那时候,郑姑娘已经读高二的第二学期,还有一年就高中毕业了。这个老郑,可真是办事果断,发现自己的闺女的情事才冒出头儿,立刻掐尖打蔓,不能由着她的性子可劲儿长。

几年之后的一个黄昏,我下班回家,在宿舍前的小路上,看见了郑姑娘迎面走来。见到我,她客气地叫了我一声:肖老师!我看了看她,她长成一个大姑娘了,还是修长的身材,却显得丰满一些。让我吃惊的是,她的左眼下面有一道明显的伤疤,让一张曾经那么秀气的脸庞,显得有些变形,远没有以前那么好看了。

她显然注意到我吃惊的神情,说了句:我要赶车去上夜班。转身急匆匆走去了。那个落日熔金的黄昏中她的背影,让我竟然有些伤感,怎么也忘不了。发生了什么样的事情,让一个漂亮的女孩子的脸上,留下这样一道闪电般醒目的伤疤?

那时候,各家都还没有私人电话,地铁宿舍只有一部公共电话,电话安在一户人家的窗台上。各家有事打电话,都得到这里来,公共电话就是一部各家家事的扩音器,管电话的老大爷对各家的家长里短了解得门儿清。有一次到那里打电话,我向老大爷打听郑姑娘的事情。老人家摇摇头告诉我:这个老郑,下手也太狠!一个巴掌把他闺女打出门不说,抄起他们家的花盆就往闺女的脸上砸!脸是肉长的呀,禁得起瓦盆砸吗?那是你亲闺女吗?

听完之后,我心里一紧。

老大爷又告诉我,惹得老郑如此发怒,因为一年之后,闺女从老家回来参加高考,没有考上大学,却依然和那个男孩子在一起。这让老郑格外撮火。回老家,就为了让她冷冷,谁想到却越发热火,粘在一起了。

1984年,我搬家离开了住了将近九年的地铁宿舍。如今,三十四年过去了,算一算,郑姑娘是五十开外的人了。我再也没有见过她,不知道她现在的情况怎么样了。

偶尔,我会遇见老街坊,顺便打听郑姑娘的情况。他们也不知道,只知道,自从抄起花盆砸自己的闺女之后,老郑再没有什么心思侍弄他家的院子,那么漂亮的院子,荒芜了,只剩下几棵孤零零的树。

我也才知道,老郑抄起花盆向郑姑娘砸去的时候,郑姑娘一直往后退,没有想到花盆不仅没有躲过,还是砸在脸上,自己和花盆一起掉进了门前的荷花塘里。

郑家那一排房前,有一片荷花塘,我是知道的。建地铁宿舍的时候,占的就是农村的地,没盖宿舍的空地,农民也不种庄稼了,挖了一大片荷花塘,为的秋天卖藕赚钱。夏天的时候,一片洁白的荷花,很好看。我曾经带孩子到那里照相。孩子也曾经到那里摘荷花玩。

如今,那一片地铁宿舍,连同那一片荷花塘,都拆了,盖起了楼。曾经那么温情的地铁宿舍,曾经那么漂亮的荷花塘!

古文化街的礼物

　　还是天津古文化街重整旧貌刚刚开张不久的那一年秋天，我和老褚一起从北京到古文化街玩。我们是发小，又曾经同到北大荒，彼此很要好。

　　我们在古文化街一家不大的书店里闲逛，突然，他大声叫了我一声，招呼我过去，把周围的人都惊动了，纷纷侧目。我走到他身旁，他手里拿着一本书，很是高兴地对我说：快看，我找到这本书啦！我接过书一看，是《外国音乐曲名词典》，上海辞书出版社出版的老书，精装本，只要两元两角钱，很便宜。那时我正迷古典音乐，早就想找这本书，一直没有找到。这一切，他是知道的，所以，才如此替我激动，尽管他自己并不喜欢听古典音乐。那个年代，书和友情，对于我们，都显得格外珍重。

　　我买下这本书，没有想到，他也买了一本。我有些奇怪，因为他并不喜欢听古典音乐，便问他：你买这本书干吗呀？拿回家当摆设？他头一扬，对我说：就兴你买？后来，我才知道，那时，他交了一个女朋友，是从内蒙古插队回来的知青。这人我也认识，她是和我们相邻女校的一个女生。中学时，五一节和国庆节的晚上，要在天安门广场联欢，跳集体舞，我们要一起合练舞蹈，彼此早就见过面。女朋友爱听古典音乐，他是投其所好，给人家献上的一份礼物，就像如今时兴献鲜花一样。

按理说，旧时的同学阔别重逢，彼此知根知底，年龄也都大了，应该容易花好月圆才是。却没有想到，好事多磨，老褚这段恋爱谈了好几年，最后没成。具体什么原因，众说纷纭，版本各异。我问过老储，他语焉不详，支支吾吾，似有难言之隐，我也不便深问。

劳燕分飞之后，他们倒是没有像有的人，不成一家，便成冤家，彼此老死不相往来。因为有着中学及插队共同的经历，我们这两所中学的同学之中，成为一对的人不少，相互联系很多，聚会也经常。老褚和他的前女友，有时在聚会上也常见面。他们彼此各自成家，过得都还不错，聚会时，除了打哈哈，彼此的交谈云淡风轻，对过去的事情，都只字不提，好像根本没有那么一段马拉松恋爱似的。

由于老褚的前女友爱好古典音乐，有时候，常找我切磋。特别是前好些年流行 CD 和打口带的时候，她买唱盘时常向我咨询，我还陪她到五道口买过打口带。她是一个性格开朗、又带有浓重小资情调的人，这和老褚的性情有些相悖，特别是后来老储经营买卖之后，彼此的距离越拉越大，也是可以想象的。和她熟悉了之后，我忍不住问了她为什么最后和老褚没有成功的原因。因为我觉得除了爱好不尽相同，他们是挺好的一对。那时候，我恨不得天下有情人都成眷属才好。她听我的问话之后，嘿嘿一笑，只说了一句：都是挑水过井（景）的事情了，还提它干什么呀？

老褚举家移民新西兰已经好几年了，他的前女友我倒是常见，见他一面不容易了。今年中秋节前，老褚给我发来一条微信，告诉我他从新西兰回北京了，但是，马上要到南方亲戚家，然后去美国、加拿大旅游，约好等他回来后大家一起聚聚。我便把这个消息告诉给了他的前女友，想他肯定也想和她见见面。都说是朋友老的好，衣服新的好，毕竟曾经好过一场，也毕竟好几年没有见面了。

老褚回来了，聚会是他选择的地点，城中心，地铁站附近，大家来都方便。该到的朋友都到了，唯独老储的前女友没来。这让我多少有些奇怪。聚会散后，我对老褚说：你临走前得空看看她，毕竟年龄不饶人，你回来一趟也不容易，说句不好听的，见一次少一次了！

老褚人不错，临行之前，尽管很忙乱，还是抽空去看了看他的前女友，饭是没有时间吃了，但他带去了一份小礼物，算是想得周全。老褚走后的第二天，他的前女友就给我打来一个电话，劈头盖脸问我：你知道他送我的礼物是什么吗？我问她是什么？是一包丝袜！她气哼哼地告诉我，然后又说，送人礼物，总得想想吧？我要是送人礼物，不会这么随便，随手拿什么丝袜的。这也拿得出来？

这礼物确实有点儿给老褚跌分儿，不知老褚是怎么想的。我忽然想起那一年到天津古文化街买的那本《外国音乐曲名词典》。同样是礼物，这样的礼物才对他前女友的口味。我便对她说：肯定是他忙，才随手拿去了丝袜，当年他可是投其所好专门买了一本《外国音乐曲名词典》送你的呀！什么？他可是从来没有送给我什么音乐辞典的！话筒里传来她惊愕的声音。

老褚回新西兰安定之后和我联系，我问他那本《外国音乐曲名词典》的事，虽然过去三十多年了，他倒还是记得，坦白地告诉我，从天津回到北京后，不知把书放在什么地方了，怎么找也找不着了。

事情已经过去好多天了，但我总还时不时地会想起那本《外国音乐曲名词典》的事。如果当初老褚把那本书送给了人家，事情也许就是另一种结局了呢。

老电话号码

记忆中的那个夏天，是那样的明亮而炎热。那是 1959 年的夏天，我十一岁，读小学五年级。暑假前最后一节体育课打篮球——刚刚上完，班主任徐老师站在操场边，叫着我的名字，招呼我过去。我跑了过去，看见他身边站着一个高个子的男人，正笑眯眯地望着我。他不是我们学校的老师，我没有见过他。看样子，比我们徐老师还要年轻，不到三十岁。

徐老师向我介绍他说：这是少体校的航模教练叶教练。叶教练到咱们学校选人，看中你了！他对我说：我看你一节体育课了，也听了徐老师对你的介绍，愿不愿意到少体校跟我学航模？

说老实话，那时候，我根本不知道航模是什么，我不怎么想学这个航模。但徐老师对我说：学航模不仅要求身体好，学习成绩也好才行，航模是体育，也是科技。然后，又补充一句，叶教练在咱们学校就选中你一个。这话说得我把到嘴边的话咽了下去。

放暑假的第二天上午，按照叶教练说的地址，我去龙潭湖边上的体育馆里找他报到，就要正式开始我少体校航模队的训练了。非常巧，少体校篮球队也在那里招生，这才是我喜欢的呀。鬼使神差地我去那里报了名，教练让我投了两个篮，又让我跑了一个三步跨篮，居然收下我，当天就参加了训练。第一次在木地板的篮球场上打球的感觉，比我们学校的水泥地不知强哪儿去了，便早把叶教练忘到了脑袋后面。

可惜的是，一个暑假下来，我被篮球队淘汰，教练认为我的个子以后不会长高。我再也没有去过体育馆，近在咫尺的少年体育生涯，仓促又苍白的结束了。

记得那样的清晰，是1963年的寒假刚过。那一年，我读初三。一天清晨上学的路上，我路过花市大街，进了那里的锦芳小吃店，想买个炸糕吃早点。为什么记得那么清楚，难道一定是炸糕，就不会是油饼吗？因为排队站在我前面的那个人买的也是炸糕。当然，如果是别人，我也不会记得那么清楚，他买好炸糕，回过头来，竟然望着我笑了笑。我开始没有认出他来，以为那笑只是出于礼貌。等我买好炸糕，准备出门的时候，看见他在门外等着我，对我说：不认识我了？我是叶教练呀！我才想起来，是叶教练，忽然非常的羞愧。快四年的时间过去了，我的个子长高了一头多，他居然还能一眼认出我来。而我四年前辜负了他的好意。那一刻，我真的怕他问起我那一年为什么没有找他参加航模队？更怕他说我可是看见你参加了篮球队的哟！

他没有对我提及往事，只是问我现在在哪儿上中学？我告诉他我在汇文中学，他说是好学校，我就知道你差不了！然后，问我：还想不想学航模了？我垂下头，没敢回答。他接着说：还是跟我学航模吧！我觉得你一定是一个很不错的航模运动员！说着，他从他的背包里掏出一支笔和一个本，在本上写了一个他的电话号码。他把那张纸从本子上撕下来，递给我说：这是我的电话，你如果想学了，可以随时给我打电话。

我们就这样在小吃店门口分手了。我走得很匆忙，现在想想，有些像逃跑的意思。因为我从心里不怎么喜欢航模，我想我不会给他打这个电话了。我走了几步，回头一看，他还站在小吃店门口向我挥手。我心里想，他要是个篮球教练多好啊！

算一算，五十二年过去了。我再也没有见过叶教练。前些天，整理旧书和旧笔记本，从一个笔记本里竟然看到了这个老电话号码。纸已经发黄，那种只有那个年代才有的纯蓝墨水的笔迹，也已经变淡。面对这个老电话号码，我心里五味杂陈，我知道，过去的一幕早已经如童话一般谢幕，那种充满着善意甚至纯真，和对一个十几岁孩子由衷期待的情感与心地，也早已经变淡甚至变色。

明明知道，这些年来电话号码早已经数位升级，变化得面目皆非，但我还是在电话机上按下了这个老号码。话筒里传来的只是忙音。如果是五十二年前，话筒里传来的一定是叶教练的声音。那一刻，我的眼睛里满是泪花。

赛什腾的月亮

又到中秋节了,不知道柴达木赛什腾山上的月亮,今年和往年是不是一样的圆?

赛什腾山应该算是昆仑山的余脉,那时候,在青海石油局的冷湖四号老基地,从哪个井队的位置上都可以望到它。望着它,觉得很近,却是望山跑死马,跑到山脚下,至少要花上半天的时间。

那时候,是指 1968 年。这一年,北京的初三学生甘京生和一批北京的中学生来到冷湖,成了一名石油工人。那时候,他还不到十八岁。就在那一年的中秋节,井队放假,他和几个同学约好,一上午就从四号老基地出发,往那座已经望了大半年的赛什腾山走去。那座每天都会映入眼帘的赛什腾山,在柴达木明亮得有些刺眼的阳光照射下,有时候会如海市蜃楼一般缥缈,让甘京生对它充满无数的想象。甘京生喜欢幻想,或许这是他从小时候就养成的习惯,他喜欢独自一人望着天空或树林或校园里的篮球架遐想联翩。大概和他喜欢读文学的书籍有关,那些书让他常常禁不住心旌摇荡,天马行空。

否则,他不会和同学约好向那座秃山走去。去之前,师傅就对他说过:那山上什么也没有,从来就没有人爬上去过,你去那儿干啥?他还是执意去了,累了一身的大汗,走了整整一个上午,下午一点多的时候才走到山脚边,吃了点东西继续爬,下午四点多的时候,终于爬到了山顶。山上除了有些芨芨草和星星点点的黄色的野花,真的什么都没有,都是一些裸露的灰色石头,仿佛月球的表面,显得那样的荒寂。

但是,甘京生很兴奋,他管这些小黄花叫作赛什腾花,就像老一辈石油人找到了石油把山下那一片井架林立的地方命名为冷湖一样。青春年少能够燃烧激情和幻想,让平凡琐碎的日子焕发出光彩。中秋节的天气在柴达木盆地已经冷了,天黑的也早了。爬上山没有多久,天色就渐渐暗了下来,秋风一吹,有些萧瑟沁凉如水的感觉,同学们都说赶紧下山吧,天再黑下来,下山的路就不好找了。他却坚持要等到月亮出来,好不容易来一趟赛什腾山,又赶上中秋节,没看到月亮怎么行? 他对同学说。同学只好陪他一起看月亮。

那是甘京生第一次在赛什腾山看到月亮。那赛什腾的月亮,令他一生难忘。他能说出赛什腾的月亮和北京的月亮有什么不一样吗? 他说不清楚,只觉得天远地阔,四周一片荒凉,月亮却和照在北京城里一样,那样浑圆明亮地照在这里没有一点生命气息的石头,和萋萋野草还有他刚刚命名的赛什腾花上。他觉得月亮真的非常伟大,对世界万物无论尊卑贵贱无论远近大小,都是一视同仁的那样平等。

这是第二年我在北京见到甘京生时,他对我说起中秋节爬赛什腾山看月亮时候讲的话。那一年夏天,他回北京探亲,专程来家看我,从青海回京的途中,他一路下车,不停游玩,在洛阳看过云冈石窟,他还在那里买了几本旧书,带回来送我。他的这一举动,让我刮目相看,好不容易有了数天规定好的探亲假,还不早早回家,谁舍得把时间浪费在路上,还惦记逛书店,买几本当时看来无用甚至被视为有害的书? 他的浪漫之情,和当时正在热闹闹搞阶级斗争的气氛是多么的不协调。

那是我第一次见到他。他和我弟弟是同学，又同在冷湖为石油工人，他是受弟弟之托来看我的。那一天晚上，他住在我家，我们抵足未眠，秉烛夜谈，聊了很多，他说这番话时，像一个文艺青年。如今，文艺青年像一个贬词了，其实，真正成为一个文艺青年，并不容易，他必须具有文艺气质之外，更需要一颗怀抱对生活和对文学一样真正的赤子之心。这不是装出来的，而是一生的追求。

甘京生难得，是他并不只是在他十八岁那一年心血来潮爬了一次赛什腾山，看了一次中秋节赛什腾的月亮。从那一年开始，每年中秋节他都会爬一次赛什腾山，看一次赛什腾的月亮。二十世纪八十年代，他调到冷湖石油局中学里当语文老师，兼班主任。他开始带着他班上的学生，每年中秋节爬赛什腾山，看赛什腾的月亮。那些生在柴达木长在柴达木从未出过柴达木的孩子们，从来没有特别注意过中秋节的月亮，更没有爬上赛什腾山看月亮的习惯。甘京生当了他们的老师之后，赛什腾的月亮，成了他们日记和作文中的内容，成了他们学生时代最美好而难忘的回忆。他让这些孩子们看到了虽旷远荒寂却属于柴达木自己独特的美。

甘京生离世已经二十多年了。他是因病去世的，他走得太早。如今，他教过的第一批由他带领爬赛什腾山看月亮的学生，已经四十多岁，他们的孩子到了读中学的年龄。不知道还会有哪一位老师带他们爬赛什腾山看中秋的月亮？

赛什腾的月亮！

阳光的三种用法

　　童年住在大院里,都是一些引车卖浆者流,生活不大富裕,日子各有各的过法。

　　冬天,屋子里冷,特别是晚上睡觉的时候,被窝里冰凉如铁,家里那时连个暖水袋都没有。母亲有主意,中午的时候,她把被子抱到院子里,晾到太阳底下。其实,这样的法子很古老,几乎各家都会这样做。有意思的是,母亲把被子从绳子上取下来,抱回屋里,赶紧就把被子叠好,铺成被窝状,留着晚上睡觉时我好钻进去,被子里就是暖呼呼的了,连被套的棉花味道都烤了出来,很香的感觉。母亲对我说:"我这是把老阳儿叠起来了。"母亲一直用老家话,把太阳叫老阳儿。"阳儿"读成"爷儿"音。

　　从母亲那里,我总能够听到好多新词儿。把老阳儿叠起来,让我觉得新鲜。太阳也可以如卷尺或纸或布一样,能够折叠自如吗?在母亲那里,可以。阳光便能够从中午最热烈的时候,一直储存到晚上我钻进被窝里,温暖的气息和味道,让我感觉到阳光的另一种形态,如同母亲大手的抚摸,比暖水袋温馨许多。

　　街坊毕大妈,靠摆烟摊养活一家老小。她家门口有一口半人多高的大水缸。冬天用它来储存大白菜,夏天到来的时候,每天中午,她都要接满一缸自来水,骄阳似火,毒辣辣的照到下午,晒得缸里的水都有些烫手了。水能够溶解糖,溶解盐,水还能够溶解阳光,大概是童年时候我最大的发现了。溶解糖的水变甜,溶解盐的水变咸,溶解了阳光的水变暖,变得犹如母亲温暖的怀抱。

毕大妈的孩子多,黄昏,她家的孩子放学了,毕大妈把孩子们都叫过来,一个个排队洗澡,毕大妈用盆舀的就是缸里的水,正温乎,孩子们连玩带洗,大呼小叫,噼里啪啦的,溅起一盆的水花,个个演出一场哪吒闹海。那时候,各家都没有现在普及的热水器,洗澡一般都是用火烧热水,像毕大妈这样法子洗澡,在我们大院是独一份。母亲对我说:"看人家毕大妈,把老阳儿煮在水里面了!"

我得佩服母亲用词儿的准确和生动,一个"煮"字,让太阳成为我们居家过日子必备的一种物件,柴米油盐酱醋茶,这开门七件事之后,还得加上一件,即母亲说的老阳儿。

真的,谁家都离不开柴米油盐酱醋茶,但是,谁家又离得开老阳儿呢? 虽说如同清风朗月不用一文钱一样,老阳儿也不用花一分钱,对所有人都大方而且一视同仁,而柴米油盐酱醋茶却样样都得花钱买才行。但是,如母亲和毕大妈这样将阳光派上如此用法的人家,也不多。它们需要一点儿智慧和温暖的心,更需要在艰苦日子里磨炼出的一点儿本事,这叫作少花钱能办事,不花钱也能办事,阳光才能够成为居家过日子的一把好手,陪伴着母亲和毕大妈一起,让那些庸常而艰辛的琐碎日子变得有滋有味。

对于阳光,大人有大人的用法,我们小孩子也有小孩子的用法。我家的邻居唐家是个工程师,他家有个孩子,比我大两岁,很聪明,就喜欢招猫逗狗,总爱别出心裁玩花活儿。有一次,他拿出他爸爸用的一个放大镜,招呼我过去看。放大镜我在学校里看见过,不知他拿它玩什么新花样。我走了过去,他在放大镜底下放一张白纸,用放大镜对着太阳,不一会儿,纸一点点变热,变焦,最后居然烧着了起来,腾地蹿起了火苗,旋风一般把整张白纸烧成灰烬。

又有一次,他拿着放大镜,撅着屁股,蹲在地上,对准一只蚂蚁,追着蚂蚁跑,一直等到太阳透过放大镜把那只蚂蚁照晕,爬不动,最后烧死为止。母亲看见了这一幕,回家对我说:老唐家这孩子心怎么这么狠,小蚂蚁招他惹他了,这不是拿老阳儿当成火了吗? 你以后少和他玩!

有一部电影叫作《女人比男人更凶残》。有时候,小孩比大人更心狠,小孩子家并不都是天真可爱。

丝棉裤小传

　　寒冷的冬天又到了。如今的年轻人，谁还穿棉裤呢？有人索性连秋裤和毛裤都不穿了，温度早就让位给了风度。

　　我年轻的时候，冬天是一定要穿棉裤的。

　　想起那时候，遥远得如同天宝往事。那时候，北京城里，哪一家没有外出插队的知青呢？孩子都去上山下乡，城里的空巢多了起来。那时候，我家两个孩子，我去北大荒，弟弟去了青海油田，崔大婶家四个孩子，老大早工作结婚，另外两个女儿分别去了内蒙古兵团和山西插队，最小的儿子参军去了甘肃。谁离开家走的时候，不要带上一条棉裤呢？无论塞外还是北大荒，冬天都是天寒地冻。那里风寒，别落下腰腿病。我离开北京到崔大婶家告别时，崔大婶就这样对我说。

　　崔大婶家，是我家在北京唯一的亲戚。其实，只是崔大婶和我的母亲都是河南信阳人，当姑娘时就在一起；崔大叔和我父亲从中华人民共和国成立前到中华人民共和国成立后一直在同一个税务局工作。我们一家刚到北京没地方住，就住在崔大婶家，一住多年。崔大婶家是我们的另一个家。特别是我五岁那一年，母亲突然病故，崔大婶待我更像母亲。去崔大婶家，总会让我涌出分外亲切的感觉。

　　那时候，和我家一样，崔大婶家也只剩下了孤零零的老两口。我再看望他们，只有从北大荒回家探亲的时候了。再一次走进崔大婶家，一种从来没有过的凄凉感，不禁油然而生。坐在客厅里，显得那样的空空荡荡,说话的回音在地板上跳荡着,让我忍不住把话音放低。

记得是那样清晰,是 1971 年的冬天。那是我到北大荒将近三年之后第一次回北京。从我进门到落座之后,崔大婶的目光一直落在我的腿上。那时,北大荒冷,我穿的棉裤厚厚的,笨重得很,棉花干毡都臃在一起。崔大婶没说什么。临离开北京要回北大荒之前,我去崔大婶家告别,她拿出一条早已经做好的棉裤,让我换上。仿佛要和我身上穿的这条笨拙的棉裤故意做对比似的,那条棉裤又薄又轻。我对崔大婶说:北大荒冷,我穿不上这个!崔大婶笑着对我说:傻孩子,这是丝绵裤,比你身上穿的暖和多了!快换上,北大荒天寒地冻的,别冻坏了,闹成了寒腿,可是一辈子的事。

这是崔大婶为我特意做的一条丝棉的棉裤,这是我这一辈子穿的第一条也是唯一一条丝棉裤。那棉裤做得特别的好,由于里面絮的是丝棉,又暄腾,又轻巧,针脚分外的细密。我换上这条丝棉裤,感动得很,一再感谢她,并夸她的手艺好。她叹口气说:你的亲娘要是还活着,她比我做活好,还要细呢!她说这番话的时候,让我从她的眼睛里能够看到对往昔的一种回忆,也让我看到只有作为母亲才有的一种慈爱之情。

崔大婶明显的苍老了许多,岁月真是不留情啊,在她的脸上刻下了明显的皱纹,在她的鬓上添了许多雪丝。她一共生了四个孩子,一辈子没有工作,省吃俭用,操持着这个家,一直把老人送终,把孩子带大。孩子好不容易长大了,却又一个个地离开了家,而且越走越远。她要操的心很多,却总是不忘记我,从来没有给自己的孩子做过一条丝棉裤,她却把这条丝棉裤送给了我。我知道,她是把我当成了她自己的孩子,始终把她的关爱给予我,默默地替代着我母亲的那一份情分。虽然,大多的时候,崔大婶并不说什么,但我能够感受得到,就像是风,看不到,摸不着,却总能够感受得到风无时无地不在吹拂着我的脸庞。

那条丝棉裤,虽然现在再也穿不上了,却一直压在我的箱子底。四十五年过去了,它是岁月的见证,也是生命与情感的见证。我应该为它写传。

毕 业 歌

在二十世纪五十年代中期，我们大院里陆陆续续搬进好多新住户。好多是从农村来的，都是些出身贫寒的人家。租住的房子，是大院里破旧或其他废弃的房子改建的，房租仨瓜俩枣，没有多少钱。那时候，我们大院的房东，心眼儿不错，可怜这些人，旁人一介绍，就住进来了。

那时候，玉石和他的爸爸妈妈住进我们大院，房子是用以前的厕所改建的。我们什么时候到他家去，地上总是潮乎乎的，总觉得有股子臭味儿。但是，玉石觉得比他们家以前在农村住的好多了，关键是，离学校近，这让他最开心。他对我说过，在村里上学，每天得跑十几里的山路。

玉石搬进来那一年，读小学六年级，来年就要读中学了。这是他家决心从农村搬进北京城的一个主要原因。如果读中学，玉石就要到县城去，那就更远了。玉石学习成绩好，他爸爸说，就是砸锅卖铁，也要供玉石读中学，然后上大学。那时候，上大学，对于我是一件遥远的事情，但和玉石在一起，天天听他念叨，便也成为我一件特别向往的事情。

玉石的爸爸在村里是泥瓦匠，有手艺，到了北京，很快就在建筑工地找到了活儿。房子虽然是厕所改的，一家人的日子过得其乐融融。就是玉石像豆芽菜一样，显得瘦小枯干，虽然比我大三岁多，长得还没有我高。记忆最深的是，有一次我们房东太太好心的对玉石的妈妈说：你家孩子这是缺钙呀！玉石妈妈连忙摆手说：我们家玉石不缺盖，家里的被子絮的棉花挺厚的。

我们大院里好多街坊，都像房东一家关心玉石家，不仅因为两口子待人和气，关键是心疼玉石，玉石学习确实棒，小学毕业以全校第一的成绩考入汇文中学，更是让人们的心偏向玉石。并且，家家都拿玉石做榜样，催促自己孩子好好学习。我爸爸就是最有代表性的一个，几乎天天对我说：你瞧瞧人家玉石是怎么学的，你得向玉石一样，也得考上汇文！

三年后，我也考上了汇文中学。玉石又考上了汇文的高中。这时候，全院开始以我们两人为骄傲。这是 1960 年的秋天，困难时期饥饿蔓延，家家吃不饱肚子。冬天到来的时候，玉石的爸爸从工地的脚手架上摔了下来，当场没了气。事后，从玉石妈妈的哭丧中，人们才知道，玉石的爸爸是把粮食省下来让玉石吃，自己净吃豆腐渣和野菜包的棒子面团子，天天在脚手架上干力气活，肚里发空，头重脚轻，一头栽了下去。

玉石是个懂事的孩子，爸爸走了，妈妈没有工作，他不想再上学了，想去工地接他爸爸的班。工地哪敢要他？背着书包，他不是去学校，而是瞒着他妈妈，天天去别的地方找活儿。一直到我们学校里的老师到家里找来了，是他班主任丁老师，一个高个子教物理的老师。玉石没在家，还在外面跑呢。丁老师对玉石妈妈说：玉石学习成绩一直很好，是个读书的材料，这么下去，就可惜了，您要劝劝他。学校也会尽力帮助的。咱们双管齐下好吗？

玉石妈妈没听懂双管齐下是什么意思，等玉石回来，只是一把鼻涕一把眼泪的对玉石说：孩子呀，你爸爸为啥拼着命从村里到北京来？又为啥拼着命干活儿？还不就是为了让你好好上学？你这说不上学就不上学了，对得起你爸爸吗？说句不好听的，你爸爸就是为了你死的呀！

玉石又开始上学了。有一天放学，在学校门口，我碰见了他。他显然是在校门口等我半天了。他要我跟着他一起去一个地方，我虽然很敬佩他的学习，毕竟比他低三个年级，平常很少和他在一起，不知道他要我跟他去干什么。

我跟着他一直走到东便门外，那时候，蟠桃宫还在，大运河也还在，顺着河沿儿，我们一直走到二闸，这是我第一次去这个地方，人越来越少，已经是一片凄清的郊外了。他带着我走到了一个废弃的工地上，这时候，天擦黑了，暮霭四起，工地上黑乎乎的，显得有些瘆人。他悄悄对我说，你就在这里帮我看着，如果有人来了，你就跑，一边跑，一边招呼我！他这么一说，让我更有些害怕，不知道他要做什么。不一会儿，就看见他从工地上拉出好多钢丝，还有铜丝，见没人，拽上我就跑，跑到收废品的摊子前，把东西卖掉。他分出一部分钱给我，我没要，我知道，这也是没办法的事，他妈妈现在给人家看孩子，他是想用这种办法分担母亲。

终于有一天，我们让人给抓到了。虽然是废弃的工地，还有不少建筑材料，也有人看守。玉石拉上我就跑，那人追上我们，一把揪着我们的衣领子，像拎小鸡似的把我们抓到他看守的一间板房里，打电话通知我们学校。来的老师，骑着自行车，高高的身影，大老远就看出来了，是玉石的班主任丁老师。那人余怒未消，对丁老师气势汹汹地叫嚷道：你们学校得好好教育这俩学生，明目张胆的偷东西，太不像话了！丁老师点着头，把我们领走，推着他那辆破自行车，沿着河沿儿，一路没有说话，只听见自行车嘎嘎乱响，我感到我们的脚步都有些沉重。走过东便门，走到崇文门，在东打磨厂口，丁老师停了下来，对我们说：快回家吧。然后，他从衣兜里掏出了几块钱，塞在玉石的手里。玉石不要，他硬塞在玉石的兜里，转身骑上车走了。走进打磨厂，路灯亮了，我看见玉石悄悄地抹眼泪。

玉石和我再也没有去工地。学校破例给了他助学金，一直到他高中毕业。1963年，他考入地质学院后，和他妈妈一起从我们大院搬走，我就再没有见过他。后来，听我妈说，玉石来大院找过我一次，那时，他大学毕业，在五七干校等待分配。可惜，我正和同学外出大串联，没能见到他。后来，我才知道，他来找我，是找我陪他一起回学校看看丁老师。

前不久，我接到一个从西宁打来的电话，让我猜他是谁。我猜不出来，他告诉我他是玉石。他说他后来分配去了青海地质队，一直住在青海。他说他看过我写的柴达木的报告文学，也知道我弟弟在青海油田工作过。他说他一直生活在青海，他妈妈一直跟着他，一直到去世。他说他退休后在学习作曲，而且出过专辑的唱片。他笑着对我说：你觉得奇怪吧？我是学地质的，怎么改行了呢？我说我是有点儿奇怪，你是跟谁学的作曲？他说：我是自学的。但也不能这么说，你知道我读高中的时候，教我们数学的是阎述诗老师。我问：你跟他学的？我知道阎述诗老师曾经为著名的《五月的鲜花》作过曲。他笑着说：不是，但是，我想阎老师可以教数学又可以作曲，我为什么不能学地质搞勘探又能作曲？玉石是一个有能力的人，有能力的人，世界在他面前是圆融相通的。

最后，他告诉我，他学作曲，是想为丁老师作一支曲子。那个晚上，丁老师让他难忘，让他感受到世界上难得的理解和温暖。他说，这么多年，只要一想起丁老师，心里就像有音乐在涌动。

我告诉他,丁老师早好多年前就已经去世了。他说我知道了,所以,我想你把我的这番心思写篇文章好吗?我想借助你的文章让人们知道丁老师。过几天,我会把歌寄给你。

我收到了玉石创作的歌,名字叫《毕业歌》。说实在的,曲子一般,但其中一句歌词让我难忘:毕业了那么多年,你还站在我的面前;那个懵懂的少年,那个流泪的夜晚。

木刻鲁迅像

　　我和老傅是高中同班同学。那时，我们住得很近，我住在胡同的中间，他住在胡同的东口，天天抬头不见低头见。高中毕业那年，我们整天摽在一起。他和他姐姐住一起，白天，他姐姐一上班，我便成了他小屋里的常客，厮混一天，大闹天宫。

　　除了天马行空的聊天，无事可干，一整个白天显得格外长。要说我们也都是汇文中学好读书的好学生，可是，那时已经无书可读，学校的图书馆早被封上大门。我从语文老师那里借来了一套十本的《鲁迅全集》。那时，除马恩列斯和毛选外，只有鲁迅的书可以读。我便在前门的一家文具店里，很便宜地买了一个处理的日记本，天天跑到他家去抄鲁迅的书，还让老傅在日记本的扉页上帮我写上"鲁迅语录"四个美术字。

　　老傅的美术课一直优秀，他有这个天赋，擅长画画，写美术字。那时，我是班上的宣传委员，每周在教室后面的黑板上出一期板报，在上面画报头或尾花，在文章题目上写美术字，都是老傅的活儿。他可以一展才华，在黑板报上龙飞凤舞。

　　老傅看我整天抄录鲁迅，他也没闲着，找来一块木板，又找来锯和凿子，在那块木板上又锯又凿，一块歪七扭八的木板，被他截成了一个课本大小的长方形的小木块，平平整整，光滑得像小孩的屁股蛋。然后，他用一把我们平常削铅笔的小刀，是那种黑色的，长长的，下窄上宽而扁,三分钱就能买一把——开始在木板上面招呼。我凑过去,看见在木板上他已经用铅笔勾勒出了一个人头像,一眼就看清楚了,是鲁迅。

于是,我们都跟鲁迅干上了。每天跟上课一样,我准时准点地来到老傅家,我抄我的鲁迅语录,他刻他的鲁迅头像,各自埋头苦干,马不停蹄。我的鲁迅语录还没有抄完,他的鲁迅头像已经刻完。就见他不知从哪儿找来一小瓶黑漆和一小瓶桐油,先在鲁迅头像上用黑漆刷上一遍,等漆干了之后,用桐油在整个木板上一连刷了好几层。等桐油也干了之后,木板变成了古铜色,围绕着中间的黑色鲁迅头像,一下子神采奕奕,格外明亮,尤其是鲁迅的那一双横眉冷对的眼睛,非常有神。那是那个时代鲁迅的标准像,标准目光。

我夸他手巧,他连说他这是第一次做木刻,属于描红模子。我说头一次就刻成这样,那你就更了不得了! 他又说看你整天抄鲁迅,我也不能闲着呀,怎么也得表示一点儿我对鲁迅他老人家的心意是不是? 说着,他从衣兜里掏出一张纸递给我,说我还写了首诗,你给瞧瞧!

那是一首七言绝句:

> 肉食自为庙堂器,布衣才是栋梁材。
> 我敬先生丹青意,一笔勾出两灵台。

写得真不错,把对鲁迅横眉冷对和俯首甘为的两种性格的尊重,都写了出来。老傅就是有才,能诗会画,但做木刻,鲁迅头像是他头一回,也是最后一回。自然,这帧鲁迅头像,他很是珍贵,他说做这个太费劲! 刀不快,木头又太硬! 他把这帧木刻像摆在他家的窗台上，天天和它对视，相看两不厌，彼此欣赏。

　　一年后的夏天，上山下乡运动开始了，我先去的北大荒，他后去的内蒙古。分别在北京火车站上车，一直眼巴巴地等他，也没见他来。火车拉响了汽笛，缓缓驶动了，他怀里抱着个大西瓜向火车拼命跑来。我把身子探出车窗口，使劲向他挥着手，大声招呼着他。他气喘吁吁地跑到我的车窗前，先递给我那个大西瓜，又递给我一个报纸包的纸包，连告别的话都没来得及说一句，火车加快了速度，驶出了月台，老傅的身影越来越小。打开纸包一看，是他刻的那帧鲁迅头像。

　　一晃，四十八年过去了。经历了北大荒和北京两地的颠簸，回北京后又先后几次搬家，丢掉了很多东西，但是，这帧鲁迅头像一直存放在我的身边，我一直把他摆在我的书架上。而且，四十八年过去了，他写过的很多诗，我写过的很多东西，我都记不起来了，他写的那首纪念鲁迅的诗，我一直记得清清楚楚。毕竟，那是他二十岁的青春诗篇，是他二十岁也是我二十岁对鲁迅的天真却也纯真的青春向往。

辑五

那片遥远的
土豆花

荒原记忆

　　在我国传统文化中,只有大地、乡土或原野,没有荒原这个词。荒原这个词应该最早出现在五四时期。那时候,有艾米莉·勃朗特的《呼啸山庄》和奥尼尔的《荒原》翻译出版,荒原才不仅作为一种文学中的情境与意象,也作为一种新时代特别是五四运动之后,冲破的旧文化的藩篱而渴求新的生活的时代动荡中,人们向未知世界挑战或与欲征服的欲望和精神的存在。曹禺就是那个年代受到奥尼尔的影响,写作了《原野》。在曹禺的剧作中,在我看来,这是他最好的一部剧。去年,他的《雷雨》重新演出遭到年轻人的哄笑,但在《原野》中,不会出现这样由时代造成的隔膜而引发跨时空的笑声。因为《原野》中的背景不仅仅是时代更是人类共同生存的窘境,可以和现代人共鸣。而这恰恰是"原野"不受时空限制永恒的象征意义。其实,在奥尼尔剧中的"原野"一词,应该翻译为荒原。

　　荒原不是作为文本意义和象征意义,而是作为实实在在的存在,真正出现在我的面前,是 1968 年 7 月的夏天,我 21 岁。我来到北大荒生产建设兵团一个被挠力河和七星河包围的大兴岛。一个北大荒的"荒"字,就命定了它荒原的归属。那时候,我们乘坐一艘柴油机动船,渡过七星河的时候,放眼望去,宽阔河水两岸都是长满芦苇的沼泽地,再远处,则是一片荒草萋萋的荒地,一直平铺到天边的地平线。我才见识了什么是荒原。在这样一片荒原包围下,轰轰作响的机动船,和船上的我们,都显得那么渺小。

后来,我们扎起了帐篷,开荒种地;再后来,我被调到生产建设兵团六师的师部,一个叫建三江的地方——这个名字是当时我们的师长取的,为了就是开发这一片三江荒原。所谓三江,指的是黑龙江、松花江和乌苏里江三条江包围的地盘。向荒原进军,是当时喊出的响亮口号。我奉命调到那里去编写文艺节目。记得我和伙伴们编写的第一个节目叫作《绿帐篷》的歌舞,第一段歌词是这样唱的:"绿色的帐篷,双手把你建成;像是那花朵,开遍在荒原中……"

现在,才知道,当年我们开发的荒原,其实是湿地,被称作大地的肾。这些年,知青重返北大荒,成为一种热潮。前些年,我也曾经回过北大荒,看到把开发出来的地重新恢复为湿地,保护湿地,成为和当年开发荒原一样响亮的口号。看着已经瘦得清浅的七星河,和变幻了色彩的原野,觉得历史和我们开了个玩笑。

后来看学者赵园的著作,她在论述荒原和乡土之间的差别时说:乡土是价值世界,还乡是一种价值态度;而荒原更联系于认识论,它是被创造出来的,主要用于表达人关于自身历史、文化、生命形态和生存境遇的认识。她还说,乡土属于某种稳定的价值情感,属于回忆;而荒原则由认识的图景浮出,要求对它的解说与认指。

赵园的话,让我重新审视北大荒。对于我们知青,它属于荒原,还是乡土?属于乡土,可当时那里确实是一片兔子都不拉屎的荒原,当年青春季节开发的荒原并没有什么价值;属于荒原,为什么知青如今把它当作自己的故乡一样频频含泪带啼的还乡?过去曾经经过的一切,都融有那样多的情感价值的因素?

我有些迷惘。仔细想当年荒原变良田,北大荒变北大仓的情景,和如今又恢复湿地的翻云覆雨的颠簸,该如何爬梳厘清这一切错综复杂的关系？或许对于我们知青而言，北大荒这片中国土地上最大的荒原和乡土的关系，并不像赵园分割得那样清楚。这片荒原，既有我们的认识价值，又有我们的情感价值；既属于被我们开垦创造出来的荒原，又属于创造开垦我们回忆的乡土。

我想起四十四年前，1971年的春节，我在师部，由于有事耽搁，等三十要走了，突如其来的一场暴风雪，让我无法过七星河回原来的生产队和朋友老乡聚会一起过年。师部的食堂都关了张，大师傅们都早早回家过年了，连商店和小卖部都已经关门，命中注定，别说年夜饭没有了，就是想买个罐头都不行。

暴风雪从年三十刮到了年初一，我只好萎缩在孤零零的帐篷里。就在这时候，忽然听到有人大声呼叫我的名字。由于暴风雪刮得很凶，那声音被撕成了碎片，显得有些断断续续，像是在梦中，不那么真实。但那确实是叫我名字的声音。我非常的奇怪，会是谁呢？在师部，我仅仅认识的宣传队里的人一个个都早走了，回去过年了，其他的，我没有一个认识的人呀！谁会在大年初一的上午来给我拜年呢？

满怀狐疑，我披上棉大衣，下了热乎乎的暖炕，跑到门口，掀开厚厚的棉门帘，打开了门。吓了我一跳，站在大门口的人，浑身是厚厚的雪，简直是个雪人。我根本没有认出他来。等他走进屋来，摘下大狗皮帽子，抖落下一身的雪，我才看清是我们二连的木匠老赵。他从怀里掏出一个大饭盒，打开一看，是饺子，个个冻成了邦邦硬的坨坨。他笑着说道："可惜过七星河的时候，雪滑跌了一跤，饺子撒了，捡了半天，饺子还是少了好多。凑合吃吧！"

我立刻愣在那儿，半天没说出话来。他是见我年三十没有回队，专门来给我送饺子来的。如果是平时，这也许算不上什么，可这是什么天气呀！他得多早就要起身,没有车,三十来里的路,他得一步步地跋涉在没膝深的雪窝里,他得一步步走过冰滑雪滑的七星河呀。

那一刻,风雪中的荒原和帐篷,因老赵和这盒饺子而变得温暖。真的,哪怕只剩下了这盒饺子,北大荒对于我既属于荒原,也属于乡土。

荒原往事

　　在北大荒万里无垠的荒原上,见到最多的是荒草。荒草萋萋,触目皆是,铺天盖地,翻涌到天边,再被风吹回来,卷到我的脚下,簇拥在我的身旁,然后又被风吹走,吹远。往返回复,生生不息。

　　其实,荒草只是笼统的叫法,每一种荒草都有自己的名字。只是,我不知道,似乎我也从未曾关心,认真地请教过它们的名字到底叫什么。荒原上的那些野花,老林子里的那些树木,也远比荒原上的草的名字,我知道的更多一些。

　　离开北大荒快五十年了,不知道为什么,荒原上那片荒草常会不请自入,闯进我的记忆里。我顽固而仔细的一遍遍在回忆,在琢磨,那些萋萋荒草中,我能够叫得出名字的有哪些?

　　没错,很多我都叫不上名字,就像那里的很多老乡,很多我叫不出名字一样。我们二队的大老李和他的老婆,我就叫不出他们的名字,大老李只知道姓李,他老婆姓什么,真的惭愧得很,说不出来了。

　　但是,我常常想起他们两口子,尤其是大老李他老婆。

　　北大荒虽然也算是乡村,但和地道的乡村不尽相同,不仅由于它地处僻远,四周被一片荒原包围,人员又都是为开垦荒原,从四面八方聚集而来,聚集在一起的时间并不长,因此少有些传统意义上乡村代代相传下来的固有规矩与习俗,便更具有一些如荒原一样的狂野和自由,甚至还有一些肆无忌惮却不以为然的热情和放荡。记得那时候夏天我们到菜地摘西红柿,缀满叶间的西红柿,红得透透的,胀得鼓鼓的,真的是鲜艳欲滴,只要一碰就会汁水四溢。当时我给当地报纸上写稿,写了这样一句:那些熟透的西红柿,红得鲜艳欲滴,压在架子上,又摇又晃,就像队上那些小娘儿们般的妖冶。可惜,文章发表时被删掉了。

那些小娘儿们,说的不是女知青,而是村里年轻的女人。她们一般是复员军人和山东支边人的家属,还有是盲流的家属。前者,什么地方的人都有,后两者多是来自山东。她们虽然早早就结婚生子,但很多人都很年轻,比我们从北京来的知青大不了几岁。一下子,陆陆续续从北京、上海、天津、哈尔滨大城市来了那么多的知青,男男女女,又都是处于青春期,按捺不住的爱情,在队上的白天黑夜和角角落落里泛滥,还有女知青从城里带来的香皂、雪花膏、发卡和胸罩,不可能不对那些小娘儿们没有所触动和刺激,让她们想起自己的恋爱季节,或后悔,或羡慕,或暗潮涌动,潜流隐起。

在这群妖冶甚至放荡的小娘儿们中,大老李的老婆不在其中,倒不是她的年龄比她们大几岁,不属于她们的圈子,而是她性情温和,不善言辞,除了偶尔下地干活,就是回家照看孩子,收拾屋子做饭。在我的记忆里,我是从来没有听见过她说话,什么时候见到她,只见她温和的笑,那笑里带着她对任何人的友善,和低眉顺气的谦卑,是乡间那种典型的良家妇女。

这性格,和她的丈夫大老李十分相似。大老李是康拜因手,山东人,长得高大魁梧,应该说是条英俊的汉子,在我那时的印象中,和水浒里的好汉武松的形象吻合。从长相来说,他老婆和他很相似,可以说也是属于俊俏的小娘儿们,而且,和他一样个头儿很高,虽然身体有点儿发福,但健壮得像熟透的水蜜桃,更有一种成熟女人的美,尤其是白皙的脸蛋上，长着一双丹凤眼，比大老李还要让人想多瞅上几眼。想想，那时候，她和大老李都刚刚是三十出头的样子，正是徐娘正好、风韵犹存的年华。

大老李不苟言笑，干活儿很投入，他那台红色的东风康拜因，被他侍弄得干干净净，即使是开春埋汰雪或夏天暴雨过后，干了一天活儿的康拜因跟个泥猴似的，下班之后，他也会把它收拾得光可鉴人，好像是时刻准备待嫁的闺女。队上的人，谁经过那里，都会夸完了康拜因，夸大老李。这一点，他老婆和他也很相似，爱干净，她有两个孩子，一个刚上小学，一个还满地爬，正都是淘的年龄，但家里家外，包括她自己和孩子，只要是出门，什么时候都是干干净净、利利索索的。大老李一身整洁的行头，人们都会夸赞是他老婆的功劳。

在我们二队，这是一对夫唱妇随的夫妻，是一对让人羡慕的夫妻，是天造一对地设一双的夫妻。当然，除了羡慕，也有人嫉妒，甚至馋涎欲滴，不过，表现出来的都是羡慕和赞扬，而把后者藏在心里，或背地里悄悄地议论，或喝醉酒后所发的呓语。据说，也有个别的坏小子，趁着大老李不在家的时候，半开玩笑，半心怀叵测的故意挑逗过她，都被她呵斥，像撵狗一样给撵出院子。一个不怎么说话的女人，一旦说起话发起狠来，谁都害怕。那几个坏小子背后恶毒地说她是不叫唤的母狗，更凶！

谁也没有想到，这样一对模范夫妻，居然出事了。所谓出事，我们队上人们称作是乱搞。男女关系的事情，是人们最热衷关心的，也是风传得最快的，可以说是偏远寂寥荒原上的调味剂和娱乐节目。在偌大的荒原上，乱搞的人，不止大老李老婆一人，人们对她最为关心，而且很长一段时间津津乐道不已，在于她和谁乱搞不成，非要和我们二队新来的队长乱搞！那个队长，人长得又矮又胖，跟个大冬瓜一样,和大老李一比,就像武松和武大郎一比,差得不是一个节气。为什么大老李老婆要跟这么一个老冬瓜乱搞在一起了呢?这是让大家愤愤不平的事情。

一时间,这件事,在我们二队传得沸沸扬扬。说老实话,起初,我是不大相信的。我觉得是这些人吃不着葡萄说葡萄酸的心理在作祟,故意编排人家大老李的老婆。这在北大荒,无风起浪,是常有的事。

但是,这样一件事情发生过后,我不得不信,这件事是真的。

那一年冬天的夜里,大老李把他老婆浑身衣服扒光,一通狠打,然后五花大绑,把她给扔到院子里。是数九寒天的严冬呀,北大荒夜里的朔风凛冽,有零下二三十度呀,不是一般的冷,而是如同熊瞎子的手掌拍过来一样的厉害呀!大老李一身腱子肉,壮得跟牛犊子似的,他老婆怎么禁得住这样一通暴打?如果他老婆和队长的事不是真的,而且已经让大老李手拿把掐的坐实,平素里那样温和笑眉笑眼的大老李,怎么可能气昏了头,出此狠手?兔子急了还咬人呢,人们发出感叹之后,也就都原谅了大老李的粗暴,而把屎盆子理所当然都扣在了他老婆的头上,说这个女人属于蔫萝卜辣心的主儿,风骚劲儿暗涌,比队上那帮表面放荡的小娘儿们厉害多了。一时间,流言恶语泛滥,她简直成了我们二队的"潘金莲"。

我同情大老李,但凡是个男人,谁也不愿意自己的脑袋上顶一个绿帽子。但是,我也同时埋怨大老李,你真有能耐,有火气,冲新来的队长发去呀?干吗就会冲自己的老婆发?老太太吃柿子,专找软的捏?

以我当时年轻的认知,我是不大理解大老李,更不大理解他老婆。我一直到现在都不理解,大老李的老婆这么一个俊俏的小娘儿们，为什么放着河水不洗船，守着很多女人羡慕的大老李，非要找一个矮冬瓜？莫非就因为他是一个队长，像如今有的女人愿意傍个大官？但队长又算个什么狗屁官呢？

这样大半夜里把老婆的衣服脱光，像刮光了鱼鳞的鱼一样，光溜溜地扔进院子里的事情，虽然，只是发生了有数的几次，但是，很快就传遍了全队。这几次都是邻居，听见他老婆惨淡而柔弱的呼叫，开始，以为是狼崽子叫，闯进自家的鸡窝呢，跑出屋，发现是她，赶紧跑进大老李的院子，抱着冻僵的她进屋，一个劲儿地埋怨大老李：这样做要冻死人的，可不敢再这样了！大老李不说话，站在一旁，还在运气，肚子一起一伏，像拉风箱。两个孩子都被惊醒，挤在炕头，钻进被窝。不敢看，不敢吱声。

几乎我们队上所有的人都觉得，大老李和他老婆的日子快到头了。大老李也觉得日子该到头了。好几次，借着酒劲儿，他这样说过，时刻准备离婚，就是个时间早晚的问题了。更有好多次，在收割麦子的麦海里，他开着开着康拜因，康拜因突然莫名其妙的憋了火。他也不去修理他的康拜因，只是从康拜因上跳下来，蹲在地头上，一根接一根的抽烟。有一次，丢下的烟头竟然把堆在麦田里的麦秸垛给点着了，弄得还有那么人赶过去，和他一起扑火。

大老李变了一个人似的，像霜打的草，蔫了下来，曾经那么干净利落的一身衣服和同样干净利落的康拜因，都无心打理，变得脏兮兮的了。一家子的日子，过的常常是清锅冷灶，少了生气。屋顶上的炊烟，也变得稀薄，没有以前的袅袅娜娜，带着灶火的香味。

我也觉得这一家子快要散伙了。谁想到，任凭大老李怎么骂，怎么甩脸子，甚至怎么动手打她，他老婆从来不提离婚的事，更不提挨打剥光丢在院子的事，照样每天早早起来做熟了早饭，照样伺候两个孩子和大老李。当然,她也不提和队长的事,见了队长,远远就绕道躲着走。队上那些好事的人,也都黑不提、白不提了。好像一切都没有发生过,无论像是一个香梦,还是像一个臭屁,都已经在荒原上消失得无影无踪。

那时候,我确实是太年轻,我实在弄不懂这个女人葫芦里卖的什么药。是大老李这一通超乎寻常的暴打,打得她痛改前非?还是打是疼骂是爱,越打越是和大老李难舍难分?或者,和队长不过只是露水之情,水过地皮湿,早就干了,没有了一点儿的痕迹?

只有大老李没有像她这样的超脱,大老李一直处在这段事的阴影里,怎么走都难以走出来。我和大老李的老婆不熟,和大老李关系可以,趁着喝酒的机会,曾经将我的疑问悄悄地问过他。他不好意思和我探讨这样的问题,只是说:谁知道呢!老娘儿们的心,你永远猜不透!

大老李继续开他的康拜因。大老李的老婆继续每天伺候他和孩子。

庸常百姓,寻常人家,居家过日子,都是这样过来的,即便有时会平地起雷,闹得天翻地覆,但是,再怎么样的惊心动魄,过了那一段最紧张的时刻和冷战阶段,渐渐地也就恢复了平静,就像暴风雨中吹折了树木,吹翻了房屋,风雨过后,总会平静下来,即便是短暂的平静,也是平静,再闹,也得等着下一场暴风雨的到来。打打闹闹一辈子的一家子,在这个世上有的是。

不过,镉过的饭盆,毕竟不像以前那样光鲜照人了。大老李的老婆又恢复以前一样的样子,低眉顺眼,小心谨慎,伺候一家子头头是道。大老李却像是吹落的树叶子,回不到以前的枝头上了。没事的时候还好,酒喝多了,就控制不住自己,特别是喝醉了以后,完全变成另外一个让你根本不认识的人，不管不顾，扒光老婆，痛打一顿，然后扔到院子的事情，又发生过几次。过去的事情，结不成一块疤，却长起了一个瘤，而且，在大老李的心头越长越大。

大老李的脾气，变得越来越坏了。

那时，队上很多人劝过大老李，没有什么效果，只是和他一起一次次地喝醉了酒。我也想劝劝他，又不知道该如何劝，便常常想，既然这样，还不如离婚算了，一了百了，这不是慢刀子割肉吗，多难受。但是，离婚这个词儿，大老李从来不提，他老婆也不提。

那时，我确实年轻，世事未谙，弄不懂人间好多的事情，简直就像瞎老婆织的破渔网，这个网眼和那个网眼，交错在一起，无法数清，也无法说清。

我离开北大荒大约十多年之后，忽然传来了消息，说是大老李的身体不行了，有一天收工，从康拜因走下来，没走几步，突然一个跟头栽倒。开始，没有当回事，以为是干活儿累了，歇息几天就缓过来了。谁承想，没过多久，竟然瘫在床上，再也起不来了。我真是难以相信，那时候，他的年纪应该也就四十多岁吧，平常身体那么强壮，把庞然大物的康拜因调教得跟一个儿童玩具似的、把他的老婆像扔枕头一样轻而易举就扔到院子的一个人，怎么说倒就倒下了呢？

听说，每天吃喝拉撒睡，都是他老婆一个人忙乎。他的两个儿子都大了，却都不愿意和他们住在一起，早都不在身边，宁肯到外面干活，也不回家。如果去医院看病，也是他老婆把他从屋子里背到院子外面，一直把他背到牛车上。很难想象，一个已经那么瘦弱的女人，怎么背得动大老李那样一个大块头儿！

就这样，老婆伺候了他三年多。都说久病床前无孝子，老婆却日复一日的伺候了他三年多。

我知道,再怎么样精心的伺候,也难以把丈夫伺候回年轻时候的模样了。但是,老婆依然精心的伺候。熬药喂药,端屎端尿,一天接着一天,没有对他有过抱怨。或许,这就是老婆。

大老李的生活已经无法自理,连洗脸洗脚洗澡,都要老婆帮忙。我曾经这样庸俗甚至不怀好意的猜想过,洗澡的时候,当他的老婆脱光了他的衣服,是否曾经想过当年被他扒光了衣服扔到冰天雪地的院子里的情景?她就从来没有想过报复他一下?或者也羞辱他一下吗?

我不知道。或许,那只是我以小人之心度君子之腹吧。她根本从来没有想过要这样做。人这一辈子,谁都有马失前蹄的时候,谁都有软弱无助的时候。这种时候,大老李已经最弱不禁风,需要的是帮助,而不是报复。过去无尽情感上的恩怨,已经赶不上有限生命的珍贵了。

但是,我相信,他老婆是不会忘记以前的事情的。那不仅是她最无助的时候,还是她最羞辱的时候。在我们二队所有那些大小娘儿们里,只有她一个人被扒光抛到冰天雪地里受此羞辱。

我也不知道那个队长后来怎么样了。只知道,他早就从我们二队调走,至今还是光棍一条,住在跑腿的窝棚里。而她呢,从来不对任何人提起过一句他。关于那个队长和她的事,不仅是我,我们二队所有的人,包括大老李在内,都不清楚当初她是怎么想的,后来又是怎么想的。

做老婆,她是一碗清水,看得到底;做女人,却像大老李曾经说过的,是一个永远猜不透的谜。

是她把大老李伺候到送终,最后送大老李的骨灰回山东老家下葬,入土为安。无论是作为老婆,还是作为女人,她做得都够可以的了。无论是女人，还是男人，不是所有的人都能做到这样的。

事情已经过去了快三十年，我离开北大荒都已经快五十年。知青一代已经彻底老了，却依旧顽强地回忆着在北大荒曾经度过的短暂时光，无尽的缅怀自己青春的点点滴滴，已经很少想起曾经和我们一起在荒原上艰苦度日的那些老乡，甚至无可救药的连他们的名字都已经忘记。就像我忘记了大老李和他老婆的名字一样，就像我不知道荒原上那些萋萋荒草的名字一样。

它们每一年都在荒原上生长着，自生自灭，黄了又绿，绿了又黄，即使最寒冷的冬天，它们枯黄单薄，被风肆虐吹得东倒西歪，也是存在荒原之上的。它们任人们践踏，任人们芟割，又为我们服务。

想起荒原上那些铺天盖地的荒草，我会想起大老李和他的老婆。我知道，我们知青只是像候鸟一样，飞去过荒原，又飞走了。他们却和那些荒草一样，即便我叫不出名字，他们和荒原上的荒草生死同在。他们支撑起了荒原弱小却也浑厚生命的骨架，他们构成了我青春岁月流逝不去的背景，他们汇聚成我回忆中最动人最难忘也最脆弱最让我想落泪的泪点。

我和小尹在猪号的日子

冬天猪号的记忆,对于我,总是和那口井,和那口锅,和小尹相连在一起的。

那口井,在猪号前面不远,我最怵头那口井。冬天,井沿结起厚厚的冰如同火山口,又滑又高,爬到井口已经很困难,偏偏打水时又常常把水桶掉进井里。那是我最尴尬的时刻。重新把掉下去的水桶捞上来,要用一个大铁钩子钩住水桶,井很深,挂钩子的井绳子飘飘忽忽的,不听你使唤,要想捞上水桶,比鱼儿上钩还难。那时,我干活儿真的挺笨的。

每逢这时候,小尹总会出现在我的身后,轻轻地说句:我来吧。好像他未卜先知,早知道我笨笨的又把水桶掉进井里。他双手攥着井绳,左右摆动几下,井绳悠悠的像蛇一样蠕动着,铁钩就已经听话地钩住了水桶。每次小尹帮我把桶捞上来,我的尴尬面对的常常是他抖动结满冰霜胡楂上宽厚的笑。

我是秋天来到猪号干活儿的,和他住在猪号的一间小屋里,已经住了一个多月了。他不爱讲话,我们两人基本上是白天干活儿,晚上睡觉,谁也没什么多余的话。好像在此之前演出的都是哑剧,冬天到了,天寒地冻了,大雪飘落了,井口结冰了,水桶掉进井里了,人物才开始张口讲话了,活了起来一样。

在我的印象中,小尹的胸前总是系着一条围裙,那围裙很长,几乎拖到了地。他走路像是没有腿,只有上半身,飘浮在半空中。

那时候,因为得罪了队上的头头,他们扣住我的档案不放,我刚从管局宣传队灰溜溜的回来,是心情最灰的时候,谁也不愿理,哪儿也不愿去,干完活儿,闷头在屋子里看书,写东西。冬天的荒原,显得越发的荒凉,却也越发的安静。特别是在猪号,远在二队偏僻的一隅,到了夜晚,除了风的呼啸和猪的哼哼叫声,没有一点儿声响,更有一种远离万丈红尘之外的感觉。滤就了几丝凄凉之后,我摆出一副死猪不怕开水烫豁出去的样子,躲进被窝里,埋在书本中,打发时间,沉浸在万里荒原之外的想入非非中。我睡得晚,小尹睡得早,我们俩相安无事。那时,还没有电灯,一盏马灯如豆,万里荒原似海,心像是漂泊无根的小船,不知哪里可以靠岸。这是那时我写下的拙劣的诗句。

我们住的小屋,和烀猪食大屋是连在一起的,中间只隔着一道木门。烀猪食的大锅硕大无比,猪食是一直在锅里煮着,灶火一直不灭。小尹一觉起来,看马灯还亮着,披衣下炕,跑出小屋。我以为他是跑到外面撒尿,他回来的时候总会带来一块热乎乎的烤南瓜,塞在我手里,让我趁热吃。他是早在烀猪食的大柴灶里塞进了南瓜,那种只有北大荒才有的南瓜,烤得喷香,面面的,甜丝丝的,味道很像北京的沙瓤白薯。

几乎每天帮我捞水桶和烤南瓜,让我对小尹心存感激。谁能够几乎每天都这样想着你,帮着你,默默地伸出温暖的援手,像伸出一根缆绳,挽住你已经飘荡不定东倒西歪不知所以的小船?那一刻,我觉得万里荒原不那么荒凉,一灯如豆也有了跳动的生气。

我就是从这时候开始注意到他,开始和他交谈的。他是从山东跑到北大荒的,那时管这样的人叫作盲流,从最开始开发大兴岛住地窖子的时候，他就在我们二队干活儿了，便也就从盲流转正，成为农场正式的农工。他的年龄比我大许多，那时得有三十多了。叫他小尹，是因为他长得个矮，其貌不扬。小尹的命苦，儿子才一岁多一点儿，他老婆带着儿子突然不辞而别，甩下他像一条孤零零的老狗。在农村，老爷儿们甩女人可以看作是长脸的事，被女人甩掉是被人看不起的，脸一下子掉到地面上了。一气之下，他只身闯关东来到北大荒。开始在场院里干活，有好事的泼辣女人们常拿他寻开心，甚至当众解开他的裤带，说是看看他里面那玩意儿是不是有毛病，那女人才甩了他？他不吭声，死死地抓住裤子。拽不下来他的裤子，她们就往他的裤裆里灌满鼓囊囊的豆子。和我被发配到猪号来不一样，他是主动离开了场院，要求到猪号来的，可以只伺候猪八戒，不和那么多人打交道。

当我听他讲述了他的经历之后，非常后悔刚到猪号时对他的怠慢。每个人都是一本书，打开来，一页页翻开之后，才会发现每个人活着不容易，都很挣扎，都有一种难言之隐的苦楚，蛇一样时不时会爬出来咬噬自己的心。我很惭愧，只是顾影自怜，舔着自己的伤口，没有发现睡在身边的小尹比我还要不幸。

小尹是个扎嘴的葫芦，话都憋在心里头，能够对我讲述他的伤心往事，很不容易。讲完这番话之后，我们的关系发生了根本性的变化，一下子亲近了许多，即使晚上还像以前一样，彼此一句话都不讲，但已经心思相通，知道了彼此心里想的是什么，要说的是什么。他还是早早地睡下，我还是点着马灯写字看书，一觉醒来，他还是起来，跑到外面撒泡尿回来，给我从灶火里拨出一块烫手的南瓜。有时候，他跑回来，躺在炕上睡不着，就抽一袋关东烟，问我一句：呛不呛你？我说句：你抽你的，不碍事！然后，不是我不知道他什么时候睡着了，就是他不知道我什么时候睡着。我们就这样相敬相近，两不相扰，我看我的书，写我的东西，他想他的心事，抽他的烟。

日后，我常常想起在猪号冬天的那些日子。在那些夜晚，即使朔风呼啸，大雪弥漫，都是万籁俱寂，静得你只能够感受到夜的深处和荒原深处隐隐的律动，像是呼吸一样轻微而均匀，烟一样笼罩在你的心头，仿佛有女人的手心或鼻息似的，柔和地抚摩着你，吹拂着你，呵气如兰的那种感觉，让你哪怕是没有笼头的野马一样的心，也俯首帖耳的安静了下来。在以后的日子里，我再也没有度过如同在猪号里那样安静的日子。我才发现，喧嚣其实是容易的，安静却是很难的，那需要天时地利人和的综合作用。

我也常常想起关东烟的味道。我不抽烟，但那关东烟的味道，因为觉得说不上好闻，而是一种让我难忘的味道。只要一想起它的味道，就立刻把我拽回到猪号的日子，小尹，便系着拖地的围裙，浮现在我的身边。

很久很久以后，我听正读高一的儿子在房间里大声高唱一首叫作《味道》的流行歌曲，唱到这样几句歌词的时候：我想念你的笑，想念你的外套，想念你的袜子，和你手指淡淡烟草味道……不知怎么搞的，心里一热，很有些感动，禁不住想起了小尹。

想起小尹，还不仅是他手指间关东烟浓烈呛人的味道，还有那一年刚刚开春时节他从草甸子里抱回来的一只兔子，是一只受伤的野兔。那时，积雪还没有化干净，春寒料峭，风还很硬。那只受伤的兔子，躺在猪号外面的荒草丛中，灰色的毛间有已经发黑的血迹。小尹放猪的时候，发现了它，把它抱了回来，在猪号烀猪食的大屋里，用破木板替它搭了个窝。每天，小尹有活儿干了，找些冻白菜叶子和胡萝卜，或者从猪食里拨拉出来兔子能吃的玩意儿喂它，甚至拿来南瓜喂它，甭管吃不吃，有了小尹操不完的心和好多说不出的乐。每天夜里起来跑到外面撒完尿回来，也不会忘记看看他宝贝的兔子。屋子很大，又暖和，野兔的伤很快就好了，能够满屋子跑，追着小尹玩了。那是小尹最开心的时候。

大约有一个来月之后，我记得正是最后一场埋汰雪下过并化干净之后，那天清早起来，小尹照旧先去看他的宝贝兔子。那只野兔已经跑了，屋里屋外，我陪小尹找了一圈，也没有找到。不知它是怎么拱开大门，跑了出去的。小尹自责说都怪自己，肯定是半夜跑出去撒尿回来没把门关好！然后，他又自我宽慰说，早晚得走，这儿又不是它的家！尽管这样说，我看得出来，小尹心里有点儿伤感，挺舍不得的。

1974年，我离开北大荒的时候，小尹还在猪号喂猪。1982年，我重返北大荒，回到队里，找不到猪号了，那里只剩下一片茂密的野草。我很想念分别八年的小尹，打听他的下落，知道他到场部打更去了。我折回场部找他，他家的门敞开着，好像知道我要来似的。我大叫一声："小尹！"出门的是个不到20岁的小伙子，对我说："我爹不在。"

我几乎是愣在那里，小尹的儿子找到了！这个比小尹高出一头的小伙子，真的就是他的儿子吗？我简直不敢相信。我告诉小伙子，我是他爸爸一起在二队猪号干活儿的好朋友，让他爸晚上回来到场部的招待所找我，说我很想念他。当我说完这番话以后，我发现，小伙子无动于衷，愣愣地站在那里，好像他也不相信出现在他面前的我，真的是他爸爸的朋友。

天还没擦黑，小尹就跑到招待所找到我。那一晚，因为第二天我就要离开大兴岛，陆陆续续来叙旧告别的人很多，他一直默默地坐在旁边,等别人走尽,只剩下我们两人,他也站起来,说:"快歇着吧,你也怪累的了。"我说我不累,使劲儿拉他,他还是转身走出屋。

我跟着他一起走出屋,递给他一包从北京带来的香烟。他说他不抽,我以为他抽惯了关东烟,不习惯这种香烟。一问,才知道他已经戒烟了。儿子来找到他之后,他就戒烟了。"省点儿钱,给他娶媳妇用。"说完这话,他笑了,笑得有些腼腆,像个小孩子。

我又问他:"媳妇呢?怎么没跟孩子一起来?"

他说:"儿子来了就行了!"

那一晚,星星特别的多,低垂着,仿佛一伸手就能摸得到。站在明亮的星空下,很想和他多待一会儿,问问他新的生活。他却一再催促我回屋,不断说着同样的话:"快歇着吧……"然后,他转身离开了。望着消失在灿烂星光下他瘦小的身影,我心里替他高兴,他说的也对,毕竟儿子来了,父子团圆了,这是他在这个世界上唯一有血缘关系的亲骨肉。有了年轻的儿子,再衰老的父亲也有了依托和支撑,日后的日子会逐步好起来的。

回到屋里,我才发现床头柜上放着一个大海碗,一看,是几块烤地瓜,尽管已经凉了,在灯光下,油光发亮,闪动着黄中泛红的光斑,散发着丝丝的甜味儿。还是记忆中的颜色和味道。

我没有想到,这竟然是我见到他的最后一面。

2004年,我重返大兴岛,打听小尹的消息,乡亲告诉我,他早已去世多年。他死得非常惨,是死在自家的炕上两天之后,才被人发现。

我问他的儿子呢?

他的儿子早奔到外面挣钱去了!

乡亲说完,和我一起运气。要这个儿子有什么用,跟他妈妈一样,拔腿就走,就那么不管不顾,把小尹像条丧家犬一样孤零零地抛在家里。

有时,我会想,小尹还真不如一直在喂猪,起码还有一群"猪八戒"能够陪着他。

如今站在大兴岛上,我再也找不到小尹了。就像再也找不到小尹为我烤的南瓜,再也找不到猪号的那口井,再也找不到猪号,再也找不到那些风雪呼啸或星光灿烂的夜晚,再也找不到那些春寒料峭或埋汰雪尽后的野兔子一样。我会感到一阵阵莫名的悲伤。一切逝去的人和物,真的都不可能还魂似的重现在今天的面前了吗?

小尹!我的猪号睡在一铺热炕上的朋友小尹!

那片遥远的土豆花

在北大荒，我们队的最西头是菜地。菜地里种的最多的是土豆。那时，各家不兴自留地，全队的人都得靠这片菜地吃菜。秋收土豆的时候，各家来人到菜地，一麻袋一麻袋把土豆扛回家，放进地窖里。土豆是东北人的看家菜，一冬一春吃的菜大部分靠着它。

土豆夏天开花，土豆花不大，也不显眼，要说好看，赶不上扁豆花和倭瓜花。扁豆花，比土豆花鲜艳，紫莹莹的，一串一串的，梦一般串起小星星，随风摇曳，很优雅的样子。倭瓜花，明黄黄的，颜色本身就跳，格外打眼，花盘又大，很是招摇，常常会有蜜蜂在它们上面飞，嗡嗡的，很得意的为它唱歌。

土豆花和它们一比，一下子就站在下风头。它实在是太不起眼。因为队上种的土豆占地最多，被放在菜地的最边上，土地的外面就是一片荒原了。在半人高的萋萋荒草面前，土豆花就显得更加弱小得微不足道。刚来北大荒那几年，虽然夏天在土豆开花的时候，常到菜地里帮忙干活，或者到菜地里给知青食堂摘菜，或者来偷吃西红柿和黄瓜，但是，我并没有注意过土豆花，甚至还以为土豆是不开花的。

我第一次看到并认识土豆花，是来北大荒三年后的夏天，那时候，我在队上的小学校里当老师。

小学校里除了校长就我一个老师，从一年级到六年级的所有课程,都是我和校长两个人负责教。校长负责低年级,我负责高年级。三个高年级的学生,鸡呀鸭呀挤在一个课堂里上课,常常是按下葫芦起了瓢,闹成一团。应该说,我还是一个负责的老师,很喜欢这样一群闹翻天却活泼可爱的孩子。所以当有一天发现五年级的一个女孩子一连好多天没有来上课的时候,心里很是惦记。一问,学生七嘴八舌嚷嚷起来:她爸不让她上学了!

为什么不来上学呢? 在当地最主要的原因是家里孩子多,生活困难,一般家里就不让女孩子上学,提早干活,分担家里的困难,这些我是知道的。那时候,我的心里充满自以为是的悲天悯人的感情和年轻涌动的激情,希望能够帮助这个女孩子,说服她的父母,起码让孩子能够多上几年学,便在没有课的一天下午向这个女孩子家走去。

她是我们队菜地老李头的大女儿。家就住在菜地最边上,在荒原上开出一片地,用拉禾辫盖起的茅草房。那天下午,老李头的女儿正在菜地里帮助他爸爸干活,大老远地就看见我,高声冲我叫着:肖老师! 从菜地里跑了过来。看着她的身上粘着草,脚上带着泥,一顶破草帽下的脸膛上挂满汗珠,心里想,这样的活儿,不应是她这样小的年纪的孩子干的呀。

我跟着她走进菜地,找到她爸爸老李头,老李头不善言辞,但很有耐心地听我把劝他女儿继续上学的话砸姜磨蒜的说完,翻来覆去只是对我说:我也是没有办法呀,家里孩子多,她妈妈又有病。我也是没有办法呀! 她的女儿眼巴巴地望着我,又望着他。一肚子的话都倒干净了,我不知道该再说什么好,竟然出师不利。当地农民强大的生活压力,也许不是我们知青能够想象的,在沉重的生活面前,同情心打不起一点分量。

那天下午,我不知道是怎么和老李头分手的。一种上场还没打几个回合就落败下场的感觉,让我很有些挫败感。老李头的女儿一直在后面跟着我,把我送出菜地,我不敢回头看她,觉得有些对不起她。她是一个懂事的小姑娘,她上学晚,想想那一年她有十三四岁的样子吧。走出菜地的时候,她倒是安慰我说:没关系的,肖老师,在菜地里干活也挺好的,您看,这些土豆开花挺好看的!

我这才发现,我们刚才走进走出的是土豆地,她身后的那片土豆正在开花。我也才发现,她头上戴着的那顶破草帽上,围着一圈土豆花编织的花环。这是我第一次看到土豆花,那么的小,小得不注意,几乎会忽略掉它们。淡蓝色的小花,一串串的穗子一样串在一起,一朵朵簇拥在一起,确实挺好看的,但在阳光的炙烤下,像褪色了一样,有些暗淡。我望望她,心想她还是个孩子,居然还有心在意土豆花。

土豆花,从那时候起,不知为什么在我的心里有一种忧郁的感觉,让我总也忘记不了。记得离开北大荒调回北京的那一年夏天,我特意邀上几个朋友到队上的这片土豆地里照了几张照片留念。但是,照片上根本看不清土豆花,它们实在是太小了。

前几年的夏天,我有机会回北大荒,过七星河,直奔我曾经所在的生产队,一眼看见了队上那一片土豆地的土豆正在开花。过去了已经几十年了,土豆地还在队上最边的位置上,土豆地外面还是一片萋萋荒草包围的荒原。真让人觉得时光在这里定格了。

唯一变化的是土豆地旁的老李头的茅草房早已经拆除,队上新盖的房屋,整齐排列在队部前面的大道两旁,一排白杨树高耸入天,摇响巴掌大的树叶,吹来绿色凉爽的风。我打听老李头和他女儿。队上的老人告诉我:老李头还在,但他的女儿已经死了。我非常的惊讶,他女儿的年龄不大呀,怎么这么早就死了呀? 他们告诉我,她嫁人搬到别的队上住,生下两个女儿,都不争气,不好好上学,老早就退学,一个早早嫁人,一个跟着队上一个男孩跑到外面,也不知去干什么,再也没有回过家,活活地把她给气死了。

我去看望老李头,他已经病瘫在炕上,痴呆呆地望着我,没有认出我来。不管别人怎么对他讲,一直到我离开他家,他都没有认出我来。出了他家的房门,我问队上的人,老李头怎么痴呆得这么严重了呀? 没去医院瞧瞧吗? 队上的人告诉我:什么痴呆,他闺女死了以后,他一直念叨,当初要是听了肖老师的话,让孩子上学就好了,孩子就不兴死了! 他好多天前就听说你要来了,他是不好意思呢!

在土豆地里,我请人帮我拍张照片留念。淡蓝色的、穗状的、细小的土豆花,在这片遥远得几乎到了天边的荒原上的土豆花,多少年来就是这样花开花落,关心它们,或者偶尔之间想起它们的人会有多少呢?

世上描写花的诗文多如牛毛,由于见识的浅陋,我没有看过描写过土豆花的。一直到二十世纪九十年代,看到了东北作家迟子建的短篇小说《亲亲土豆》,才算第一次看到了原来还真的有人对不起眼的土豆花情有独钟。在这篇小说的一开头,迟子建就先声夺人用了那么多好听的词儿描写土豆花,说它"花朵呈穗状,金钟般吊垂着,在星月下泛出迷离的银灰色",这是我从来没见过的对土豆花如此美丽的描写。想起在北大荒时,看过土豆花,却没有仔细观察过土豆花,竟然是开着倒挂金钟般穗状的花朵。在我的印象里,土豆花很小,呈细碎的珠串是真的,但没有如金钟般那样醒目。而且,我们队上的土豆花,也不是银灰色的,而是淡蓝色的。现在想一想,如果说我们队上的土豆花的样子,没有迟子建笔下的漂亮,但颜色却要更好看一些。

让我没有想到的是，迟子建说土豆花有香气，而且这种香气是"来自大地的一股经久不衰的芳菲之气"。说实话，在北大荒的土豆地里被土豆花包围的时候，我是从来没有闻到过土豆花有这样不同凡响的香气的。所有的菜蔬之花，都是没有什么香气的，无法和果树上的花香相比。

在这篇小说中，种了一辈子土豆的男主人公的老婆和我一样，说她也从来没有闻到过土豆花的香气的。但是，男主人公却肯定地说："谁说土豆花没香味？它那股香味才特别呢，一般时候闻不到，一经闻到就让人忘不掉。"或许，这是真的，我在土豆地，都是在一般的时候，没福气等到过土豆花喷香到来的时候。

看到迟子建小说这里的时候，我突然想起了老李头的女儿，她闻得到土豆花的香气吗？她一定会闻得到的。

北大荒的大年夜

春节又要到了。当年一起到北大荒去的知青朋友,又开始张罗一年一次的聚会。一般都会选择在年根儿底下,先在天坛的柏树林中碰头,其中一个节目必不可少,便是大合唱,可劲儿的吼几嗓子,仿佛歌声最能让自己回到青春的日子。吼痛快了,然后去天坛附近的餐馆聚餐,饭菜是次要的,重要的是北大荒酒少不了,要从北大荒驻京办事处买来带去的。北大荒酒,纯粮食酒,60度,醇厚的香味,深刻的浓度,都是北京二锅头无法比拟的。就着绵延不断怀旧的话,几盅这样的酒仰脖下肚,一下子便不可救药地跌进了当年冰天雪地的北大荒。

在北大荒,寒冷的日子讲究猫冬。一铺火炕烧得烫屁股,一炉松木桦子燃起冲天的火苗,先要把过年的气氛点燃得火热。即使是再穷的日子,一年难得见到荤腥儿,队上也要在年前杀一头猪,炖上一锅杀猪菜,作为全队知青的年夜饭。同时,还要剁上一堆肉馅,怎么也得让大家在年三十的夜里吃上一顿纯肉馅的饺子。应该说,这是我们在北大荒最热闹最开心的日子。

只是这饺子必须是知青自己动手包。想想也是,我们队上有来自北京、天津、上海和哈尔滨的上百号知青,指望着食堂那几个人,从年三十还不得包到正月十五去?自己动手,丰衣足食,是那时的口号。于是,分班组去食堂领肉馅和面粉,后来也就乱了套,香仁臭俩的,自愿结伴凑几个人,就去领馅和面。那情景,很有些浩浩荡荡般的壮观,因为食堂里没有那么多家伙什,大家只好用洗脸盆打面和馅,人们在食堂鱼贯出入,在知青宿舍和食堂之间连接成逶迤的队伍,脚印如花盛开在雪地上,再加上有人起哄凑热闹,一边大呼小叫,一边敲打着脸盆,跟放鞭炮似的,真的是好不热闹。

一直到把馅和面领光。后去的人,只好领鸡蛋和酸菜,包素馅的饺子了,或者索性等我们包好了饺子跑过来吃现成的,美名叫作"均贫富"。

包饺子不难,一般人都会,不会现学,也不难,即使包不出漂亮的花来,起码可以包成囫囵个儿。最让大家兴奋的是,男知青邀请到女知青加入到自己包饺子的队伍里来。大家在语文课本里都学过鲁迅的《故乡》,知道"豆腐西施",便将来男知青宿舍里包饺子的漂亮的女知青叫作"饺子西施"。在大家的嬉笑之中,"饺子西施"很是受用得坦然接受。男女搭配,干活不累;男女一起,饺子包得有滋有味。在这样包饺子中眉来眼去最后成为一对的,还真的不乏其人。

最让大家头疼的是,没有包饺子的擀面杖和面板。不过这难不倒我们。大家各显神通,当成擀面杖的,有人用从林子里砍下来的树干,用镰刀把树皮削光;有人用断了的铁锹棒,大多数人用的是啤酒瓶子;几乎目光一致的是,大家都心有灵犀地掀开炕席,在炕沿上铺张报纸,权且就当成了案板。知青宿舍很大,一铺炕睡十好几个人,一溜儿铺板长长的被大家分割成好多个案板,擀皮的、递皮的、包馅儿的,蹲在炕上的、站在地上的,人头攒动,人影交错,都集中在炕沿上,炕沿从来没有显示出那样的威力,一下子激动得面粉飞舞,那饺子包出了从来没有这样的千军万马般的阵势。

饺子在大家嗷嗷的叫声中包好了,个头儿大小不一,爷爷孙子都有;面相丑的俊的参差不齐;但下到洗脸盆里,饺子都如同灰姑娘突然之间发生了蜕变,一个个的像一尾尾小银鱼游动着,煞是好看。脸盆下是松木柈子烧红的炉火,脸盆里是滚沸翻腾的水花,伴随着大家的大呼小叫,热闹非常,让好多人不顾饺子煮熟一半成了片汤,照样吃得开心。

当然,大年夜里不能光吃饺子。在北大荒知青的年夜饭里,主角除了饺子,必须还得有酒。那时候的酒是双主角,一是北大荒60度的烧酒,一是哈尔滨冰啤,一瓶瓶昂首挺立,各站一排,对峙着立在窗台上,在马灯下威风凛凛地闪着摇曳不定的幽光。那真算得上一半是火焰一半是海水,滚热的烧酒和透心凉的冰啤交叉作业,在肚子里翻江倒海,是以后日子里再没有过的经历。得特意说一说冰啤,是结了冰碴甚至是冻成冰坨的啤酒,喝一口,那真是透心的凉。照当地老乡的话说,是傻小子睡凉炕全凭火力壮,年轻时吃凉不管酸,喝得痛快,如今让冰啤落下胃病的不在少数。

那一年的年三十上午,队上的司务长是北京知青秋子,知道这年夜里大伙的酒肯定得喝高了,便开着一辆铁牛到富锦县城,想为大家采购点儿吃的,哪怕买点儿水果罐头也好呀,好让大家有点儿解酒的东西,却只买到半麻袋冻酸梨。那种只有在北大荒才能见到的冻酸梨,硬邦邦,圆鼓鼓,黑乎乎的,跟铅球一样,放进凉水里拔出一身冰碴后,才能吃,吃得能酸倒牙根儿。但那玩意儿真的很解酒,那一年的大年夜里,很多人都喝醉了,都得靠它润嗓子和胃口。喝醉了之后,开始唱歌。开始,是一个人唱,接着是大家合唱,震天动地,回荡在年夜的夜空中,一首接一首,全是老歌。唱到最后,有人哭了。谁都知道,大家都想家了。

想想,是四十六七年前的事情了,遥远得仿佛天宝往事,却在北京每一年年根底下大家的聚会中,一次次的重现,近得触手可摸,仿佛就发生在昨天。我曾经写过这样一首打油诗送给大家,纪念我们那遥远的年夜和青春岁月:

青春最爱走天涯,年夜饭时偏想家。
乱炖一锅杀猪菜,闲铺满炕剪窗花。
冰啤饮罢风吹雪,水饺煮飞酒作茶。
醉后谁人歌似吼,三弦弹断弹琵琶。

小雪和大雪

我特别喜欢民间的谚语,充满智慧,既是对生活经验的总结,又是对大自然规律的提炼,下接地气,上敬天神。曾经有这样一句谚语:小雪腌菜,大雪腌肉。还有一句:小雪封地,大雪封河。这两句谚语,很有意思,前面一句,说的是民俗;后面一句,说的是自然。也可以这样说,前面一句,是平常百姓居家过日子的生活;后面一句,是过日子的自然背景;两者之间的关系,是相互勾连在一起的,互为表里。

按照气节,立冬过后,就是小雪。不过,这个小雪只是指节气,不见得一定会真的有小雪花飘落。如果小雪前后能够赶上一场雪,便属于初雪,即便落地即化,也会给人们带来喜悦,让一秋天树叶凋零的枝头,一下子玉枝琼花起来。

难怪人们常常将初雪比作初恋,那种晶莹洁白,落地转瞬即化的样子,很像是纯真又飘忽乃至飘逝无花果般的初恋。记得很多年以前,曾经读过一篇小说,讲一个少女的初潮来临的那一天,她跑出门外大叫,正好看见初雪飘落。当然,小说是虚构的,是想以初雪比喻初潮,让这样红白对比得更纯洁而美好,是初恋朦胧的前奏,也是人生新的觉醒和开始。

其实,在北京,小雪节气时赶上初雪的概率是很低的。放翁有一句诗:"久雨重阳后,清寒小雪前。"这句诗里的小雪,是对仗于重阳的节气,并非指真的下雪。小雪未雪,是北方尤其是干燥的北京常见的,只是这个节气里,天气变得如放翁所说的,有些清寒。这"清寒"二字,是这个节气最恰当而形象的指示牌。如果说冬至后的大寒才会露出冬天真正的面目,那时候的寒冷可以称之为酷寒,"小雪"节气里的"清寒",便由此对比得如同一位清瘦的旗袍女人,而那种"酷寒"的季节,则像是一个必得穿上羽绒服臃肿的胖美人了。所以,在我国从古至今,给女孩子起名字的,有叫小雪的,而很难见到叫大寒的。

小雪时节,赶上真的飘起细碎小雪花的,在我漫长的人生中,只赶上一次。那是四十八年前,我刚刚到北大荒插队不久,记得很清楚,是大田里的豆子刚割完收到场上,还没有完全入囤。一天上午,天空忽然飘了小雪花。由于北大荒的田野甩手无边,一眼望过去,无遮无拦,一直连到远远的地平线。小雪花仿佛迈着细碎的小碎步,跳着芭蕾的小精灵一般,从天边慢慢地飘过来。起初,根本看不见,渐渐地,才见它们拉着洁白的轻纱一样,罩满了天空和田野,也罩满了我们的晒场。

那时候,我正在晒场上装满满一麻袋一麻袋的豆子入囤,眼睁睁着小雪花就铺满了晒场的地上,绒毛毛的薄薄的一层,像是前些日子早晨起来常常看到过的秋霜。而沾在大豆上的雪花,更像是割豆子时常常冻僵我手指的霜花。连接入囤要爬上的那三阶高高的跳板,已经像铺上了一层银白色的地毯一样,飘忽在晶莹的雪花中。

北大荒地处我国最北方,天气显得更冷,小雪前下雪很常见。当地老农告诉我,还有在十一国庆节就下雪的时候呢。但是,对于我却是第一次见到这么早下雪。而且,雪越下越大,到了下午,已经是铺天盖地,白茫茫一片。跳板上全是雪花,太滑,入囤的活儿没法干了。

队上放假,我们跑到当时的知青大食堂里玩,那里有我们自制的乒乓球球台,年轻时,吃凉不管酸,以苦为甜,找乐穷开心。尽管四十八年过去了,记忆里的情景还是那样的清晰,我和伙伴打乒乓球比赛,谁输谁要买一筒罐头请客。那时候,队上小卖部只剩下了香蕉罐头,那种香蕉罐头,到现在我也忘不了,一个长圆形的铁皮罐头里,直杵杵的,只立着四根,是两根香蕉从中间切成了两截。我们的比赛,一直打到小卖部的香蕉罐头卖光,我们把罐头里的香蕉吃光。

以后,小雪时节,我再没有见过下雪。当然,我再也没有见过这样的香蕉罐头。初雪,就这样消失在我逝去的青春里。

关于小雪和大雪那两句谚语:我小雪腌菜,大雪腌肉;小雪封地,大雪封河。小时候在北京就听,长大了到北大荒插队时候还听。两地的老人好像是一所学校毕业的。只是,无论小时候还是长大以后,无论是在北京还是在北大荒,小雪腌菜还有,主要是腌雪里蕻,渍酸菜,但大雪腌肉没有了,因为那时候肉奇缺而显得格外珍贵,每人每月几两猪肉的限量,是无法腌的。不过,小雪封地,大雪封河,却是有的,无法更改。这凸显了这句谚语的力度,是远远高于小雪腌菜,大雪腌肉这句谚语的。生活的经验可以改变,大自然的规律是无法改变的。人在大自然面前,是渺小的,记得一位欧洲的科学家曾经说过:人在自然和生活之间,只是一个比例中项。所以,尊重自然,敬畏自然,是人应该的本分。

当年,我所在北大荒的大兴农场,前后被七星河和挠力河两条河环绕。小雪封地,大雪封河,这句谚语,在北大荒,比在北京还要格外彰显其准确性,灵验得就像安徒生童话里说的:一只手轻轻一动,就可以让冻僵的玫瑰花盛开,也可以让盛开的玫瑰花冻僵。

记得刚去的第一年冬天,顶着飘飞的大雪,我到七星河畔修水利,就是挖土方,准备来年开春将七星河两岸的沼泽地开垦成田地,当时的口号是:开发荒原,向荒原进军。那时候,已经到了大雪的节气,地冻得邦邦硬,一镐头下去,只显现出牙咬的一个浅浅的白印。七星河已经完全封冻,居然可以在河面上跑十轮卡车。这是我从来没有见过的情景。在北京,即便是大雪封河,封冻的河面不会那么厚,那么结实,敢在冰面上跑汽车的。夏天,我们从北京来这里的时候,过七星河,还要乘坐小火轮呢,河水清澈见底,游鱼历历可数。两岸的沼泽地中芦苇丛生,起飞着白鹭仙鹤和好多不知名的水鸟。冬天来了,大雪飘飞的时候,七星河完全变成了另一种模样,安静而温顺地任十轮卡车在它的上面尽情奔跑,任我们的镐头在它的两岸纷飞挥舞。

真的,一辈子没见过这么纷纷扬扬的大雪,没见过这么结实的封冻的河面。那时候,大雪封河是和大雪封门这两个词连起来一起用的。但是,大雪封门的时候,我们会铲掉门前的雪,依然出工到七星河畔去修水利,我们也会用炸药炸开河面厚厚的冰层,去捕捞河底的鲤鱼吃。我们没有想过,大雪封门的时候,我们就需要休息;大雪封河的时候,河同样也需要休养生息。

四十多年过去了。前几年,我回过一次北大荒。站在七星河畔,我格外惊讶,河水是那样的浅,那样的瘦,和当年我最初见到它时完全两个样子,仿佛一下子苍老成了一个瘦骨嶙峋的老人。河两岸当年被我们用双手开发成的田野,现在正在逐步恢复原有的沼泽地,说那是湿地,是七星河两岸的肾。河水滋养着沼泽地,沼泽地也滋养着河水。我感叹我们青春徒劳的无用功,更感叹大自然真的是一尊天神,不可冒犯,冒犯了,便会给予我们惩罚。

如今,依旧是小雪腌菜,大雪腌肉;依旧是小雪封地,大雪封河。

只是，七星河的河面冰封时不再有原来那样的厚，那样的宽了。十轮卡车也不再在河面上跑了，因为河上架起一座人工修造的七星桥。

还是非常想念没有桥的时候，在大雪纷飞的时候，坐着爬犁，几匹马拉着，爬犁飞快地跑在封冻的七星河面的情景，是任何地方都比不上的壮观。洁白如玉的雪，厚厚的铺在河面上，爬犁的辙印刚刚印下粗粗的凹痕，立刻就又被雪花填平。爬犁始终像是在一面晶莹的镜面上飞行。

如果是雪停的时候，一下子，不知从哪儿突然飞来一群像麻雀大的小鸟，当地人管这种鸟叫雪燕，它们浑身的羽毛和雪花一样也是白色的，只是略微带一点儿浅褐色。雪地上飞起飞落着小巧玲珑的雪燕，和雪地那样浑然一体的白，在夕阳金色的余晖映照下，分外迷人。那情景有些像童话，仿佛我们要赶去参加森林女王举办的什么舞会，而它们就是森林女王派来的向导。那群雪燕在我们的爬犁前飞起飞落，然后飞跑，一直飞到七星河边的老林子里，落在树枝上，坠得树枝颤巍巍的，溅落下的雪花响起一阵细细的声响，如同音乐一般美妙。

那样的情景，是以后我再也没有见到的。那是只有童话里才有的一种情景，那是只有童话里才有的一种感觉。

鲫鱼汤

有些事很难忘记。大学毕业那年暑假,我回北大荒一趟。那时,知青返乡热还没兴起,我是我们生产队乃至全农场第一个回去的知青,乡亲们都还健在,心气很高。过佳木斯,过富锦,过七星河,我赶回我曾经待过的大兴岛二队的上午,队上已经特意杀了一头猪,在两家老乡家摆出了阵势,热闹得像准备过年。

几乎全队的人都聚集在那里,等着和我一醉方休。挨个乡亲,我仔细看了一周遭,发现只有车老板大老张没有来。我问大老张哪儿去了?几乎所有人都笑了起来,七嘴八舌地叫道:喝晕过去了呗!得等着中午见了!

大老张是我们队上有名的酒鬼。一天三顿酒,一清早起来,第一件事是摸酒瓶子,赶车出工的时候,腰间别着酒葫芦,什么时候想喝,就得抿上一口。有时候,去富锦县城拉东西,回来天落黑了,他又喝多了,迷了路,幸亏老马识途,要不非陷进草甸子里,回不了家。

不过,大老张干活不惜力,他长得人高马大,一膀子力气,麦收豆收,满满一车的麦子和豆子,他都是一个人装车卸车,不需要帮手。需要帮手的时候,他爱叫上我。因为他爱叫我给他讲故事,他最爱听水浒。我们俩常常为争谁坐水浒里的第一交椅而掰扯不清,我说是豹子头林冲,他非要说是阮小二,因为阮小二是打鱼的,他家祖上也是打渔的。那都是哪辈子的事了?自从他爷爷闯关东之后,他就会赶马车。

那时候,知道我和大老张关系不错,大老张老婆老找我,让我劝大老张少喝点儿。每一次劝,大老张都会说:停水停电不停酒! 然后,接着雷打不动地喝。

那天午饭,我也没少喝。两户人家,屋里屋外,炕上炕下,摆了好几桌,杀猪菜尽情地招呼,乡亲们问我这个人怎么样,那个人又怎么样,一个个的知青,都关心的问了个遍。就着北大荒酒的酒劲,乡亲们的热情,一浪高过一浪。

午饭快要结束的时候,院子里传来粗葫芦大嗓门,叫着我的名字:肖复兴在哪儿了? 一听,就是大老张,这家伙,真的是等到中午才来? 早晨的酒劲儿过去了,又接着中午这一顿续上了? 我赶紧起身叫道:我在这儿! 他已经走进了屋,大手一扬,冲我叫道:看我给你弄什么来了。我定睛一看,他手里拎着两条小鱼。那鱼很小,顶多有两寸来长。他接着对我说:一清早我就到七星河给你钓鱼去了,今天真是邪性,钓了一上午,钓到了现在,就钓上这么两条小鲫瓜子! 说着,他把鱼递给身边的一个妇女,嘱咐她:去给肖复兴炖汤喝,我就知道你们吃的什么都有,就是没有鱼!

有人调侃大老张:我们还以为你喝晕过去了呢! 大老张很一本正经地说:今儿我可是一滴酒还都没有喝呢,我说什么也得给咱们肖复兴钓鱼去,弄碗鱼汤喝呀! 酒喝多了,鱼怎么钓? 这话说得我心头一热。自从认识大老张以来,这是他第一次一上午滴酒未沾。

鲫鱼汤炖好了,端上来,只有小小的一碗。炖鱼的那个妇女说:鱼实在是太小了! 大家都让我喝,说这可是大老张的一片心意! 这时候,大老张已经喝多了,顾不上鲫鱼汤,只管呼呼大睡。满是胡子楂的大嘴一张一合吐着气,像鱼嘴张开吐着泡泡;浑身是七星河畔水草的气味。

什么时候,有过一个人,整整一个上午,让你喝上一碗鱼汤,而为你专门去钓鱼?我的心里说不出的感动。单木不成林,一个地方,之所以让你怀念,让你千里万里想再回去看看,不仅仅是那个地方让你难忘,更是有人让你难忘。

我永远难忘那碗小小的鲫鱼汤,汤熬成了奶白色,放了一个红辣椒,几片香菜,色彩那样的好看,味道那样的鲜美。算一算,三十五年过去了,七星河还在,但是,钓鱼的人不在了。那个唯一一个上午忍着酒虫子钻心而专心坐在那里,专门为你钓鱼的人不在了。

春节的苹果

　　我回到北京，说起这件事，好多人都不相信是真的。但它确实是真的。事情发生在四十八年前的春节，那是我离开北京到北大荒过的第一个春节。

　　大年初一的中午，队上聚餐。尽管从年三十就开始大雪纷纷，依然阻挡不住大家对这顿年饭的渴盼，很早，全部知青拥挤在知青食堂里。队里杀了一口猪，炖了一锅杀猪菜，为大家打牙祭。队上小卖部的酒，不管是白酒还是果酒，早被大家买光。

　　那是我第一次吃杀猪菜，翻滚着沸腾的水花，端将上来，热气腾腾，扑面而来，满眼生花，觉得很新鲜，尤其是里面的血肠，从来没有见过，特别滑爽好吃。比血肠更让我感到新鲜的，是赶马车的车把式大老张带来的一大坛子酒，倒给我们每个人一小杯，让我们尝尝，猜猜是什么酒。这种酒，别说我从来没有喝过，就是见都没见过。度数没有北大荒酒强烈，却别有一种香气，浅黄颜色，非常鲜亮，味道有点儿甜，也有点儿发酸，入口进肚，绵绵悠长，特别受女知青的欢迎。一大坛子酒，很快被大家喝光。大老张告诉我们这叫嘟柿酒，是他用嘟柿自己酿造的。嘟柿，是一种秋天结的野果，那时，我没有见过这玩意儿，大老张说秋天带我进完达山摘嘟柿去。

　　这顿年饭，热热闹闹，从中午一直吃到了黄昏。难得队上杀了一头猪，难得大家能欢聚一堂。都是第一次离开家，心中想家的思念，便暂时被胃中的美味替代。有人喝高了,有人喝醉了,有人开始唱歌,有人开始唱戏,有人开始掉眼泪……拥挤的食堂里,声浪震天,盖过了门外的风雪呼啸。

就在这时候,菜园里的老李头儿扛着半拉麻袋,一身雪花的推门进了食堂。老李头五十多岁,大半辈子侍弄菜地,我们队上的菜园,让他一个人侍弄得姹紫嫣红,供我们全队人吃菜。不知道他的麻袋里装得什么东西,如果是菜,大家的年饭都已经吃完了,他扛来菜还有什么用呢?只看老李头儿把麻袋一倒,满地滚的是卷心菜(北大荒人管它叫洋白菜),果然是菜,望着一地的卷心菜,望着老李头儿,大家面面相觑,有些莫名其妙。几个喝醉酒的知青冲老李头儿叫道:这时候,你弄点儿洋白菜干什么用呀?倒是再拿点儿酒来呀!

老李头儿没有理他们的叫喊,对身边的一位知青说,你去食堂里面拿把菜刀来。要菜刀干吗呢?大家更奇怪了。菜刀拿来了,递在老李头儿手里,只见他刀起刀落,卷心菜被拦腰切成两半,从菜心里露出来一个苹果。简直就像变魔术一样,这让大家惊叫起来。不一会儿的工夫,半麻袋的卷心菜里的苹果都金蝉脱壳一般滚落出来,每桌上起码有一两个苹果可吃了。那苹果的颜色并不很红,但那一刻在大家的眼睛里分外鲜红透亮。

可以说,这是这顿年饭最别致的一道菜。这是老李头儿的绝活儿。伏苹果挂果的季节,正是卷心菜长叶的时候。老李头儿把苹果放进刚刚卷心的菜心里,外面的叶子一层层陆续包裹上苹果,便成为苹果在北大荒最好的储存方式。没有冰箱的年代里,老李头儿的土法子,也算是他的一种发明呢。老李头儿就等着过年的时候拿出来亮相,让自己露一手。

很多人不大相信,有人对我说,卷心菜的菜叶是一层层从外面往里面长的,苹果怎么能包裹进菜心里面呢? 说这样话的人,是没有种过卷心菜。前两天,我到北京郊区的知青农场的大棚里买新鲜的蔬菜,看到大棚里的卷心菜正在卷心长叶,和负责种菜的一位师傅说起这段往事,她望着卷心菜的菜心,笑着说,这倒真是一种好法子! 现在,正是把苹果放进菜心里的时候。

西瓜记事

有好长一阵子，西瓜刚刚上市的时候，下班回家的路上，我总要停下自行车，走到路边的西瓜摊或西瓜车旁，帮助瓜贩或瓜农卖西瓜。好像那里有什么特殊的魔力在吸引着我，我就像一个棋迷，看见了棋盘，就忍不住情不自禁地向那里走了过去。

那时，广渠门内白桥那里，常常会停着一辆马车，车上装满西瓜，趁着下班人流密集，卖瓜的瓜农站在车上，吆喝着卖西瓜。我常常会帮他们卖西瓜。卖瓜的瓜农，自然很高兴，来了个不要工钱的帮手，就像现在的志愿者。关键是我挑瓜的手艺不错，总能够从瓜蒂的青枯，瓜皮纹络的深浅，或者轻轻地拍拍瓜，从瓜发出的声音，传递到手心的感觉，来断定瓜的好坏，瓜皮的薄厚，是沙瓤还是脆瓤，是刚摘的新瓜，还是前好几天摘的陈瓜。

开始，卖瓜的主儿含笑不语，买瓜的人满脸狐疑。好像在等待着一场什么好戏，等着意想不到的结局，或等着拾乐儿。

被刀切开的一个个西瓜豁然露出那鲜红的瓜瓤，比什么都有说服力。没过多久，他们对我充满了信任。信任，让人亲近起来，信任也像忽然得了传染病一样，让好多买瓜的人认识了我，在白桥一带，我有了一点儿小名气。他们说，这里有个挑瓜的，手艺不错！每天下班之后的黄昏时分，他们看见我在路边支上自行车，老远就纷纷地招呼我：师傅，帮我挑个瓜！尤其是碰上个模样俊俏的小媳妇或时尚年轻的姑娘,绽开花一样的笑脸招呼我,心里还是挺受用的,甚至有些隐隐的得意,仿佛遇到了知音,挑起瓜来,格外来情绪。

好在我没有失手过。当场验明正身,切开的瓜,红瓤黑籽,水灵灵的,红粉佳人一般,个个不错,惹人怜爱。所有人,包括我自己,在瓜被切开的那一瞬间,眼睛都会一亮。那几个卖瓜的主儿,看着车上渐渐变少的西瓜,眯缝着眼睛笑,乐得其所。那些买瓜的人,在瓜被切开之前,就像考试的学生在揭榜之前一样,有些兴奋,也有些紧张,还有些跃跃欲试的期待。我的眼睛里,不仅是西瓜,余光里有这些人的表情,心里的感觉很爽。

我趴在车前,拍拍这个瓜,再拍拍那个瓜,然后,指着前面那个瓜,对那些老头老太太小媳妇小姑娘说:就要这个瓜! 没错,就是它! 面对一列众人,和满满一车的西瓜,那落地有声,那信心满满,那指点江山,甚至有些得意扬扬的劲头,不像皇帝选六宫粉黛,不像将军指挥千军万马,也多少有点儿像引吭高歌一曲,立刻能获得满台掌声和瞩目你的目光。买瓜的高兴,卖瓜的高兴。顺便给自己挑一个西瓜,夹在自行车后架上,驮着夕阳回家,家里人也高兴。那一阵子,下班路上,瓜车前面,夕阳辉映之下,我颇有些成就感。

说起那一阵子,是我从北大荒插队刚回到北京的那几年。我所有挑瓜的手艺,都是在北大荒那里学来的。那时候,我所在的大兴岛二队的最西边,专门开辟了一块荒地作瓜园,种的都是西瓜和香瓜。从西瓜还未完全成熟,到西瓜拉秧耙园,我们从夏天一直能美美地吃到秋天。那时,瓜园是我们知青的乐园,西瓜和香瓜是我们能吃到的唯一水果。

那时,西瓜刚刚结果,在瓜园里就搭起一个窝棚,每天从白天到夜晚都会派老李头儿看守,他是当地的老农,孤寡一人,侍候瓜地有一手,瓜园被他就像侍候自己的媳妇一样细致周全,自然每年瓜都结得不错,算是对他的回报。他每天吃住都在那里,为了防备獾和狐狸夜里跑来糟蹋瓜园。老李头儿大概是没有想到,夜袭瓜园的,常常不是獾和狐狸,而是知青。我们常常会趁风高夜黑时分溜进瓜地去偷西瓜。瓜园的田埂边,有一道不宽的水沟,西瓜要水,水沟是老李头挖的,为了瓜园浇水用。我们在瓜园里偷的瓜,就都放进水沟,瓜顺着流出瓜园,我们可以大摇大摆地拿到知青宿舍里尽情地吃。我们自以为老李头儿不知道,其实,他门清儿,只是不揭穿我们的小把戏罢了。事后好多年,我重返北大荒,见到老李头儿,提起旧事,老李头儿对我说:都是北京来的小孩子,一年难得有个瓜吃,就敞开了吃呗!

赶上老李头儿高兴,他会教我们挑瓜。不过,那时候,我们不怎么听信他的。我们信奉实践出真知,吃得多了,见得多了,瓜的好赖,自然就分得清了。西瓜自然也被我们糟蹋不少。

西瓜成熟的季节,西瓜分不过来。队上分瓜,知青按照班组派人去瓜地挑瓜。去的人每人要挑出一麻袋西瓜,扛回来大家吃。这是个美差,因为扛西瓜回知青宿舍之前,先自己美美地吃得肚子滚圆。有一次,我和一个同学去瓜地挑瓜,先韩信点兵一般从瓜园里摘下半麻袋瓜,然后,一屁股坐在地头吃瓜,用拳头砸开瓜,吃一口不好,扔掉,吃一半扔一半,直到吃得水饱,吃不下去为止。老李头儿看见我们扔了一地的西瓜,气得冲我们喊:有你们这么糟蹋瓜的吗?那瓜长了一春一夏,容易吗?吓得我们扛着麻袋一溜儿烟跑走。

我的挑瓜手艺,就是这样练出来了。

那时候流行语,叫作要知道梨子的滋味就要亲口尝一尝。如果说在北大荒那几年,青春蹉跎殆尽,残存的收获之一,便是挑瓜的手艺了。想想那一阵子下班回家的路上,无所事事又像在干什么有意思的事情,去瓜车前挑瓜的情景,其实,兴奋自得之余,有些好笑,也有些苍凉。我就像一个过气儿的演员,已经没有了青春,没有了演出的舞台,却独自一个人跑到野台子上,亮亮嗓子和身段,过一把唱戏的瘾。

说起那一阵子,真的有些像天宝往事一样遥远。如今,马车早已经不允许进城,白桥那一带早已拆迁变得面目皆非。原来前面的女十五中,早改名为广渠门中学,整幢楼从南面移到北面了。世事沧桑中,我也廉颇老矣,偶尔在瓜摊前自以为是地挑个瓜,也不灵光,手艺潮了。挑瓜和唱戏一样,也得曲不离口,拳不离手,多年不练,武功尽废。

偶尔,也会想起老李头儿。只是,前好几年,他已经去世。

北大荒那盏马灯

四十四年前，我在北大荒一个生产队的小学校里当老师。说是小学校，就是两间用拉禾辫盖起的草房，其格局和当地农民的住房完全一样，只不过把烧柴锅做饭的外间，作为了老师的办公室。说起老师，除了校长，就我一个。我要教从四年级到六年级语文、算术包括美术和体育所有的课程。而且，这几个年级所有的学生都在一个班，当地叫作复式班。拳打脚踢，都是我一个人招呼。

有一次，六年级算术课讲勾股定理，我带着学生到场院，阳光斜照下的粮囤，在地上有一个很长的阴影子，等到影子和粮囤大约成45度夹角的时候，我让学生量量影子的长短，告诉他们影子的长度就是粮囤的高度。这种实物教学，让学生感到新奇。

那天放学后，教室里的学生都回家了，只留下一个小姑娘还坐在座位上，我走到她的身旁，问她有什么事情吗？她站了起来，说：肖老师，今天，我们在地上量影子的长短，就可以不用爬到囤顶上去量了。算术挺有意思，我想学算术。我对她说：好呀，你好好学，上了中学，算术变成了数学，还有好多有意思的课。她接着问我：如果我学好了算术，是不是以后可以当咱们队上的会计？我说：当然可以了！然后，我又对她说，你干吗非在咱们队上当会计呀，还可以到别处做很多有意思的工作呢！

说完这些空洞的却当时我自己也感动的话之后，她满意地背上书包走了。我知道,她特意留在教室,就是为了问我这个问题的。一个大人看来简单的问题,对于一个六年级的孩子,却不简单,有时可能会影响她的一生。而一些看似美好的话,其实不过是一个漂亮的肥皂泡,漫长的人生中,不要说残酷的命运,就是琐碎的日子,也会粗粝地将孩提时的梦想灰飞烟灭。那时候,她年龄小,不会懂得,即便我年龄比她大多了,就懂得了吗?

　　四十四年过去了,我已经忘记了她的名字。只记得她是我们队里车老板的女儿,车老板是山东人,长得人高马大,她随她爸爸,长得也比同龄人高半头。在我教她的那一年里,我让她当算术课代表,她特别高兴,每天帮我收发作业本,她自己的作业写得非常整洁,算错的题,都会在作业本上重新做一遍。我知道,她最大的梦想就是以后可以当我们队的会计,她对我说过,这样就可以不用像她爸爸整天风里来雨里去赶马车了。她说她爸爸有时候赶车要赶到富锦县城,来回有一百多里地,要是赶上刮大烟炮,真的非常辛苦。她说的是多么实在,在她纯真的眼光里,充满着多么大的向往。抽象的算术,已经变成了一个看得见摸得着的会计,一种每天催促她努力的动力。

　　一年过后,暑假快结束,就要开学的一天晚上,我坐在办公室里备课,房门被推开了,进来的是她,手里提着一盏马灯,马灯昏黄的灯光把她的身影拉得很长,映在草房的墙上。我不知道她有什么事情,她已经读完六年级,小学已经毕业,再开学就应该到我们农场的中学读书。我还没来得及问,就见她哭了起来,然后,她对我说:我爸爸不让我读中学了,肖老师,你能不能到我家去一趟,跟我爸爸说说,劝劝我爸爸让我去场部读中学!

　　沿着队上那条土路,我跟着她向她家走去。她在前面带路,手里的马灯一晃一晃的,灯捻被风吹得像一颗不安的心不住摇摆。但那时候,她显得很高兴,心里安定了下来,仿佛只要我去她家,她爸爸一定就会同意她去场部中学读书。她实在是太天真了。一路走,看着前面马灯灯光下拉长的她的身影,像一条灵动的草蛇在夜色中游弋,我对去她家的结果充满担心。

果然,车老板给我倒了一杯用椴树蜜冲的蜂蜜水,然后果断拒绝了我替她的求情。车老板只是指指在炕上滚的三个孩子,便不再说话。我刚进门时候还对他说:孩子想读中学,她想当一个会计……我明白了,他现在不需要一个会计,只需要一个帮手,帮他拉扯起这一个家。

离开车老板家,她提着马灯送我,我说不用了,她说路黑,坚持要送。我拗不过她,一路她不说话,一直到学校。我正想安慰她几句,她忽然扑在我的怀里,嘤嘤地哭了起来。马灯还握在她的手里,在我的身后摇晃着。不知怎么搞的,在那一刻,风把马灯吹灭了。那一刻,让我真的有些心惊,她也止住了哭声,只对我说了句:我当不了会计了!

不知道该如何安慰她,我帮她把马灯拾起来,进房拿出火柴帮她把马灯重新点亮,看着她走远,影子一点点变小。马灯光在北大荒的黑夜里闪动着,一直到完全被夜色吞没。那一晚,北大荒沉重的夜色,一直压抑在我的心头。我知道,更会像一块石头一样,沉重的压抑在她的心头,而从此再也无法搬开。

2004年夏天,我重返北大荒,又回到我们的生产队,打听车老板和他的女儿,乡亲们告诉我,车老板一家早就搬走,不知他们的消息。算一算,车老板的女儿如今应该四十多岁,她的孩子到了她当初读中学的年龄了。我教书的那个小学校居然还在,一间普通拉禾辫的草房,居然能够挺立那么长的时间,比人的寿命都长。那天晚上,我走到我的小学校房前,不再用马灯了,房里面电灯明亮。我的身影映在窗子上,分外明显。就听一声清脆的声音:肖老师来了!从房里面传出,紧接着,从里面走出来一个小姑娘和她的父亲,小姑娘和当年车老板的女儿大小差不多,让我一下子有一种恍然如梦的感觉。父亲告诉我他们是来收麦子的麦客,暂时住在这里。小姑娘对我说:早听说你要来,我学过语文课本里你的文章!然后,她又好奇地问我,他们说以前这里是小学校,你就在这里当老师教书,是真的吗?

那一刻,我忽然有些语塞,因为我有些走神。我想起了车老板的女儿,想起了北大荒夜色中那盏马灯。

雪　雀

　　在北大荒，最有名的山，当属完达山。进完达山伐木，数九寒冬，坐上爬犁，几匹马拉着，爬犁飞快地在雪地上跑，可以和汽车比赛。刚进山脚，风雪飘起，洁白如玉的雪，厚厚的铺满山路，爬犁辙印下粗粗的凹痕，立刻就又被雪花填平。如果没有两边的参天林木，爬犁始终像是在一面晶莹的镜面上飞行，就这样一直跑着可以飞进天上去。

　　快到目的地了，雪说停就停了。好像突然之间太阳就露头，天上的雪花一下子齐刷刷都藏到哪里去了？只剩下了地上一片白茫茫。这时候，不知从哪儿突然飞来一群像麻雀大的小鸟，当地人管这种鸟叫雪雀，我是第一次见到这种奇怪的鸟。它们浑身的羽毛和雪花一样也是白色的，只是略微带一点儿浅褐色。雪地上飞起飞落着小巧玲珑的雪雀，和雪地那样浑然一体的白，在夕阳金色的余晖映照下，分外迷人。那情景有些像童话，仿佛我们要赶去参加森林女王举办的什么舞会，而它们就是森林女王派来的向导。那群雪雀在我们的爬犁前飞起飞落，然后飞到林子里，落在树枝上，坠得树枝颤巍巍的，溅落下的雪花响起一阵细细的声响，像是雪在窃窃私语。

　　安扎下帐篷，已经到了晚上，一弯奶黄色的月亮升起来，在缀满雪花和冰凌的树枝间穿行。第一顿饭，我们用松木点燃起篝火，把带来的冻馒头放在铁锹上，架在火上烤，烤得金黄的馒头带有松木的清香。我们吃凉不管酸,吃着这样松香撩人的烤馒头,欢笑声四起。

那一次,在完达山伐木很长时间。几乎一个冬天,天天被树木簇拥,被白雪包围。有一种远避尘嚣的感觉,远离北京对家的思念,通通被这大雪所覆盖,被这森林所遮掩。这种感觉,是在别处未曾有过的。

完达山上森林里的雪,让我难忘,还在于那时候我们天真烂漫甚至虚妄的情怀和想象中的雪,其实是并不真实的。我们不知道这样洁白美丽的雪花中暗藏的玄机甚至是杀机。在雪地上摔伤,是常有的事情,关键是十几个人用肩膀扛一棵被伐倒的参天大树去归楞,那弯腰扛上肩,再弯腰抬下肩,使劲儿将树木甩上木堆上码好,最吃劲的,不是脚下的雪滑,而是腰。很多人就是在这时候腰伤而不知,积存的腰伤,不是经年树液积淀下来的琥珀,可以成为珍品,而成为一生的痛苦,在晚年时如鬼魂幽灵一样蹿了出来,进行残酷的报复。我的好几位知青朋友,都是在最近几年不得不到医院做了手术,在腰上打了好几个钇钛合金的钉子,支撑起自己的老腰。这是完达山的森林雪地上埋下的种子,在我们老的时候发芽,开出的恶之花。

我算是幸运的,我的腰虽然有两节腰椎间盘突出和一节膨出,但并没有去做大手术打上几根钉子。比晚年做了手术打了钉子更为悲惨的是,在伐木时被大树突然倒下砸伤的知青。在知青中曾经流行过这样一句话:年轻时不懂得爱情。其实,是年轻时不懂得大自然。大自然风平浪静的时候,显得云淡风轻,什么事情都没有,但是,一旦风波骤起,就会是人命关天。纷飞的雪花中,洁白的雪地上,滴落的殷红的鲜血,实在是惊心动魄,让我难以忘怀。倒在地上的知青,是那么的年轻,和浩瀚的完达山的森林对比的是那样的不成比例。他们起不来,必须等待我们用树枝绑好一副简易的担架,把他们抬出茂密的森林,抬上马拉的爬犁,送下山,直奔医院。在把他们抬上担架这样瞬间的工夫里,雪花已经盖满了他们的全身,像一个坍塌的雪人,像一个倒下的白雪的雕像。

这是我现在的想象。当初,我们一样吃凉不管酸,我们一样年轻气盛争强好胜,以为是干什么惊天动地的大事业。当初,我是把那洒在雪地上的滴滴鲜血,写成诗,比喻为雪地上的朵朵红梅花。

那时,我们真的是吃凉不管酸,内心里鼓胀着小布尔乔亚的情怀,以为诗比生命还要重要,还要美好。记得是那样的清楚,我们从完达山下山的时候,我还惦记着上山时见到过的雪雀,我希望在下山的时候,能够再次见到它们,内心里的渴望,就像要见自己的情人。

可是,我再没有看见过雪雀。以后,在北大荒所有冬天的日子里,我都没有再见过雪雀。我一直渴望能再见到它们,也曾在下雪和雪停的日子里,专门而专心的寻找过它们。但是,我都没有再能见到它们。好像第一次进完达山那天看见过的一切不是真实的,而只是一时的幻觉。

太阳味道的西红柿

日子过去得非常快,一旦成了历史,事情便很容易褪色。鲜亮的颜色总是漆在眼前或即将发生的事情上,而不在如烟的往事上。

在北大荒插队,秋天是最美的,瓜园里有吃不够的西瓜和香瓜,让我们解开裤带敞开地吃。但过了秋天,漫长的冬季和春季别说水果,就是蔬菜都很难见到了。我们要一直熬到夏天的到来,才能终于尝到鲜,第一个鲜亮亮跑到我们面前的就是西红柿。在北大荒,我们是把西红柿当成宝贵水果吃的。想想一冬一春没有见过水果,突然见到这样鲜红鲜红的西红柿,当然会有一种和阔别多日的朋友(尤其是女朋友)相见的感觉。蠢蠢欲动是难免的,往往会等不到西红柿完全熟透,我们就会在夜里溜进菜园,趁着月光,从架上拣个大的西红柿摘,跑回宿舍偷偷地吃(如果能蘸白糖吃,比任何水果都要美味无比了)。

那时候,我最爱到食堂去帮伙,原因之一就是可以去菜园摘菜。北大荒的菜园很大,品种很多,最好看的还得属西红柿,其余的菜都是趴在地上的,比如南瓜、白菜、萝卜,长在架子上的菜总有一种高人一等的昂昂乎的劲头。但是,架上的扁豆还没有熟,北大荒的黄瓜五短身材难看死了,只有西红柿红扑扑的、圆乎乎的,样子就让人耐看。没有熟的,青青的,没吃嘴里先酸了;半熟不熟的,粉嘟嘟的,含羞带怯般像刚来的女知青似的羞涩;熟透的,红透了从里到外,坠得架子直弯直晃,像是村里那些小娘儿们般的妖冶……

离开北大荒好久了,还是总能想起那里的西红柿,尤其是那种皮是红的,切开来里面的肉是粉的,我们管它叫作面瓤的西红柿,有种难得的味道,不仅仅是甜是酸,也不仅仅是清新是汁水丰厚,真的是其他水果没有的味道。吃着这种西红柿,躺在一望无边的麦地里,或是躺在场院高高的囤尖上吃,是最美不过的了。我们会吃完一个扔一个,直至吃得肚子鼓鼓的再也吃不下去为止。那西红柿被晒得热乎乎的,总有一种太阳的味道。

回北京这么长时间了,总觉得北京的西红柿不好吃,酸、汁水少,没有北大荒面瓤的那种。特别是冬天在大棚里靠人造温度和催熟剂长大的西红柿,味道就更差了。而在国外有一种转基因的西红柿,样子很好看,价钱也便宜,但一点儿营养没有,更是无法吃。

想起我母亲还在世的时候,有一年的春天,在院子里种了一株丝瓜、一株苦瓜,还种了一棵西红柿。从小在农村长大的母亲,对于种菜很在行,夏天,这几种菜全活了,长势不错,只是西红柿长不大,就那样青青的愣在架上萎缩了,最后只剩下一个终于长大了,渐渐地变红了。我告诉母亲别摘它。就那么让它长着,看个鲜儿吧。夏天快要过去了,整天晒在那里,它快要蔫了,母亲舍不得看着它蔫下去烂掉,从困苦中熬出来,一辈子总是心疼粮食蔬菜,最后还是把它摘了下来,在母亲的手里,西红柿虽然蔫了,却依然红红的格外闪亮。那一天,母亲用它做了一碗西红柿鸡蛋汤。说老实话,我没吃出什么味儿来。

唯一一次西红柿鸡蛋汤吃出味道的,是三十多年前,弟弟的一位从青海来的朋友,请我到王府井的萃华楼吃饭。那时他们在青海三线工厂工作,比我们插队的有钱。那时候,我已经离开北大荒回到北京好几年了。我是第一次到这样的饭店来吃饭,是冬天,是在北大荒没有水果没有蔬菜的季节,这位朋友点菜时说得要碗汤吧,要了这个西红柿鸡蛋汤。那是一碗只有几片西红柿的鸡蛋汤,但那汤做得确实好喝,西红柿有一种难得的清香。蛋花打得极好,奶黄色的云一样漂在汤中,薄薄的西红柿片,几乎透明,像是几抹淡淡的胭脂,显得那样高雅。

我真的再也没有喝过那样好喝的西红柿鸡蛋汤了。也许,是离开北大荒太久了。也许,仅仅是回忆中的味道。

草帽歌

那年的夏天,我在 5 号地割麦子。北大荒的麦田,甩手无边,金黄色的麦浪起伏,一直翻涌到天边。一人负责一片地,那一片地大得足够割上一个星期,抬起头是麦子,低下头还是麦子,四周老远见不着一个人,真的磨人的性子。北大荒有俗语:割麦和泥垒大坯,是属于磨性子的三大累活。

那天的中午,日头顶在头顶,热得附近连棵树的荫凉都没有。吃了带来的一点儿干粮,喝了口水,刚刚接着干了没一袋烟的工夫,麦田那边的地头传来叫我名字的声音,麦穗齐腰,地头地势又低,看不清来的人是谁,只听见声音在麦田里清澈回荡,仿佛都染上了麦子一样的金色。

我顺着声音回了一声:我在这儿呢!顺便歇会儿,偷点儿懒。径直望去,只见麦穗摇曳着一片金黄,过了好大一会儿,才渐渐地看见麦穗上飘浮着一顶草帽,由于草帽也是黄色的,和麦穗像是长在了一起,风吹着它一路船一样飘来,在烈日的直射下,如同一个金色的童话。

走近一看,原来是我的一个女同学。她长得娇小玲珑,非常可爱,我们是从北京一起来到北大荒,她被分在另一个生产队,离我这里 36 里地。她是刚刚从北京探亲回来,家里托她给我捎了点儿吃的东西,她怕有辱使命,赶紧给我送来。队里的人告诉她我正在 5 号地割麦子,她又马不停蹄地跑到了麦地里。当然,我心里明镜似的清楚,那时,她对我颇有好感,要不也不会有那么大的积极性。

接过她捎来的东西,感谢的话、过年的话、玩笑的话、扯淡的话、没话找话的话……都说过了之后,彼此都拘着面子,又不敢图穷匕首见,道出真情,便一下子哑场,到告别的时候了。最后,我开玩笑对她说:要不你帮我割会儿麦子? 她说:拉倒吧,留着你自己慢慢地解闷吧。便和我告别,连个手都没有握。

麦田里,又只剩下我一个人,无边翻滚的麦浪,一层层紧紧拥抱着我,那不是恋人的爱,而是魔鬼一般的磨炼,磨蜕一层皮,让你感觉人的渺小,然后渐渐适应,让别人说你成熟。

大约过去了一个多小时,身后的麦捆都捆好了好多个,战俘一样七零八落地倒伏着。忽然,地头又传来叫声,还是她,还是在叫我的名字。我回应着她,趁机又歇会儿。过了一会儿,看见那顶草帽又飘了过来,她一脸汗珠地站在我的面前。

我不知道她来回走了八里多地折回来干什么,心里猜想会不会是她鼓足了勇气要向我表达什么了,一想到这儿,我倒不大自在起来。

她从头上摘下草帽,一头热汗蒸腾的头发像是刚刚揭开锅的笼屉。她把草帽递给我说:走到半路上才想起来,多毒的日头,你割麦子连个草帽都没有! 然后,她走了,望着她的身影在麦田里消失,完全融化在麦穗摇曳的一片金色中,我没有找出一句话,我总该对人家说一句什么才好。

往事如烟,过去了将近四十年,日子让我们一起变老,阴差阳错中我们各自东西。但是,常常会让我感慨,有时候,你不得不承认,无论是在记忆里,还是在现实中,友情比爱情更长久。

动物园的约会

想想日子过得真快,整整四十年过去了。那一年的春天,我在北大荒大兴农场场部中学里教书。杨老师是和我先后调到学校的,在这之前,我们分别在不同的生产队里干农活,彼此没有见过面。来学校后,他教数学,我教语文,也没有任何的来往,只是见面客气的打个招呼而已。那时候,他不到四十岁的样子,但显得比实际年龄要大些,特别是早早地谢了顶,更显得沧桑。

他参加过抗美援朝,当过志愿军的翻译。1958年,他是和十万转业官兵一起从部队复员来到北大荒的,资格很老。但我始终不知道,他是由于什么原因当成"右派"才下放到北大荒的,我和他关系熟了之后,从来没有问过他,他也从来不提自己走麦城的窝心事。

我记得很清楚,我们两人第一次的谈话,谈的时间并不很长,却谈得很投脾气。和我想象中有些郁闷封闭的性格不一样,他很开朗,还比较的健谈。一天下班之后,办公室里其他的老师陆陆续续都走了,只留下了我们两个人,好像特意安排的一样,让我们有一次碰撞交流。杨老师的问话,像是一副药引子似的,引出了许多的话题。其中一个话题,就是问我:听说你挺喜欢文学的是吗?我说:是。在谈论了一通俄罗斯的文学之后,他又问起我关于北京的事情。我发现他比问我那些俄罗斯文学还要感兴趣。而且,我感到他有一些隐隐的激动,像是唤起了以往什么沉睡的记忆,要不就是触动了以往什么难忘的伤疤。他竭力掩藏着这种情绪，但是越想掩藏，越掩藏不住，更让我感到他情绪的波动。

我已经记不清他具体都问了一些关于北京的什么，大概都是一些这样的问题，比如前门大街的一条龙饭馆还在吗？煤市街里的致美斋还在吗？什刹海边上的烤肉季还在吗？鼓楼前的马凯餐厅还在吗？都是关于饭馆的，这一点我记忆很深，心里想，他是南方人，对北京的吃还挺在行，说得比我这个从小在北京长大的人都头头是道。或者是因为在北大荒吃得太艰苦了，特别是到了冬天，除了土豆白菜胡萝卜老三样，而且都是一些冻了的东西，没有别的可吃，他想去北京解解馋吧！

那时，我只是感到他隐隐的激动，不能够理解他内心深处这种激动的真实原因。那毕竟是他被打成"右派"后从生产队里走出来第一次关于这样话题的交谈，压抑了多少年的心情，随着回忆唤醒了许多青春的感觉。那绝对不仅仅是美好的回忆，还包括他青春境遇的苦涩伤感和青春梦想一去不返的无奈。更何况，自从来到北大荒之后，十四年了，他再也没有回到北京一次。

那天，他还对我说过一句话，当时被我忽略了，他似乎不经意地告诉我：我原来在黄寺住过几年。在以后很久，我才知道我忽略了他在那里住过的几年，是他人生重要的几年，正是他青春年少的几年。黄寺那个地方，自从中华人民共和国成立以后，都是部队的大院。他住在那里的时候，正是他刚刚参军的时候，是他从朝鲜战场上刚刚回来的时候。他所说的那几年，正是分成这样前后两个阶段的，中间隔着一个朝鲜战争。战争结束了，他本来可以前途很美好通达的，他可以从黄寺这里出发走得更远更好的。谁想到了呢，他被打成了"右派"，一下子发配到了北大荒。北大荒可以是他痛苦命运的集散地，像是潘多拉的魔盒，专门收进他的苦难，但黄寺不是，黄寺是他青春美好的盛宴，每一道菜肴都能够让他品味和回味。

我和杨老师熟了以后，才渐渐地了解了他，也就明白了那天他为什么问起我那样两个话题。那是他无意识的，也是他多年积淀下来的，那是他的一个疤，也是他的一个痛。以前我只笼统地知道他当过翻译，后来我知道了他曾经是俄文的翻译，也就明白了那天他对我谈起俄罗斯的文学为什么那样的熟悉，那样的一往情深。而所有关于北京的吃食，都是他青春的无可名状又无法言说的一种象征呀。

那一年寒假，我回家探亲，临走前，我见到杨老师，问他需要我帮他从北京带回点儿什么东西？他说：不用了，我也准备到北京看看。我非常的高兴，我知道，自从那年从北京的黄寺走后，他再也没有回过北京。现在，政策落实了，心情和经济都好转了，才想起来回去看看。然后，他告诉我，他和老伴一起回南方老家过年，过完年回来在北京住几天。我说：那太好了，你可以看看黄寺，吃吃你想吃的东西了。他说：咱们在北京见吧。我说：好呀！他随口说道：那咱们就大年初二在动物园门口见吧。我便也随口答道：好呀。

我以为他只是开玩笑，谁大过年的跑到动物园去约会的？大年初二，年还没有过完，这么多年，好容易才回一趟老家，他怎么可能就来北京呢？

谁想到，那年寒假结束，我回到学校，见了他，他第一句话就问我：你怎么没有去动物园呀？

开始，我还以为他是在和我开玩笑呢，真是没有想到，大年初二，他自己一个人真的到动物园的门口等我，等了好久。看他说的那样认真，我知道他确实在大年初二那天去了动物园。我非常的抱歉，却是无法弥补了。我只好很惭愧地对他说:以后你再到北京,我一定得补上这个过错。

但是,这么多年过去了,他再也没有来过北京。

由于这件事情,我很难忘记杨老师。1982年,2004年,我两次回北大荒,见到杨老师时,都曾经对他讲起了这件事情,一再向他解释:我当时真的以为你是开玩笑呢。他笑着说:我真的是去了动物园呀!他越是这样说,就越让我感到惭愧,对不住他。

前些日子,忽然听到了杨老师去世的消息,虽说生老病死是必须面对的,但心里还是非常的难过。忍不住又想起了四十年前动物园的约会。记得见面时或电话里,我一直想问问他:那年的大年初二,你为什么非要选择到动物园约会呢?如果你选择到别的地方,比如王府井、鼓楼、北海什么的,我都不会以为那是玩笑的。可是,话到唇边,又咽了下去。我想,也许并不是一时的心血来潮,确实有着什么他自己一点青春的秘密和记忆吧。心里暗想,如果那次我去了动物园,见到了他,他一定会对我讲起的。但是,我没有去,他以后也再没有讲,便也就错过了这样的机会。如果真的有什么秘密的话,就让秘密保留在他自己的心里吧,就让惭愧伴随着思念像蛇一样永远咬噬在你自己的心底吧。

北大荒的教育诗

重返北大荒,农场的场部,建起了许多新房子,我已经分辨不出原来学校的位置应该在什么地方了。场长把我带到离场部很远的一条路边,雨后的路翻浆翻得很厉害,两道车辙很深,弯弯曲曲地伸向前方,前方是一片绿荫蒙蒙,在阳光下闪着迷离的光,像是《绿野仙踪》里某些场景。场长指指那片一团绿色的地方,对我说:那里就是原来学校的地方。

原来的学校在场部工程队的后面,是一个四方形的校园,没有围墙,四面都是房子,天然围成了一个开放型的校区。我就在靠西的那一排房子中的一间教室里教高二一个班的语文。在这所学校里,我做得最得意的事情,是在班上成立了一个文学小组。最初,我组织这个文学小组一个主要目的,是当时班上的一个男学生非常调皮,上课时候他捣乱,我批评他,他坐在靠窗的座位上,不高兴了,翻身一跃,从窗户跳到外面,你追到教室外的时候,他早跑没影儿了。我让他当我语文课的课代表,然后当文学小组的组长,每次活动的时候,负责招呼同学。我希望引起他对语文的兴趣,树立起学习的信心。我发现当上了这个课代表和小组长之后,他比班上别的干部还要负责,大小事都是他张罗,拿着鸡毛当令箭,像那么回事似的。开始参加小组活动的人有十几个,后来到二十多个,全班一半以上的同学都参加了,不能不说是当时学校的一大新闻。

那时，还没有电视，晚上的文化活动很少，他们并不清楚文学小组究竟是干什么的，只是当成了一种玩，无形中让寂寞的晚上多了一些调剂的内容。

那时，他们是多么的小，而我还算得上年轻。我的课代表记得最多也最清楚的，是有一天晚上天忽然下起了暴雨来，我还是先到了教室里来了，但望着窗外的暴雨如注，雷电闪动，心里对这晚上的文学小组的活动，不抱什么希望了。这么大的雨，通往学校的路都是泥路，早都陷得坑坑洼洼的泥泞一片了，而且没有一盏路灯，黑漆漆的吓人。即使孩子想来，家长也不让来了呀。可是，同学们竟然还是来了，最早来的是我的课代表。他说当时你坐在讲台桌上——我想起来了，我是坐在讲台桌上，当我看到我的课代表披着一件厚厚的军用大雨衣，打着手电筒，出现在教室门口的时候，我高兴得一下子从讲台桌上蹦到了地上。没过多大一会儿，同学们都打着伞的打着伞，穿着雨衣的穿着雨衣，陆陆续续地来齐了。手电筒在暴雨中忽闪忽闪的，让那个夏天暴雨的夜晚充满暖意。

当时，你对我们说，这暴雨中的手电光，就是诗。我的课代表现在还清晰地记得，他这样对我说。他说得没错，或者说我当时说得没错，那就是诗。那是属于他们的诗，也是属于我的教育诗。

他还对我说：还有一天晚上，场部里演露天电影，就在工程队的院子里，离学校很近，能够从我们教室的窗户里看到银幕上的闪动，听见电影里的声音。那天晚上我们文学小组活动，没有一个同学去看电影，相反，后来我们的活动倒把好多看电影的人吸引了过来，跑到教室里听你讲诗。

这件事情，我倒是真忘得一干二净了。真的吗？我有些不相信。

但他肯定地说：保证没有错。我记得特别的清楚，那天晚上放的是罗马尼亚的电影《多瑙河之波》。

许多往事，自己早已经忘记，沉睡在过去的阴影里，往往是别人的回忆把它们唤醒，别人的回忆像光一样照亮它们，也照亮自己的回忆，它们才会这样像鱼一样游来游去，游到我的面前，带来过去年月里水花的湿润，水草的腥味，还有那时的星光月色映照在水面上的粼粼闪光。

我真的非常怀念我在学校的那段日子，怀念那个暴雨如注的夜晚，怀念那个放罗马尼亚电影《多瑙河风波》的夜晚，怀念所有那些个有星星还是没有星星，有风雪还是没有风雪的夜晚。当我站在这个翻浆的路口，望着那片绿荫蒙蒙的时候，那些个夜晚，又开始一一出现了，像是春天的地气一样，在遥远的地平线上袅袅地升起来，弥漫在我的身旁，让我想起了那些个夜晚是那样的真实，可触可摸，含温带热，甚至能够感受到它们涌动的气息，春天水泡子里冒出的气泡似的，汩汩地涌到身边，温馨而动人。